曹乃谦与雁北文化

张仁竞　著

郑州大学出版社

图书在版编目（CIP）数据

曹乃谦与雁北文化 / 张仁竞著. — 郑州：郑州大学出版社，2021. 12

ISBN 978-7-5645-8454-2

Ⅰ. ①曹… Ⅱ. ①张… Ⅲ. ①乡土文学 - 小说研究 - 中国 - 当代 Ⅳ. ①I207. 42

中国版本图书馆 CIP 数据核字（2021）第 260748 号

曹乃谦与雁北文化

CAONAI QIANYU YANBEI WENHUA

策划编辑	李同奎	封面设计	张 涓
责任编辑	胡倍阁	版式设计	大豫出书网
责任校对	李同奎	责任监制	凌 青 李瑞卿

出版发行	郑州大学出版社有限公司	地 址	郑州市大学路 40 号（450052）
出 版 人	孙保营	网 址	http：//www. zzup. cn
经 销	全国新华书店	发行电话	0371-66966070
印 刷	新乡市豫北印务有限公司印刷		
开 本	787 mm×1 092 mm 1/16		
印 张	8. 75	字 数	153 千字
版 次	2021 年 12 月第 1 版	印 次	2021 年 12 月第 1 次印刷

书 号	ISBN 978-7-5645-8454-2	定 价	56. 00 元

前　　言

曹乃谦是一位风格独特的作家，成名于二十世纪八十年代末，处女作《到黑夜我想你没办法——温家窑风景（五题）》得到汪曾祺赏识并在《北京文学》发表。但曹乃谦再次进入读者的视野却是一则不知从何处空穴刮来的一阵风。彼时已然来到了2012年的秋天。盛传中国作家有望摘取本年度诺贝尔文学奖桂冠，一时间文坛沸腾得如一锅揭不开锅盖的小米粥，对于名单的猜测和豪赌此起彼伏，嚣声满天，炸裂了整个文学界。其中一个版本的扉页上赫然写着曹乃谦。一贯以中国社会关系推测逻辑为依据的媒体，这次也毫无例外，巧妙地把曹乃谦与马悦然联系在一起，完美地勾勒出一幅曹乃谦获奖风波。曹乃谦此时也获得多数赞誉之声，早年发表的小说也被一一重版，一时风头无二。讽刺的是，获奖名单一经晒出，媒体又是一片不看好曹乃谦的声音。

以舆论为依据评价一位作家是不公平的。曹乃谦一直都在，从九十年代起从来没有缺席。九十年代中期，曹乃谦的作品在马悦然的推荐下逐渐走出山西，在国外引起强烈关注。他的小说获得瑞典皇家科学院“Letterstedt 年度翻译奖”，入围美国最佳英译小说奖。瑞典文版、英文版、法文版、日文版等各种版本相继推出。被《人民日报》等三十多家新闻媒体评选为“年度十大好书”。2007 年，《到黑夜想你没办法——温家窑风景》（长江文艺出版社出版）入围“第二届红楼梦奖”，获世界华文长篇小说奖入围推荐奖。

曹乃谦的“温家窑风景”为中国当代文学带来了独特的审美感受。曹乃谦笔下那种木讷寡言、贫穷蒙昧、满身尘土味、饥渴难耐的雁北农民形象，被艰辛的生活压弯了脊背，但雁北文化赋予他们以硬朗的线条和顽强的生命力。一种原始野蛮的力在充满莜麦味的雁北文化中飘荡。曹乃谦以其独特的雁北书写与其他地域文学形成并肩之势。那么我们应该以何种姿势评价曹乃谦？

本书对曹乃谦与雁北文化之间关系的讨论主要基于以下两个问题，一是雁北文化在何种意义上影响了曹乃谦的创作？二是曹乃谦呈现和重构了一个什么样的雁北文化？这种被呈现的文化类型给中国现当代乡土文学传统和当代文坛带来了哪些价值和创新？

曹乃谦对雁北文化的重构与雁北文化对曹乃谦创作的影响是研究曹乃谦及其创作价值的关键。把曹乃谦的雁北文学作为乡土文学传统的一个链条和节点，将之置于山西文学的脉络中、置于八十年代的文化语境中、置于中国乡土文学抒情传统中。把雁北文化作为一种反思曹乃谦创作个性的手段，思考地理环境、社会生活、民族文化、个人记忆对文学的重要影响，分析雁北文化对作家的主观能动性和艺术感觉的影响和作用，挖掘曹乃谦重构的雁北文化的内涵、结构和意义以及雁北文化对于曹乃谦的价值和意义。

曹乃谦作品最富有雁北文化特色的是方言和民俗。本书论述了曹乃谦创作的民俗学意义与文化价值，阐释了他具有雁北特色的“雁北人的叙述”方法，梳理了方言的地域特点与方言发展的流变，探究了曹乃谦方言写作的艺术渊源。本书还深入分析了曹乃谦小说中的雁北民俗具有的独特魅力和雁北民俗对曹乃谦创作的影响。

以曹乃谦的故乡记忆作为阐释“温家窑风景”的入口，分析了“温家窑”典型的“光棍”形象，并以此为基础反思雁北农民日常生存状态。曹乃谦以乡巴佬的视角、横断面的结构重构了一个原生态的“温家窑”世界。这个世界的人们不得不忍受性和饥饿的双重煎熬，他们有着自己的生存原则，在绝望中守望生命的尊严，要么麻木的等待，要么选择自杀。“温家窑”的日常生活形态与雁北方言、雁北民俗共同构成了曹乃谦的雁北世界，它是雁北文化的反映，也是曹乃谦反思人性和生存意义的一面镜子，拓展了乡土文学的表现领域。

本书正文有以下几个部分。

绪论：梳理并分析前人研究成果，指出以曹乃谦和雁北文化的关系作为研究对象的合理性和意义，并介绍研究的思路、方法及基本框架。

第一章：通过地域文化与文学之间关系的分析，指出雁北文化对曹乃谦作品生成的影响，梳理从废名到汪曾祺的乡土文学传统，分析曹乃谦与他们的渊源及文学传承关系，并分析了曹乃谦的雁北文化地域性特质及与“山药蛋”派的历史渊源和在创作上对前人的创新。通过搜集史料梳理曹乃谦与汪曾祺的交往及代表作《到黑夜想你没办法》的出版过程。深入分析了汪曾祺对曹乃谦文学创作和作品传播上的扶持和影响，以及曹乃谦富有争议性的作品的命运。

第二章：在梳理文献的基础上，进行文本解读和分析，指出雁北方言对曹乃谦作品的影响，阐释曹乃谦作品中雁北方言的呈现方式和艺术手段。深入讨论了方言写作的变迁过程和雁北方言地域性特点，分析了曹乃谦作品中的方言词语的用法和独特的叙述技巧。

第三章：针对曹乃谦叙述的雁北文化中存在的民俗现象进行社会学、民俗学的分析和考察。对曹乃谦小说中的雁北民俗进行深入分析，探索雁北文化因子与曹乃谦小说之间的复杂关系，进一步挖掘雁北文化对曹乃谦创作的影响和曹乃谦笔下的雁北民俗具有的独特魅力。

第四章：论述了曹乃谦的“温家窑风景”记忆及雁北文学世界的建构要素和过程，指出“温家窑风景”的与众不同之处。从曹乃谦的个人经历中观察雁北农村对“温家窑”书写的影响。

第五章：从哲学视角出发，阐释曹乃谦对雁北生存状态的思考。梳理了“生存”概念的不同理解方式，将曹乃谦的生存观置入八十年代文学对生存认知和理解中进行比较，考察曹乃谦对生存形式的探索以及曹乃谦对雁北文化日常生活形态下的深入反思。

结语：曹乃谦的创作与雁北息息相关。他以方言写作为根基，以雁北民俗为媒介，构筑了独特的雁北文化景观。他的“温家窑风景”系列作品及对雁北世界两性关系及生存意义的反思，继承并丰富了乡土文学创作，为当代文学贡献了一个独特的地域文学样本。

本书无为作家正名或加入支持或反对一方的任何想法，只为学术研究计。从一作家之创作及作品出发，梳理作家作品之来龙去脉、释义注疏，冀留下一个客观的作家评价。鉴于作者精力、能力有限，所论定有疏漏之处，请方家不吝赐教。

目　　录

绪　论

第一节　缘起

曹乃谦是一位风格独特的作家，成名于二十世纪八十年代末，处女作《到黑夜我想你没办法——温家窑风景（五题）》得到汪曾祺赏识并在《北京文学》发表。此后，曹乃谦听取汪曾祺建议，以其朴素、粗涩的笔法勾勒出了一个别具风味的雁北世界。九十年代中期，曹乃谦的作品在马悦然的推荐下逐渐走出山西，在国外引起强烈关注。《到黑夜想你没办法》获得瑞典皇家科学院“Letterstedt 年度翻译奖”，入围美国最佳英译小说奖。瑞典文版、英文版、法文版、日文版等各种版本相继推出。之后，国内开始关注曹乃谦，其作品《佛的孤独》《最后的村庄》《到黑夜想你没办法》被《人民日报》等三十多家新闻媒体评选为“年度十大好书”。2007 年，《到黑夜想你没办法——温家窑风景》（长江文艺出版社出版）入围“第二届红楼梦奖”，获世界华文长篇小说奖入围推荐奖。

曹乃谦作品“墙里开花墙外香”的现象引起学界的关注。他笔下那种木讷寡言、贫穷蒙昧、满身尘土味、饥渴难耐的雁北农民形象，被艰辛的生活压弯了脊背，但雁北文化赋予他们以硬朗的线条和顽强的生命力。一种原始野蛮的力在充满莜麦味的雁北文化中飘荡。曹乃谦以其独特的雁北书写与其他地域文学形成并肩之势。那么雁北文化在何种意义上影响了曹乃谦的创作，在其创作中雁北文化占据何种地位？曹乃谦呈现或重构的雁北文化与雁北文化之间是什么关系？曹乃谦为乡土文学传统和当代文坛带来了哪些价值、创新和发展？

曹乃谦的“温家窑风景”为中国当代文学带来了独特的审美感受。雁北文化在曹乃谦的创作中有着举足轻重的作用。区域文化对一个作家的“性格气质、审美情趣、艺术思维方式”影响深远，而且也会对作品“人生内容、艺术风格、表现手法”产生影响，[①] 因此，二十世纪中国文学以区域文化为依托孕育了许多作家群体和文学流派。以区域文化切入中国文学要选取一些具有明显特征的作家、群体、流派为对象，探索

---

① 严家炎：《20 世纪中国文学与区域文化丛书・总序》，朱晓进：《“山药蛋”派与三晋文化》，长沙：湖南教育出版社，1995 年，第 4 页。

区域文化对作家、流派和文学群体的渗透过程，这样对区域文学史研究大有裨益。曹乃谦的小说既不同于鲁迅为首的乡土小说，也不完全等于以沈从文为代表的乡愁和牧歌的乡土，甚至与本土的“山药蛋”派的创作理念也有差异。因此，这种特征正是探索区域文学史的最佳研究对象，非但不能因选题的特殊性而忽略其存在，反而要使这种特例成为文学史研究的重要参照。

曹乃谦的雁北文化具有一种独特的气质——莜麦味。莫言在《草鞋窨子》附言中说，小说就是带着淡淡的忧愁寻找自己失落的家园。曹乃谦追求的失落家园是带着莜面味的雁北。以其地域文化为载体的曹乃谦的小说具有一种无法替代的审美趣味。雁北文化对曹乃谦的影响，不仅体现在他的民族性格上，也体现在雁北传统对他的熏陶上。

因此，选择雁北文化切入曹乃谦文学创作是曹乃谦研究的明智选择。同时，也是讨论作家与地域文化的关系、作家之间的地域性差异的必由之路。

曹乃谦小说中丰富的民俗现象具有独特的文化价值。互联网和交通技术的飞速发展使人与人之间的空间距离快速缩短，地域的差异正在以几何级倍数消失，地域的身份认同功能变得越来越弱。人们明显感受到了文化趋同带来的地域文化将要消亡的危机感。“在当前全球化趋势下，文学的地域性研究，既坚持民族文化独立，维护文化多元的深远战略意义，又包含了对当下文学发展问题的思考。”“地域文化的文学研究和地域文学创作中，强调应作为积极的对话和解构的力量而存在，质疑和排拒宏大叙事。作为一种理论立场和反思姿态，这无疑符合世界文化批判的潮流。”① 以自然环境、生活习惯、民情风俗、方言俚语为代表的文化环境正一步步弱化差异性，同质化现象越来越严重，无处寄存的乡愁如幽灵一般游荡于高楼广厦。经济一体化导致的文化趋同对文化的多元化特点具有摧毁性的力量。作家作为地域文化的代表人物，他所塑造的故乡表征着他所处区域的文化集合。因此，地域文化书写者承担了一种文化传承的角色，也是当下克服文化一元化趋势的路径之一。在曹乃谦的小说中，风俗习惯俯拾皆是，如打平花②、朋锅③、吵灵④、乱伦⑤、脝工⑥、换亲⑦、闹黄花灯⑧、冲喜⑨、

---

① 李少群：《拓展地域文学研究的诗学格局》，《文艺争鸣》，2008 年第 1 期。

② 每个人从家里拿出一些食物，一起做着吃，在雁北叫“打平花”，也有叫“打拼伙”的。山西多地有此风俗，但叫法有所不同。

③ 两人共用一妻。黑旦和亲家，杨司机和黑豆，他们都是朋锅。

④ 人死了不能没有动静，不吉利，所以要有人哭灵。也叫吵灵。

⑤ 和有血缘关系的异性发生性关系。如狗子和妹妹，玉茭和柱柱家的，愣二和他妈等。

⑥ 原意是毛驴相互帮忙啃脖子。引申为大家互相帮忙干活。柱柱家盖房，村里人去脝工。

⑦ 用自已的异性亲属与对方的异性亲属交换成婚。

⑧ 每年正月十五前后，谷家窑闹黄花灯。详见《黄花灯》。

⑨ 得了重病的人，赶快准备后事做棺材，希望病能好起来。

吃糕①、送灯②。这些民俗现象构成了独特的雁北文化风景，也构成了对抗文化同质化的重要力量源泉。《新周刊》记者问曹乃谦："看过沈从文、汪曾祺、阿城、贾平凹的小说么，觉得你的小说和他们的不同在于?"曹乃谦回答："不同在于，我写的是雁北地区，而他们写的是各自的家乡。"③

曹乃谦以雁北文化为底色的方言写作为现代汉语写作提供了另一种可能。曹乃谦的方言写作是以雁北人的叙述方式和语法逻辑为基础，并精心筛选具有代表性的雁北方言，采用方言思维的方式进行创作。因此，曹乃谦的雁北文化叙述极具地域性特色。较为典型的是雁北地区极简的叙述方式。"在当下小说整体上繁琐冗长的背景下，曹乃谦四两拨千斤的叙述能力极为抢眼。"④ 王安忆评价其"小说是如此简炼，精致却天衣无缝，平白如话又讳莫如深，乡情郁郁且古风淳淳，将短篇小说做到了极处。"⑤ "这是我所能看到的最精练、最简约的文学语言。"⑥ 曹乃谦的语言很特别，敢用别的作家即使是赵树理也不敢用的方言俚语。曹乃谦的小说最典型的特点就是方言。

方言的随意性、非规范性、原生性注定与地域文化的个性相联系，每种方言背后都隐藏着一种与之相匹配的文化属性。曹乃谦的方言写作拓展了当代文学方言写作的传统，从对话的方言化和叙述的方言化传统中脱颖而出，以雁北方言的思维模式和叙述方式作为叙事逻辑，建构了一个原生态的雁北世界。这种原生性方言写作的运用为现代汉语写作开拓出了一条新的路径。

曹乃谦对雁北人生存及生命价值的反思，是对人性复杂性的又一次深入挖掘，体现了对人性价值的尊重。曹乃谦的小说中提到了一类特殊的人物形象——"光棍"。他们没有金钱，没有地位，没有老婆，吃不饱饭，更谈不上尊严。但是，他们也像莜麦一样倔强地生存在雁北这块苦寒、封闭的盐碱地里。物质匮乏，性的饥渴，人的各种欲望折磨着他们。曹乃谦在生存和死亡的命题上对人们生命形式的极限做出充分的探索。

曹乃谦建构的雁北世界具有重要的文学意义。曹乃谦研究对于乡土文学抒情传统的发展具有重要的意义。曹乃谦的小说不仅继承了乡土文学中沈从文、汪曾祺等人中国小说的传统，而且在几十年如一日的创作中"特色突出、风格稳定、成就斐然，在当代众多随风而动、面相模糊的作家中，他风光独具，堪称优秀。当代文学批评不该

---

① 糕，用黄米的面粉加工而成。不用油炸的糕叫素糕。油炸糕里面有馅，或山药或豆馅或苦菜。农民最喜欢的食物之一。"油炸糕，板鸡鸡，谁不说是好东西。"平时吃不起油糕。最困难的时候，每个人 年分半斤油，都不舍得吃油炸糕。

② 老黑豆死的第六日，黑夜送灯。办事的家属往鼓乐队伍经过的墙头上放灯。

③ 曹乃谦：《到黑夜想你没办法》，武汉：长江文艺出版社，2009年，第204页。

④ 徐则臣：《针尖上的舞蹈》，《山西文学》，2008年第2期。

⑤ 王安忆：《故事不是什么》，《文学角》，1989年第1期。

⑥ 曹乃谦：《到黑夜想你没办法》，武汉：长江文艺出版社，2009年，"封底"。

忽略这样一位作家，将来的文学史也应给予其恰当定位。”① 因为曹乃谦创作数量及身体伤病困扰，特别是他的生活几乎与外界隔绝，导致近年对他的研究日渐萎缩。重新评价曹乃谦对于当代文学史具有重要意义。

第二节 研究现状

八十年代至今，曹乃谦研究出现过两次阶段性热潮。一次出现在上世纪八十年代末至九十年代初，曹乃谦刚步入文坛，凭借《到黑夜我想你没办法——温家窑风景（五题）》一夜成名，并得到汪曾祺大力推荐，引起文坛各家侧目相看，纷纷对曹乃谦作品发表看法。另一次出现在 2005 年以后，起因是马悦然对曹乃谦“最一流作家”的解读和评判，引起学术界质疑。学术界开始主动了解曹乃谦，研究、讨论他作品的结构、语言、叙事风格及文学史地位和定位。

汪曾祺对曹乃谦的小说评价甚高，代表了八十年代末至九十年代初期部分人对曹乃谦的看法。汪曾祺说，他的小说贯穿了一个痛苦的思想：无可奈何，天生浑成，并非返朴。许子东把曹乃谦小说放到五四以来的文学语境中考察其具有的“男人的羞辱感”。从《赌徒吉顺》《为奴隶的母亲》《生人妻》《夜行》《丈夫》等作品出发，从“男人眼睁睁看着自己的女人被欺侮”这个文学的“老风景”出发，对大陆和台湾乡土文学做了深层思考，“他们大致都沿着沈从文而不是柔石等左翼作家的思路来理解来分析男人的这种羞辱感，即不仅仅从社会不合理、阶级对立及金钱罪恶的角度来理解‘丈夫们’面临的羞辱，更将这种男人羞辱感放在传统伦理秩序感里精细（而且残酷）地解剖，更将这种男人羞辱感放在民族情绪的象征意义上给予夸张放大处理。”② 王安忆对曹乃谦小说大加赞扬。同时也遗憾的指出：其实每篇背后都可能有一个“呼啸山庄”，而我们却只得到一些风声鹤唳。“面对一个大的世界，一些小小的风景，无论多么至善至美至多不过是怨艾与感伤，而达不到哀恸的境地。倘若一个哀恸的世界，由一些精巧的细枝末节表达，我想是很难避了轻薄之嫌的。”③

学术界针对曹乃谦创作的某些方面做出了客观、准确的评价。然而，因曹乃谦创作速度缓慢、创作数量有限，此后并未引起过多关注。曹乃谦研究陷入沉寂之中。直到 2005 年，马悦然回答记者提问时说曹乃谦和莫言等作家一样是中国“头一流作家”，被媒体炒作，曹乃谦才又逐渐进入研究者的视野。由于汪曾祺、许子东、王安忆之前

---

① 邵燕君等：《曹乃谦：“中国最一流的作家”？——关于曹乃谦作品价值和定位的讨论》，《海南师范大学学报》，2007 年第 4 期。

② 许子东：《两岸“乡土文学”中的一个共同主题》，许子东：《当代小说阅读笔记》，上海：华东师范大学出版社，1997 年，第 207 页。

③ 王安忆：《故事不是什么》，《文学角》，1989 年第 1 期。

的评价对曹乃谦小说的症结把握精准，故此后的研究大多沿着他们的足迹前行。

2005年以后关于曹乃谦研究比较具有代表性的是北京大学当代文学教研室的讨论。这次讨论的主题是“曹乃谦到底算不算一位一流作家”①，主要围绕曹乃谦的作品价值和他的文学史地位展开。主持人说，“中国评论界虽然不必以诺贝尔文学奖评委马首是瞻，但如若真是长期忽略一位优秀的作家也难辞其咎。”② 这次讨论主要内容有三个方面：第一，对于曹乃谦创作的评价。他们认为曹乃谦是一位风格独特的作家，但还不能说是中国当代的一流作家。曹乃谦最大的意义在于他延续了“抒情诗”小说的传统，并做出了自己独到的探索，这使他在当代文坛有不可忽略的价值。③ 第二，方言运用是曹乃谦小说的重要特点，构成了曹乃谦独特的叙述风格。曹乃谦的《到黑夜想你没办法》不仅仅是运用了某种独特的方言写作，更重要的是，它也是一部以方言来感知与思考的小说。曹乃谦“简涩朴拙的方言本身还具有极佳的象征意味”④。另外，曹乃谦的小说有种高度的语言自觉性。第三，地域文化的突显。作家使用“方言”是为了提示读者，他所呈现的文化，与我们日常的文化是有距离的。方言会令初读小说的人产生“陌生感”和“间隔感”，它预示着小说背后有一种别样的、独特的文化在支撑着。曹乃谦使用方言和民歌，原汁原味，就是想突显区域文化的真实性和独特性。

除此之外，还有其它学者对曹乃谦进行了较全面的研究。

多数研究集中于以地域文化为中心的考察。主要是民风民俗、方言、伦理观念、日常生活等方面在曹乃谦作品中作用和意义的考察。这部分研究关注的是雁北文化在曹乃谦雁北世界中的表现，但遗憾的是，曹乃谦在何种意义上呈现了雁北文化以及雁北文化的文学意义却不在讨论之列，未认识到曹乃谦与雁北文化关系的重要性，也未认识到曹乃谦的雁北文化对于区域文学的重要意义。如李丹宇《厚土、乡巴佬、莜面味儿——曹乃谦小说地域文化略论》、孙曙《狰狞的乡土——“温家窑”细端详》、陈斯拉《生命的本真“温家窑印象”——从曹乃谦小说中的地域性和抒情性特征谈起》、赵岚《曹乃谦小说地域文化论》分别侧重于自然环境、语言、民俗、民歌在文本中的作用分析；卢晓侠《原欲、寻根与启蒙——曹乃谦小说的主题焦虑》从寻根文化与启蒙的关系评价曹乃谦主题的矛盾性焦虑，侧重于乡土文化在小说文本中的呈现；李锐《塞北高原的“原生态”》赞美曹乃谦小说是最普通最琐碎的细微处流淌来的生命的

---

① 这句话是国内媒体对诺贝尔文学奖评委马悦然的一次误读。后来他的妻子陈文芬在《温家窑风景三地书》一书的序言中回忆说，马悦然的意思是曹乃谦是一个优秀的作家，马悦然很喜欢他，和喜欢莫言、李锐、苏童等作家一样，他们都是中国“头一流”的作家。后来被媒体解读为曹乃谦被马悦然认为是中国最一流的作家，有可能获得诺贝尔文学奖。

② 邵燕君等：《曹乃谦：“中国最一流的作家”？——关于曹乃谦作品价值和定位的讨论》，《海南师范大学学报》，2007年第4期。

③ 邵燕君等：《曹乃谦：“中国最一流的作家”？——关于曹乃谦作品价值和定位的讨论》，《海南师范大学学报》，2007年第4期。

④ 赵晖：《由方言成就的小说》，《西湖》，2007年第9期。

叹息，从生死煎熬中压榨出来的民歌；张中锋《并非“集中营”读曹乃谦的〈到黑夜想你没办法〉》，从政治的角度解读了政治对人身的伤害，对性和物质资源的垄断；张海燕《也是一种乡愁——曹乃谦〈最后的村庄〉象征意义解读》从土地的被剥夺，村庄的消失，隐喻人类根的丧失及生存的希望到绝望的过程。曹乃谦的雁北文化是一个有机的整体，是一个自恰的主体，它有自己的思想、观念、价值观，也有它认可的生产方式和交际方法。以整体的某一方面替代整体的联系，会导致证据链条的断裂和变形。如，有论者把雁北的生存方式用“食性”来概括，显然，这种以偏概全的归纳方式不仅误解了雁北文化的丰富性和复杂性，也给阅读曹乃谦的读者带来理论上的障碍；也有研究者把方言和民歌当成了曹乃谦创作的核心元素加以阐释，这就忽略了曹乃谦作品的悲悯情怀和启蒙精神。所以，把曹乃谦的雁北文学世界作为一个整体而不是分裂的部分来看待，将之置于山西文学的脉络中、置于八十年代的文化语境中、置于中国乡土文学抒情传统中、乃至中国文学传统、世界文学的影响中考察，或许会更清晰的把握其作品的内质和价值，从而更有利于考察其文学史的贡献和地位。

有研究者通过比较研究的方式对曹乃谦的小说作了比较详细的分析，强化了小说的文本内涵的阐释而忽略了曹乃谦雁北文化的解读。抛开雁北文化特色，曹乃谦小说的价值将会大大削弱。王彬彬高度评价曹乃谦，称他为“文学语言的奇才、短篇小说的高手”①，并把他的作品和萧红的《生死场》相对照，由萧红三十年代东北农村“动物一般地忙着生，忙着死”联想到七十年代雁北“温家窑”人们的生活，从“生存状态”给予了深度解析。尤其是他对这部作品的意义特别给予了关注。他说，曹乃谦无意于参加所谓学术界的争论，但是，他以《到黑夜想你没办法》实际上参与了对文革的评价分歧问题。后来，他在《文学的启蒙和中国的现代化历程》中又提到“这几十年，也有一些小说，反抗了对文革的美化。例如老鬼的《血色黄昏》、铁凝的《玫瑰门》《大浴女》、曹乃谦的《到黑夜想你没办法》……”②。邵燕君《得之于简，失之于单》则把曹乃谦与李锐、赵树理、韩少功、杨显惠、巴别尔进行了比较，分析了曹乃谦作品在“简”与“单”之间的得失。相比单一的论述雁北文化和雁北文学世界的文本分析，比较研究的视野更加开阔，更能直观地感受到曹乃谦与其他作家的本质差别。

不少论者将曹乃谦的小说文本作为叙事研究的对象，而忽略了文本背后方言思维逻辑的支撑，而这一点恰是曹乃谦区别于其他乡土作家的特色所在。虽然雁北的作家还有吕新、王祥夫、房光，他们的小说中也有雁北的民俗、风土人情、伦理观念，也

---

① 王彬彬：《北方人民对于生的坚强和对于死的挣扎——论曹乃谦＜到黑夜想你没办法＞》，《小说评论》，2011年第6期。

② 王彬彬：《北方人民对于生的坚强和对于死的挣扎——论曹乃谦＜到黑夜想你没办法＞》，《小说评论》，2011年第6期。

掺入大量的民歌、方言，服饰、饮食、建筑、生活均具有雁北特色。但提起雁北文学，曹乃谦始终是绕不开的一座高峰。不得不说曹乃谦的叙事有一套自己的逻辑和策略。高椿霞《论曹乃谦乡土小说的叙事艺术——以〈黑夜想你没办法：温家窑风景〉为例》从传统的叙事结构、全知全能的叙事视角、本土化的叙事话语和苍凉古朴的叙事风格分析了曹乃谦新乡村小说叙事艺术的基本特征；刘芳《作家与农民的心灵距离——以马悦然提到的几个作家为中心》比较了几个作家与农民的心灵的距离，指出曹乃谦是躲在农民身后的仰视者；段文英《另一种农民的写真——读曹乃谦〈到黑夜想你没办法：温家窑风景〉》从农民的善良与美、口语讲述的真话、串联式的组合柜结构三个方面描述曹乃谦是如何描写农民的；韩蕾《叙事、修辞与时间——论曹乃谦小说的重复修辞》分析了曹乃谦小说中的重复修辞暗示的生命的轮回与宿命。刘旭《世纪母题与诺贝尔文学奖的叙事契约——山西农民曹乃谦小说的叙事特色》分析了曹乃谦小说的三大基本母题：贫穷、愚昧和性欲。《曹乃谦小说的底层世界、叙事伦理及意识形态：身体叙事、性、权力》则指出曹乃谦违反了现实主义叙事原则，批评作者处于隐身状态没有显现自己的价值取向。有研究者从方言叙事的角度对曹乃谦的小说给予评价。如《曹乃谦小说的雁北方言词语》《粗砺的语言，精致的文本》《〈到黑夜想你没办法〉词语札记》《晋冀方言后置原因标记“的过”及其词汇化》《由方言成就的小说》《语词强化背后的时代记忆——大同作家曹乃谦小说语言艺术分析》《语言背后的悲悯——文本细读法解读〈到黑夜想你没办法〉》对曹乃谦小说中的方言俗语进行分析，指出其在文本叙事中的作用及意义。

也有论者关注到了曹乃谦笔下的悲剧女性形象具有独特的审美价值，但挖掘不够深入。如《曹乃谦笔下“女性形象”的欲与悲》《曹乃谦小说的爱情伦理》《曹乃谦小说的女性》《〈到黑夜想你没办法〉的地母形象探析》等。

综上所述，研究者比较全面地讨论了曹乃谦小说从内容到形式、从人物到主题、从结构到风格等方面内容。部分文章对曹乃谦小说给予了客观、理性、中肯的评价。但遗憾的是，后来的研究者仍旧被束缚在 2007 年前后的语境之内没有获得时间上的超越感，十多年过去了，研究者对曹乃谦的研究仍旧停留在文本解读的阶段。雁北文化在何种意义上影响了曹乃谦的创作？曹乃谦重构的雁北文化给当代文坛带来了哪些价值、创新和发展？在乡土文学传统序列中曹乃谦占据了什么位置？这些问题较少涉及。

第三节　研究思路和方法

对曹乃谦与雁北文化之间关系的讨论主要基于两个问题：曹乃谦对雁北文化的重构与雁北文化对曹乃谦创作的影响。这两个问题是研究曹乃谦及其创作价值的关键，也是厘清曹乃谦与雁北关系的一把钥匙。把雁北文化作为一种反思曹乃谦创作个性的手段，在认可地理环境、社会生活、民族文化、个人记忆对文学的重要影响下，着重考量雁北文化对作家的主观能动性和艺术感觉的影响和作用。由于不同地域民族信仰、地理条件、历史沿革、经济因素和人文环境的不同，造成了每个地区不同质态的区域文化。不同区域的文化形态对当地的作家创作起到了非常深刻的影响。“不仅作家的性格气质、审美情趣、艺术思维方式和作品的人生内容、艺术风格、表现手法，而且还孕育出了一些特定的文学流派和作家群体。”① 雁北处于晋北地区，是游牧文化和农耕文化杂居地区，其独特的地理位置、气候条件、政治军事地位及任侠尚武的人文气质，形成了闭塞、粗涩、悲凉、拙朴、豪气的雁北文化性格。这是曹乃谦区别于其他作家并最具有辨识度的特征。曹乃谦只表达出了他作品中的雁北地区与其他作家作品中的故乡的差异性，实质上还有另外一种隐形的区别，他的雁北地区和其他作家的故乡的不同之处在于地域空间之上所承载的地域文化。所以，论文主要考察曹乃谦重构的雁北文化的内涵、结构及意义以及雁北文化对于曹乃谦的价值和意义。

曹乃谦的雁北文学是中国地域文学的一部分，八十年代文学和雁北文学的一部分，所以，讨论曹乃谦与雁北文化的关系及曹乃谦对于文学的意义和贡献应把曹乃谦的雁北文学作为乡土文学传统的一个链条和节点来看待，将之置于山西文学的脉络中、置于八十年代的文化语境中、置于中国乡土文学抒情传统中、乃至中国文学传统、世界文学的影响中考察，这样会更清晰的把握其作品的内质和价值，从而更有利于考察其文学史的贡献和地位。论文立足于八十年代的文化语境，在纵向比较曹乃谦与废名以来的乡土文学传统的基础上，思考曹乃谦与八十年代文学思潮的关系，以广阔的视野诠释曹乃谦的文学史价值。

论文将以文本研究为基础对曹乃谦及雁北文化进行全方位、多视角的分析，从叙事学、历史学、社会学、民俗学、哲学等多个角度对小说文本进行阐释，解读曹乃谦文本与雁北文化的关系及曹乃谦创作的思想、文化内涵。

绪论部分主要介绍了论文的选题思路和选题意义，指出以曹乃谦和雁北文化的关系作为研究对象具有的合理性，论证了曹乃谦小说研究的重要意义；分析了有关曹乃谦小说研究的重要成果，在梳理前人成果的基础上进行整合与开拓，并对曹乃谦小说研究的思路和方法作出了简单介绍。

第一章主要分析雁北的地理环境和人文环境对文学的影响及曹乃谦对地域文学传统的继承和创新。通过地域文化与文学关系的分析，指出雁北文化对曹乃谦作品生成的影响，梳理从废名到汪曾祺的相关文学创作，比较曹乃谦与他们创作之间的传承关系，指出曹乃谦的雁北文化在地域性特质及与“山药蛋”派的渊源和在创作上对前人的创新和发展。然后通过搜集史料梳理出曹乃谦与汪曾祺交往的过程及代表作《到黑

---

① 严家炎：《20世纪中国文学与区域文化丛书·总序》，朱晓进：《“山药蛋”派与三晋文化》，长沙：湖南教育出版社，1995年，第3页。

夜想你没办法》出版的过程。本章从曹乃谦与汪曾祺的初见开始，叙述了汪曾祺在大同笔会对曹乃谦的鼓励和指导，曹、汪交往及创作上的指导，以及《到黑夜想你没办法》出版的艰难过程。深入分析了汪曾祺在创作上对曹乃谦创作和作品传播上的帮助和影响，以及曹乃谦富有争议性的作品的命运。

第二章主要在梳理文献的基础上，进行文本解读和分析，指出雁北方言对曹乃谦作品的影响，阐释曹乃谦作品中雁北方言的呈现方式和艺术手段。深入讨论了明清以来小说方言写作的发展及变迁过程，描述曹乃谦方言写作的叙事逻辑和雁北方言地域性特点：雁北方言因其地区滞后性和地域性文化特征更为显著。接着分析了曹乃谦作品中的方言词语的用法和独特的叙述技巧。

第三章主要针对曹乃谦叙述的雁北文化中存在的民俗现象进行社会学、民俗学意义上的分析和考察。对曹乃谦小说中的雁北民俗进行深入分析，探索雁北文化因子与曹乃谦小说之间的复杂关系，进一步挖掘雁北文化对曹乃谦创作的影响和曹乃谦笔下的雁北民俗具有的独特魅力。

第四章论述了曹乃谦的“温家窑风景”记忆及雁北文学世界的建构要素和过程，讨论了“温家窑风景”的与众不同之处。作家的个人经历与故乡的记忆帮助作家们重构了一个又一个个性化的艺术世界。从曹乃谦的个人经历中观察雁北农村对“温家窑”书写的影响。

第五章从哲学视角出发，阐释曹乃谦对雁北日常生活中的生存状态。梳理了“生存”概念的不同理解方式，将曹乃谦的生存观置入八十年代文学的生存认知的理解中进行比较，探索在雁北文化作用下“温家窑”人对生存形式的认识和对生存的理解，考察曹乃谦对雁北文化的深入反思。

最后，总结曹乃谦与雁北文化的关系、曹乃谦的文学书写与雁北文化之间的关系，以及曹乃谦的雁北文学在当代文学存在的价值和意义，并分析曹乃谦创作的得失，回应论文中提出的问题。

第一章 乡土文学传统中的曹乃谦

地域环境对文学创作具有重要的制约作用。曹乃谦出生在雁北、并成长于雁北，雁北地域文化对他的创作有着非同寻常的意义。雁北地区是一个封闭、高寒、落后的地方，但它有着独特的地域特色。曹乃谦从这种朴素、粗涩、稚拙的文化语境中吸收了充分的养料，建构了一个富有雁北文化特色的文学世界。后受益于汪曾祺的扶持和鼓励，曹乃谦创作之初就进入了一个属于他自己的乡土世界。这个乡土世界与乡土文学的传统相承接，延续了从废名以来的乡土文学创作，丰富了地域文学的表现范围。

第一节 雁北文化的熏染

19 世纪法国文学史家泰纳提出决定文学的三大要素是种族、时代和环境。韦勒克和沃伦在评价泰纳的“三要素说”时认为，文学作为社会文化的一部分，只能存在于社会环境中。“三要素说”实际上只是引导人们对环境作专门研究的一个理论前提。泰纳并未就种族做出严谨、详细的剖析，它往往被人们认为是“国民性”或者一种文化精神。“时限则可以化入环境的观念之中。所谓某一不同时代，其意思不过是指某一不同背景。……文学作品最直接的背景就是它语言上和文学上的传统，而这个传统又要受到总的文化‘环境’的巨大影响。”① 种族、时代和环境受到人们所生活和活动的各种“环境”制约，产生了语言和文学传统的差异。这种差异的根源在于文化环境的不同。

刘勰《文心雕龙》已经认识到了自然环境对作家的影响，“若乃山林皋壤，实文思之奥府，略语则阙，详说则繁。然则屈平所以能洞监《风》《骚》之情者，抑亦江山之助乎？”②，引发后来之人对文学与自然环境关系的深入思考。斯达尔夫人在《论文学》中指出法国的南北方的地理位置不同造就了两种不同的文学创作风格，“存在着两种完全不同的文学，一种来自南方，一种源出北方。”③ 南方人比较容易把“清新的空气、繁茂的树林、清澈的溪流”和人的品格联系起来，北方民族的风格以悲苦见长，

---

① 雷·韦勒克，奥·沃伦：《文学理论》，刘象愚、邢培明、陈圣生、等译，北京：生活·读书·新知三联书店，1984 年，第 106 页。

② 周振甫：《文心雕龙今译》，北京：中华书局，1986 年，第 417 页。

③ 斯达尔夫人：《论文学》，徐继曾译，北京：人民文学出版社，1986 年，第 145-147 页。

提出了南北地理风貌的差异导致了作家创作上的区别。梁启超在《亚洲地理大势论》中说，“以各部之地势、气候、民业、人种、宗教之差别，对照比较，则可知其各部特别开化之由。”① 提出地理环境对人的影响。刘师培《南北文学不同论》指出中国南北方因水文和地貌不同导致文风、文体的差异，对文学家的创作风格产生不同的影响。周作人也强调地理自然环境对作家创作的影响，“风土与住民有密切的关系，大家都是知道的。所以各国文学各有特色，就是一国之中也可以因了地域显出一种不同的风格。”② 自然环境的因素包含较多，如水文、气候、地貌等。因各因素与其他区域相比具有的独特性而获得天然的地域差异。这种地理空间决定的自然环境对作家的生活环境具有十分重要的作用，包括作家生活中的一草一木、山川河流、花鸟鱼虫、蓝天白云等。作家们生活其中，每种情境都在释放着他们对自然界的情绪情感。作为创作主体，他们对创作客体和对象致以热烈的情感投入，以情绪饱满的语言表达对客体的拥抱，而每种对象会引导主体产生不同的情感，这种情感的差异就就是作家创作风格的基本要素。

曹乃谦生活过的应县和大同属于雁北地区。雁北地区自然环境恶劣，主要种植杂粮作物用于维持生计，农业生产力水平落后。在雁北历史上解决温饱一直是一个很大的难题。1914 年民国政府在废除府、州两级行政机构的基础上，设雁门道，治大同县，辖现今大同、朔州、忻州三个地区共二十六县，置道尹治之。1971 年设雁北地区，辖现大同、怀仁、阳高、天镇、左云、右玉、平鲁、浑源、朔县、山阴、广灵、灵邱、应县等十三县。1993 年 7 月雁北地区撤销，分为大同市和朔州市。它们分别是曹乃谦生活和出生的地方。雁北地势多以山地、丘陵为主，大同盆地坐落其间，北接阴山山脉，南临恒山山脉，东接太行山脉，西部为黑蛇山、洪涛山和各种丘陵。雁北地区与陕北高原纬度相同，同属黄土高原地带，土地被黄土覆盖，植被覆盖率低，土壤侵蚀严重。因此雁北风沙较大，土质疏松，常年雨水冲刷地表出现了沟壑纵横的样貌，有文记载晋北某地“土山联属，屈曲凹凸，绝少平直”、“山沟壑豁，深者数丈，横截道途，迂回始达，故土人有十岭九沟之语”。③ 雁北水资源短缺，四面环山，地处山地、丘陵地带，黄土土质，导致无法大规模兴修水利设施，旱灾成为雁北时常发生的现象，农民只有靠天吃饭。所以山西境内向来有“十年九旱”之说。“解放后 28 年中，就有 24 年发生程度不同的旱灾，仅 1960 年就因旱减产 18 亿斤……”④ 雁北年降水量 400 毫米左右，年蒸发量在 600-700 毫米，每个季节都易发生干旱天气。雁北属高纬度地区，冬季天气严寒，“大同附近自十一月初旬至翌年二月中旬，河水完全结冰，厚度可达三

① 梁启超：《亚洲地理大势论》，张品兴主编：《梁启超全集》，北京：北京出版社，1999 年，第 925 页。
② 周作人：《周作人批评文集》，珠海：珠海出版社，1988 年，第 67 页。
③ 任继愈主编：《中华传世文选 清朝文征》（下册），长春：吉林人民出版社，1998 年，第 1285 页。
④ 肖树文：《山西的干旱问题》，《山西师大学报（社会科学版）》，1978 年第 3 期。

尺，车马可在河道冰上通行无阻”。[①] 雁北地区的土壤条件和干旱寒冷的气候对农业生产影响非常大，靠天吃饭的人们常常无法解决温饱。“边城瘠薄之区，不比沃饶，未足言水利。”[②] 雁北特殊的地理环境比较适合耐寒抗旱、对土壤要求条件不高的作物生长，如黍，稷，莜麦等。干旱少雨、黄土土质、严寒天气这三种自然条件对雁北的农业生产带来了极大的不便。

地理环境的不同导致了地域文化的不同，地域文化的不同导致了作家创作风格的不同。作家与地域文化关系密切，“鲁迅之外，沈从文之于楚文化，老舍之于京都文化，李劼人之于巴蜀文化，赵树理之于三晋文化，穆时英、张爱玲之于上海文化，柳青、陈忠实之于陕秦文化”[③] 存在着不可分割的联系。文化与文人之间的紧密关系并非近代才出现，《诗经》出自北方，性质重实，《楚辞》出自南方，充满想像。“特定的区域文化同样孕育着小说家，塑造着小说家的主观世界。尤其是区域文化中的群体思维模式和心理因素，影响着小说家的包括直觉或感受方向在内的主观世界，诸如精神气质，情感内涵，表情达意的方式，乃至价值取向和思维方式，等等。”[④] 譬如郁达夫和鲁迅虽同属一区域但创作风格迥异。郁达夫小说沉闷抑郁之中透露一种逼人的爆裂之感，也有富春江“人行明镜中、鸟度屏风里”的诗情画意。鲁迅小说中呈现的是一种冷静犀利目光下的漠然之情，让人不由想起绍兴“无绍不成衙”[⑤] 的传统。一方水土养一方人，人文环境对作家的精神面貌、情感体验和艺术手法都有着非常重要的影响。

因长期与塞外少数民族间的战争与交流，雁北地区的文化中天然地含有一种塞外的文化基因，或者说在漫长的历史长河中胡汉两种文化间的相互渗透使它们已经达到水乳交融的地步。首先，雁北地区的地理位置使其文化基因中天然地带有一种崇尚武力的传统。春秋时期，雁北西北部为少数民族楼烦占领，“其人强悍，习骑射”。赵武灵王采取胡服骑射战略，吸收了少数民族在服装和军事上优越的地方，促进了雁北军事文化的发展。西汉时期著名的白登之战即发生在今大同城东的马辅山（白登山）。为了解除北部边境匈奴威胁，汉高祖刘邦统大军 32 万北击匈奴被围困于白登山。两种异质文化的相互浸淫使雁北文化的血液中变异出一种新文化基因——以儒家文化为主体、并有着少数民族的文化因子。其次，少数民族的生活方式在政权的保护下在雁北生根发芽。最大的变化是情感传达方式的改变。如，受少数民族影响，男女之间传情方式

---

① 东亚同文会编：《中国分省全志》第 17 卷《山西省：第一编 山西省总论》，大正九年（1920 年），《山西旧志二种》附录。

② 道光《大同县志》卷 4《疆域》，《山西府县志辑》，南京：凤凰出版社，2005 年影印本，第 52 页。

③ 严家炎：《区域文化：研究二十世纪中国文学的重要视角》，《中国文化研究》，1994 年总第 6 期。

④ 田中阳：《区域文化与当代小说》，长沙：湖南师范大学出版社，1996 年，第 24 页。

⑤ 梁实秋在《关于鲁迅》中说因为鲁迅是绍兴人，“单有一腹牢骚，一腔怨气”，“也许先天的有一点‘刀笔吏’的素质”。

变化很大，普通人家女子与男子相互追逐逗乐成为常态，“头一回毛你你不在，叫你妈打了我两锅盖……二一回毛你你还不在，叫你爹打了我两烟袋”。少数民族能歌善舞之风传入雁北。“桑干河流域，民间音乐以唢呐、笛子为主，这是少数民族音乐的遗风，是从胡笳、羌笛之类演变而来的。”① 孝文帝迁都洛阳之后，一部分不愿意迁移的拓跋鲜卑人在大同留下成为永久居民，实行姓氏改革，鲜卑复姓改为单姓。后来大同作为辽金陪都，契丹、女真等民族在大同留居转化为汉姓者，也不在少数。少数民族在大同的长期居留，为大同及雁北地区的民族交往和生活方式变迁提供了条件。因地理位置的特性，雁北地区作为中原与少数民族相交的门户，在两种文化基因的交流中，逐渐演变成一种属于雁北的独特的民俗风情。

由地域而进入历史，进入时代变迁的过程，这是时代赋予空间的一项重要作用。地域包含着多个方面因素的组合，“应是个立体的而不是平面的概念。自然地理或自然经济地理之类可能是其最外在最表层的东西，再深一层如风俗习惯、性情秉性、礼仪制度等，而处于核心的、深层的则是心理、价值观念等。”② 所以，地域文化因不同的自然环境和人文环境产生不同的地方特征和文化特色。地域文化因地域环境不同和地域文化的特征不同对文学产生着不同的影响。地域、地域文化与文学之间以地域为中心组成了一个“地域文学场”③。“地域文学场”对文学家的文化心理结构影响很大，并且进而对文学家的创作产生影响，最终造成的结果是文本创作自然表现地域性特征。反过来，这种体现地域特征的文学样式逐步与当地的地域文化发生作用，融入当地文化之中成为其中的一个有机组成部分，这种环境也是构成文学家文化心理结构的一部分。这种相互补充、相辅相成、互相渗透的过程也是文学家与地域文学风格的形成过程。

第二节　乡土文学传统的影响

地域文化与地理环境密切相关，作家是地域文化的载体和体现者。地域文化中的群体思维模式和心理因素形成一种特定的文化心理结构，影响着小说家的审美体验和主观感受。所以，作为承载地域文化内涵的主体形成了与这种地域文化同质同构的心理定势。

曹乃谦对乡土文学传统的继承与发展与地域文化的影响密不可分。曹乃谦所体现的地域文化属于三晋文化的一部分，在地域文化和地理环境的结构上具有相似性，并有着同质的群体思维模式和文化心理结构，深受山西文学现实主义传统影响。因此，

---

① 安大钧主编：《古都大同》，杭州：杭州出版社，2011 年，第 123 页。

② 王祥：《试论地域、地域文化与文学》，《社会科学辑刊》，2004 年第 4 期。

③ 王祥：《试论地域、地域文化与文学》，《社会科学辑刊》，2004 年第 4 期。

曹乃谦的创作与“山药蛋”派在现实主义文学传统的继承上一脉相承。曹乃谦的创作既有对赵树理现实主义风格的继承，也有对乡土文学的理解和发展。赵树理和“山药蛋”派是山西小说乡土传统的一座高峰。以写实著称的赵树理和“山药蛋”派在写作方式上“注重实录，较少虚构，尤其是在对人们日常生活的描写中，注重展现其生活的原生态。”① 题材上绝不涉及“超出农民生活或想象之外的事件。”② 以至于创作不依靠想象，只能“照猫画虎”。小说的地名、人名、甚至事件都能在现实中找到原型。这和曹乃谦所言，他所写的都是真人真事是一种创作方式。然而曹乃谦的真人真事和“山药蛋”派的“照猫画虎”是不同的。“山药蛋”派的“照猫画虎”有记录的特点，和古代传统的史家笔法相似，注重实录，擅长日常生活的工笔式叙述。“山药蛋”派作品有一种地域实指性和敏锐的地理感，作品中的地名大多数与山、沟、涧、坡、坪、湾、堡等相联系。“安泽的旧县名叫‘岳阳县’，和沁水县的北部连界，是沁河的中游。这地方全是山区，土山多，地广人稀，可以开垦的荒山面积很大。”③ 从这里可以看出山西土地贫瘠，受制于地理条件，少雨多旱，靠天吃饭。④ 赵树理的创作具有严格准确的时空性，人物、情节和故事都依地而设，不可随意变更发生的时间、地点，只能是此时此地而非彼时彼地所有。“春花秋实，不乱其时，南桔北枳，难易其所”，因此，赵树理的小说具有“鲜明的时代特征和地方色彩”⑤。“山药蛋”派在坚守乡土和地域风格时兼具社会的功利性。小二黑和小芹为了响应政府号召实现自由恋爱、婚姻自主，打破旧社会的父母包办，与村霸金旺兄弟展开斗争，把官司打到了区上，结果胜利归来，揭示了农村中封建残余势力主导的旧习对人们思想行为的束缚。因此，赵树理的小说被称为“问题小说”，为了解决现实问题而创作。

曹乃谦的真人真事在叙述上善用白描，以粗糙的线条描画事件轮廓，不求细部的工整和详细，着重采用以某一点为中心的粗略线条的散射式叙事。往往显得外形粗糙直露，中心散漫无序，完全不同于赵树理的以事件为线索解决问题式的叙述。赵树理在晋东南，曹乃谦在晋西北；晋东南重文，晋北尚武；晋东南属于中原文化区，晋北属于中原文化与塞外文化结合区。曹乃谦的写实直白、浅显、残酷；“山药蛋”派的写实委婉、实在、和谐。

曹乃谦对赵树理的发展在于对人的个体的关注。赵树理时代关注的重点是人与人群体之间的和谐关系，注重社会关系的培育。自我是集体的一份子，是依附与被依附的关系。个人不是小说关注的对象，小说描写的客体是群体中的个人。赵树理理解的

---

① 朱晓进：《“山药蛋”派与三晋文化》，长沙：湖南教育出版社，1995 年，第 19 页。

② 周扬：《论赵树理的创作》，《解放日报》1946 年 8 月 26 日，参见朱晓进：《“山药蛋”派与三晋文化》，长沙：湖南教育出版社，1995 年，第 20 页。

③ 赵树理：《实干家潘永福》，《人民文学》，1961 年第 4 期。

④ 朱晓进：《“山药蛋”派与三晋文化》，长沙：湖南教育出版社，1995 年，第 20-23 页。

⑤ 黄修已：《赵树理评传》，南京：江苏人民出版社，1981 年，第 306 页。

现实是着重在人与人之间形成的社会关系。曹乃谦理解的现实为个体在日常生活过程中遭遇的贫穷、困难、落后和愚昧。赵树理的人物在社会的帮助下完成日常生活的平衡，曹乃谦的人物是在社会的压抑下迎来个体经济的垮塌。从人物的群像揭示到个人从群体中剥离走向个体内心，这是时代思潮发展的结果，也是曹乃谦对赵树理基于写实精神上的审美超越。

然而，曹乃谦与赵树理又分别属于三晋文化的不同区域，雁北地区特殊的地理环境与赵树理生活的晋东南差异明显。即使同一地区的作家，精神气质、情感内涵乃至价值取向和思维方式也会迥然不同。所以，曹乃谦除了继承山西文学的现实主义传统之外也在某些方面溢出了这个传统，进入了乡土文学的抒情序列。

将曹乃谦纳入中国现当代文学乡土文学抒情传统的链条中，可以清晰地看出他对于废名、沈从文、汪曾祺创作风格的继承性。

曹乃谦延续了废名、沈从文、汪曾祺的乡土文学抒情传统一脉。曹乃谦的小说继承了废名小说对意境的运用。“当时我还喜欢一个叫废名的作家的书，喜欢他作品里的那种乡土气息和淡淡的情调，还有散文化的语言。那一定是在当时就下意识地受到了废名的影响。”“我喜欢废名作品里那淡淡的意境和乡土气息，还喜欢他写小人物的生活琐碎，还喜欢他作品的语言。有人说我的小说像散文，散文像小说，我心想大概是也受到了他的影响吧，当然，还有沈从文先生。”① “汪老的作品我都喜欢看。”② 曹乃谦继承了中国现代小说“抒情诗”的艺术脉络，即废名、沈从文、汪曾祺的传统，在小说的抒情性、散文式笔法等方面别开生面，其优秀的作品如《莜麦秸窝里》《野酸枣》《沙蓬球》等，能令人想起废名的《桥》、沈从文的《萧萧》、汪曾祺的《受戒》等经典作品，但作者却又有独到的发挥与创造，在叙述色调上有着明显的区别，比起他们的创作，曹乃谦的小说更为幽暗。但他们对特定环境下“人性美、人情美”的关注则是相通的。③ 乡土文学传统依据其叙事特点和叙事情感可分为三类：其一是以鲁迅为代表的批判型乡土叙事。特征是自觉的启蒙意识下对乡村愚昧落后现状的批判和审视，“哀其不幸，怒其不争”；其二，以沈从文的乡下人目光审判城市、以乡俗之美慰藉人性的乡愁型乡土叙事，有种典型的牧歌情调和田园色彩；其三，以赵树理的问题解决型小说为代表，忠实记录乡村发展变迁中的过程，展现农村世界人事变化，称之为现实型乡土叙事。根据上述分类标准对曹乃谦作品的判断，曹乃谦的创作风格倾向于乡愁型乡土叙事。乡愁型乡土叙事溢出了时代和现实的裹挟，沉醉于乡土情怀，表达了对乡村世界美好人性的追求和出世心态，有种陶渊明“采菊东篱下，悠然见南山”

---

① 见附录 2《曹乃谦访谈录》。

② 曹乃谦：《温家窑风景三地书》，长沙：湖南文艺出版社，2012 年，第 153 页。

③ 邵燕君等：《曹乃谦：“中国最一流的作家”？——关于曹乃谦作品价值和定位的讨论》，《海南师范大学学报》，2007 年第 4 期。

的自得之情，又有一种在美好人性中实现文学理想的入世情怀。创作主体与第一类相比少了一份社会现实的担当意识，多了一份自我放逐的乡愁表达。

废名的小说富有乡土气息、淡淡的情调、散文化的语言，一种淡淡的意境，有古典诗词的气质。“废名虽然写小说，却是个诗人”。① 随着小说细节的展开，犹如进入一幅幅水墨山水画，人物浸润其中享受自然之淳美，时而痴迷，时而顿悟，时而迷茫，时而清醒。曹乃谦的意境与废名相比，多了一分北方的悲壮，少了一分南方山水的阴柔。牧童、老牛、柳、桥、山、水，“我”与心上人穿梭其中，在树荫与山泉的耳语里感悟人生的真谛。相比之下，废名多了几分对黄梅炽热的乡愁与山水田园诗意的咀嚼，少了几分“温家窑”的清冷寂寞。“蝉噪林逾静，鸟鸣山更幽。”若用三个字概括废名的特点，或许以“禅、静、诗”最为合适，与王维诗相似。而曹乃谦的特点则为“躁、闷、颓”，与雁北的高寒之地气质相符。但相似在于，在他们的调配下，他们与自然风景的空间距离转化成了审美心理距离。废名把游山水与风景之乐事幻化为山水画面的静态心灵感悟，由实景的黄梅西山与东山，小桥流水与杨柳堤岸幻化为虚拟之境，由动入静，转实为虚。“石榴树做了一个翅膀，牛儿掩护下去了，花花叶叶终于也隐隐于模糊之中，——一定又都到小林的梦中去出现罢，正如一颗颗的星出现在天上。”② 懵懵懂懂的小林不知道姐姐的笑是何意味，只是遵从，却听母亲在一旁边指点出究竟，于是又懵懵懂懂，到底不知何意，站在那里想像，于是又是一堆意境幽深的“象外之意”沉淀在一幅梦境似的画里了。而曹乃谦把黄土坡梁、又矮又黑的窑洞、煤油灯光、白花花的阳婆、阴郁的月光和“温家窑”狂躁的性格与压抑的欲望揉在了一起，封闭的山村背影下一群被饥饿和性欲折磨得发狂的农民在黑暗的压抑下蠢蠢欲动，在安静和寂寞织成的肥皂泡里喷薄欲出。废名和曹乃谦都沉浸在自我的世界里，沉浸在黄梅故乡和雁北农村的荫护中，把对地方文化的理解与对世界、对人生的感悟融入到了其创作中，辅以鲜明的地方性特征，自然风光、地理环境、民情风俗、历史文化等无一不指向其要表述的意境之中。

曹乃谦雁北话语的留白特征对于非雁北人来说，无疑将要面对一个待补充和阐释的文本。对此，曹乃谦深得废名之法。废名小说深受湖北黄梅禅文化影响，处处充满机锋，处处蕴有玄思，理趣与感性相结合，使人陶醉其中。语言晦涩，桀骜不平，如险滩漩涡，忽而平白如实，忽而生杀予夺，赋予语言以极强弹性和生命活力。废名语言长于在平常处施以玄机，引出人生思考，忽急转直下又堕入生活，于出世入世间轮回，有种朦胧的诗意。但于此急转之下，话语如断线风筝，无从知晓下坠方向，充满歧义。如小林与琴子的感情在“《瞳人》那一章，分明将两小无猜写成了‘两小有猜’

① 周作人：《桃园？跋》，周作人：《苦雨斋序跋文》，石家庄：河北教育出版社，2002 年，第 103 页。

② 废名：《桥？送牛》，《废名集》第 1 卷，北京：北京大学出版社，2009 年，第 398 页。

了。但这一事件并没有按时间顺序继续发展，而是突然中断了。”① 他们之间的爱是弥散性的，没有固定指向的，所以意义丛生不得不中断了。又如“细竹唱。未唱之先，仿佛河洲上的白鹭要飞的时候展一展翅膀，已经高高的伸一伸手告诉她要醒了。”② 简直分不清白鹭和细竹哪个在唱歌？哪个要展翅膀？谁又要醒了呢？青天、碧水、白沙，是河边的鹭鸶栖息之地，也是细竹休息之处。细竹与鸟儿已经融为一体、不分彼此了，细竹的歌唱也如白鹭一般长了翅膀飞往青天去了。然而，曹乃谦小说表达技巧及修辞多以直接显露的方式进行，话语质朴、简单而具有开放性。开放性此处指话语因简单而简陋进而话语含义有待填充的歧义性和丰富性。这一点与废名有异曲同工之妙。且看一例：“天底下静悄悄的。月婆照得场面白花花的。在莜麦秸垛朝着月婆的那一面，他和她给自己做了一个窝。”③ 以意境论，废名小说如出世之境叙世俗之事，曹乃谦小说则以入世之境叙超然之事。

曹乃谦对人性的思考及对人物形象的塑造更多源于沈从文的影响。沈从文探索的原始生命形式在曹乃谦的笔下获得了另一种形式的超越。沈从文是带着一种塑造国民美丽人性的大的社会责任书写湘西，以至于扩展到全世界的。沈从文是带着对文学的梦想书写他的人性之美的。这种人性存在于他的湘西世界里。湘西世界是他的“希腊小庙”，这个小庙里供奉的是人性。这种人性滋润在湘西文化的深深的土壤中。如果说废名的文学梦是把自我浸泡在诗性的醇酒之中享受甘醴的美味，那么沈从文的文学梦毋宁说是一个民族性格改造之梦，他宁愿把自己追求为神的“人之神性”供奉在灵魂之中。沈从文在《沈从文小说选集？题记》说，最亲切最熟悉的还是他的家乡和那条延长千里的沅水，以及各个支流县份的乡村人事，那里人们的爱恶哀乐、生活感情各有鲜明的特征。正因为如此，他得以完成了对“乡下人”形象的塑造。他以“乡下人”的目光看待这个世界，也即用湘西的目光看世界，用湘西文化比照现代文化、传统文化，把湘西世界里美丽人性放大到极致以映照黑暗的现实，以修复翠翠和爷爷日夜守护的白塔。沈从文的语言与熟悉的沅水一样灵性十足，同时充满着神秘感。一个个美丽而残酷的传说故事和怪异乡俗在如水的句子中弥漫着，竟不觉得可怕，娓娓道来如牧童黄牛夕阳中乡间小道上踽踽而行，“以平常的生活事件揭示人物的灵魂。”④ 曹乃谦的笔下有《边城》中翠翠的影子，如《莜麦秸窝里》的奴奴，《山那边还是山》中的穗儿。有时也不完全是翠翠，也好像是萧萧，也像是三三，这些女性人物形象在曹乃谦的小说里同样那么迷人，那么纯洁。曹乃谦并不是“照猫画虎”，而是以翠翠的形象为底板，填涂了他最擅长的色彩。曹乃谦实现了人物形象从神性向人性的复归。

---

① 张柠：《废名的小说及其观念世界》，《文艺争鸣》，2015 年第 7 期。

② 废名：《桥？送牛》，《废名集》第 1 卷，北京：北京大学出版社，2009 年，第 473 页。

③ 曹乃谦：《到黑夜想你没办法》，武汉：长江文艺出版社，2009 年，第 10 页。

④ 凌宇：《从边城走向世界》，长沙：岳麓书社，2006 年，第 273 页。

沈从文说过，他的希腊小庙里供奉的是人性，也即神性。他小说中的形象特别是年轻女性形象身上都有一种无法琢磨的神秘性，一种无法揣测的神性。这种神性是一种原始的生命形式，“依靠人物的爱情、婚姻及两性关系形态获得它的定性的。这是一种自然的交往。爱情婚姻及两性关系具有较充分的自由。其中，没有封建宗法社会与资本主义社会规定的有形秩序与无形观念的束缚。这些作品里的青年男女爱得真挚、热烈、活泼，跃动着原始的生命活力，洋溢着一种生命的自然之趣。”① 原始的生命形式、自然的生命活力和趣味，是神性的核心，是神秘的原始力量。然而八十年代的文化语境以提倡大写的“人”为主要诉求，神秘和神性不再是主导人们的主要力量。人的生命本质从虚无的精神寄托转移到人之所以为人的肉体性和物质性。奴奴为了丑哥保存处女之身，只为心上人获得一次真正意义上的自已，这仅是一次性爱而已，它失去了翠翠在朦胧中听心上人唱歌的神秘性，也失去了翠翠在等待中为心上人守护爱情的神性。时代思潮和文化环境的影响使奴奴的形象迥异于翠翠。沈从文的湘西文化与曹乃谦的雁北文化在文化心理结构上有着很大的区别。雁北文化融入的少数民族对情爱的态度持一种开放性，性成为表达情爱的直接方式。沈从文虽然也提倡原始生命形态，但他对原始生命形式的探索“正是为着从道德的角度，揭示现代社会这种相对的历史的退步的。”② 所以，翠翠的爱是另一种道德的体现，沈从文正是为着另一种理想的道德而塑造了这个人物。曹乃谦抛弃了一切道德的重负，从人的需要出发，突出人的本能性——一个具有日常生活需要的人。沈从文笔下的人物形象具有道德指向性：符合内心理想道德的理想性格的塑造。曹乃谦则把人性降格为兽性，抛弃了道德、法律、秩序等社会成规的束缚，探索人类只剩下物质性和肉体时生存的极限状态。沈从文笔下的民风民俗、民间隐性法条决定着翠翠的性格和命运，把人物置于环境的压抑之下，显得如此渺小。原始生命的力量与社会习俗的对抗中无力还击。曹乃谦在雁北文化语境中，以民间的立场，从肉体的混战中还原了人性的力量，这种力量直抵人心深处。

比起废名和沈从文，曹乃谦的小说更加接近汪曾祺的叙事风格。废名的小说骨子里有种世外桃源般的缥缈与朦胧，呈现出空灵、虚无之美，如山间云雾缭绕却无法企及；沈从文的小说则从理想人性出发表达他对现世的改造愿望，理想与神性在现实中融为一体，分不清哪个是理想的人性，哪个是神性；汪曾祺的故事里多了几分纯粹与纯净，少了几分朦胧与虚无，有了几分烟火味儿。汪曾祺的故事里表达的思想正如他的一篇散文，“随遇而安”，顺势而为。即使是巧云被坏人占有了，他也只有一句话交待，“就在这一天夜里，另外一个人，拨开了巧云家的门。”③。汪曾祺说，他是受了老庄思想的影响，有一种超功利的率性自然的思想，并以为这是生活的美的极致。这种

① 凌宇：《从边城走向世界》，长沙：岳麓书社，2006 年，第 202 页。

② 凌宇：《从边城走向世界》，长沙：岳麓书社，2006 年，第 206 页。

③ 汪曾祺：《大淖纪事》，《汪曾祺全集》第 1 卷，北京：北京师范大学出版社，1998 年，第 426 页。

极致的美在汪曾祺的笔下却又如此具有生活气息。曹乃谦和汪曾祺的风格相似，尤其是他们笔下的爱情故事，不像废名犹如仙境中的爱情，也不像田园牧歌般、无忧无虑的沈从文的爱情故事，而是有着浓厚现实生活气息的爱情。如明子受戒的归途中，小英子放下桨走向盘尾的明子，趴在他的耳朵边，"小声地说：'我给你当老婆，你要不要?'明子眼睛鼓得大大的。'你说话呀！'明子说：'嗯。'"小英子对明子的爱情率真而自然。小英子爽快的提问与明子羞涩的回答，一问一答间抛却了世间万物的羁绊。这种爱情是汪曾祺追求的率性而为的生活的自然美和随性美。曹乃谦小说里的那种莜麦味和汪曾祺笔下的那种率性自然如出一辙，扑面而来的清新之气沁人心脾。奴奴从丈夫家回到村里，和情人丑帮偷偷约会，在莜麦秸窝里以身相许。"'我要你这就给我当女人。''嗯呐。''我要你明儿还来给当，还有后儿。还有外，外，外……后儿……''嗯，嗯，呐……呐……呐，呐……'"[①] 夜晚的天空已经完全属于他们两个人，"莜麦秸叫他们给碰得散了架。金黄黄的光洁洁的莜麦秸，轻轻的轻轻的埋住了他跟她。远处，青蛙跟秋蛉儿还在叫。"[②] 莜麦的清香、金黄黄的莜麦秸、青蛙、秋蛉儿的叫声共同构成一场自然的视听盛宴。

曹乃谦之于废名、沈从文、汪曾祺，有对乡土传统的继承，也有其基于雁北文化特色的创新和发展。曹乃谦创造的意境与废名的梅雨之乡不同。废名的黄梅仿佛是处于山巅之间云雾缭绕的楼阁，似梦似幻，一草一木，一树一花，皆带有山水画的灵性，置身其间如痴如醉。曹乃谦的境迥然不同，苦涩、寒冷、焦虑、绝望，同样处于山巅之境，却如衣不蔽体行走于大雪之中，画境犹如冰刀般阴冷，触之令人心寒。在残酷的现实与生存的困境面前，曹乃谦的态度是冷静的。他敢于直面生活的艰辛，把雁北世界的丑陋与龌龊尽收笔端。人物形象也不如翠翠般有着完美、健康的人性，甚至还有身体或心理的某种缺陷。但生存在这种肮脏环境中的人性却着倔强的血性，为生存而活成为雁北人性最有力的反抗。如果说汪曾祺追求的是一种自然和谐的平衡之美，那么曹乃谦则反其道而行，追求的是另外一种美——原始之美，这种美是自然原生的，具有分散性和暴力性。所以，曹乃谦的雁北世界既有乡土的继承性，又有本土的创新性。

第三节　知遇汪曾祺

汪曾祺是曹乃谦文学道路的引路人，对曹乃谦的文学定位与创作信心产生过很大的影响。曹乃谦最早接触汪曾祺是在 1988 年四月五日到十日[③]举办的大同笔会上，缘

---

① 曹乃谦：《到黑夜想你没办法》，武汉：长江文艺出版社，2009 年，第 162 页。

② 曹乃谦：《到黑夜想你没办法》，武汉：长江文艺出版社，2009 年，第 162 页。

③ 据 1988 年 4 月 3 日与彭匈的信中说，5 日到 10 日去大同，笔者推断应为此次笔会日期。

起于曹乃谦的两次打赌。有一次，曹乃谦的朋友去他的家中见到他收藏的许多名著，无意中说了一句话，说他藏书这么多却独缺了一个人的书，也不可能收集到。这个朋友暗指曹乃谦虽然收集这么多书但没有一本是他自己写的。于是，倔强的曹乃谦决定与朋友打一次赌，决心发表小说。如果不能发表一篇小说，就请朋友喝酒。结果“赌了两篇”，都发表在大同市主办的刊物《云冈》上。但是朋友又有了新说法，“朋友说《云冈》我一定是有熟人，他让我往北京上海一篇才算本事。”① 被激将法刺激的曹乃谦于是开始动手写第三篇小说。小说写完后就向《云冈》编辑部打听《北京文学》的地址。《云冈》编辑部秦岭告诉曹乃谦北京作协、《北京文学》编辑部要在大同组织创作函授班，报名日期还未截止。曹乃谦委托朋友乌人（宋志强）报了名。《北京文学》编辑部季恩寿给曹乃谦回信，指出曹乃谦参加笔会时要带着自己的作品，“笔会由副主编李陀带队，并将邀请汪曾祺老先生到会作指导。”“过了些时，汪老他们来了，就住在大同市政府招待所，创作笔会也在那里举行。”② 单位不准假，曹乃谦只有抽空去参加笔会。在笔会开始之前的晚上，曹乃谦把因打赌而写的第三篇小说《到黑夜我想你没办法——温家窑风景（五题）》给了季恩寿。第二天上午，季恩寿高兴地告诉曹乃谦，汪曾祺非常喜欢他的小说，还说，“发现了曹乃谦，这次来大同就不虚此行。”

从被汪曾祺肯定到《北京文学》决定发表《到黑夜我想你没办法——温家窑风景（五题）》，曹乃谦倍感欣慰。而在此之前，他是被拒绝过的。小说完稿于1987年初。曹乃谦“自我感觉良好”，拿给《山西文学》责任编辑祝大同看。祝大同给予的评价是“好，清爽宜人”，但是“（祝）顾及到当时正反自由化，恐涉嫌，没有把它带走，使我的《风景》错过了一个出头的机会。但他对作品的评价使我得到安慰，自信了我的‘感觉良好’并非傻狂。”③ 产生这种感觉的原因大概是曾经被祝大同泼过冷水。祝大同回忆，在1986年初冬，大同文联召开笔会，刚刚进入山西省作协主办的《山西文学》编辑部任责任编辑，“作为看大同地区小说稿件的责任编辑参加了这个笔会。我记得那个会上乃谦也带了一篇小说，是不是这篇《我与善缘和尚》已经记不得了，应该不短，但肯定不是‘温家窑’。看罢稿子，大概是给乃谦泼了冷水。”④ 在会议结束时，曹乃谦对祝大同说，“请记住，两年后我会让你大吃一惊。”并对大家说，“我有力量！我要将你们一个个都打倒！”⑤ 正是参加笔会时的屈辱经历，激发了曹乃谦的创作热情，为打赌的胜利积聚了能量，埋下了种子。祝大同的另外一段话印证了曹乃谦在《到黑夜我想你没办法——温家窑风景（五题）》写完之后先交给了祝大同，预备在《山西文学》上发表，以回应之前的狂言或承诺。但是祝大同并未敢于把它发表在当时的

---

① 曹乃谦：《温家窑风景三地书》，长沙：湖南文艺出版社，2012年，第152页。

② 曹乃谦：《知遇汪老》，《北京文学》，2010年第9期。

③ 曹乃谦：《〈温家窑风景〉初始》，《北京文学》，1988年第9期。

④ 祝大同：《生命的形式》，曹乃谦：《佛的孤独》，北京：中国广播电视出版社，2007年，第1–2页。

⑤ 曹乃谦：《温家窑风景三地书》，长沙：湖南文艺出版社，2012年，第13页。

《山西文学》上。“这也是我的遗憾。我应该是这组小说其中几篇手稿最早的读者之一，乃谦写好以后一定是先寄给了我……我是这几篇小说的责任编辑，……遗憾的是没有能在我的手里发表出来。”① 祝大同未刊发此文的理由与曹乃谦推测如出一辙，在当时的社会氛围中政治和性属于禁忌话题，一不小心就可能被划入到资产阶级自由化的圈子里面。即使在《北京文学》发表过《到黑夜我想你没办法——温家窑风景（五题）》之后，《山西文学》发表曹乃谦“温家窑”系列时也对关于性的情节进行了大量的删减，祝大同在一篇文章承认是因为怕被划入自由化的范围②。所以，在1988年的社会环境中，“温家窑”系列的发表和成名是一个偶然的事件。

曹乃谦把小说寄给祝大同，有两层意思，一是显示作者对自我创作能力的自信，以兑现先前对祝大同许下的承诺；二是有通过祝大同的认可，来向当时参加笔会的笔友们示威。既然祝大同认为这篇小说“清爽宜人”，发表与否已经不是曹乃谦所能掌握，但无疑通过这件事情无形中增强了曹乃谦对自己作品的信心。为以后向《北京文学》交作品时设下铺垫。如果没有曹乃谦的狂言在前，如果没有祝大同的评价，仅凭一个打赌，以曹乃谦内敛的性格推测，他大概不会向季恩寿提交《到黑夜我想你没办法——温家窑风景（五题）》。先有与朋友赌约在前，后有向笔友们示狂在后，再有祝大同赞叹鼓励。《山西文学》发表与否已不重要，重要的是祝大同提供的信息中包含了“清爽宜人”的评价，因政治和性的禁忌拒绝了他，却肯定了小说的优秀。这足以使曹乃谦自豪和兴奋，强烈的自尊心使他对之前在《云冈》笔会上那种孤独的记忆印象深刻，向更高一级的刊物投稿意味着一种复仇意识。这才是他敢于向《北京文学》投稿的真正原因。

然而，按祝大同的说法，“温家窑”系列小说能在《北京文学》首发，得益于天时、地利、人和。在偶然性之中也天然地蕴含了一种必然性。欧阳江河在一次访谈中提到此事，他说在1988年大同的小说学习班上，李陀首先发现了曹乃谦的小说，感觉非常不错，当天晚上交给了汪曾祺，并请汪曾祺写了一篇三千字的推荐评论，与小说一起发表在同期《北京文学》上。当时《北京文学》主编是林斤澜，副主编是李陀。汪曾祺与林斤澜是挚友，且文学观念相近，二人均写短篇，路子相近，都有杂家的味道，“对风俗人情、野史笔记有兴趣；而且他们皆有点散淡或自由派的风骨，和时风多有些不和。”③ 最重要的是他们喜欢散淡自由的风格，与时风不和。这一点注定了曹乃谦小说命运的转机。祝大同称自己处事时过于谨慎，其实只是时代风气的影响。而《北京文学》编辑部林斤澜、李陀等人则与时风不合，敢于冒天下之大不韪，发表“温家窑”系列亦不为奇了。还有一个重要因素，“与其他文学杂志不同，《北京文学》的

---

① 祝大同：《生命的形式》，曹乃谦：《佛的孤独》，北京：中国广播电视出版社，2007年，第1-2页。

② 祝大同：《生命的形式》，曹乃谦：《佛的孤独》，北京：中国广播电视出版社，2007年，第1-2页。

③ 孙郁：《革命时代的士大夫：汪曾祺闲录》，北京：生活·读书·新知三联书店，2014年，第219页。

主编是挂名制，一般由北京市籍的著名作家担任，没有实际权力（审稿权和行政权）。所以，主编对刊物的影响基本是象征性，真正主持者都为社长或执行副主编。”① 基于此，可以看出李陀在发表《到黑夜我想你没办法——温家窑风景（五题）》时起到的作用非同小可。李陀是新时期文学较早探索形式主义的作家，八十年代末与冯骥才、刘心武讨论高行健的现代小说技巧，指出西方现代派与现代小说的不同，是八十年代思想解放的先驱之一。根据惯例，作为副主编的李陀是《北京文学》的重要决策者，因此，他应该是发表此组文章的重要推手。另据李陀 1986 年 7 月参加德国南部根斯堡的一个国际现代中国文学的学术会议，提到汪曾祺、韩少功、莫言等人时，与会者一片茫然，他们抱守着“伤痕文学”不放手。② 可见李陀在八十年代思想的先锋性。所以，《到黑夜我想你没办法——温家窑风景（五题）》被《北京文学》编辑部发掘，是一个偶然，同时也是必然的事情。“偶然”是因为国内、国际的社会空气并不适合刊发此组文章，“必然”是因为《北京文学》编辑部大同笔会里有了林斤澜、李陀、汪曾祺这些与“时风不合”者存在。

《到黑夜我想你没办法——温家窑风景（五题）》的发表，增强了曹乃谦的创作自信。“若不是他们对《风景》予以肯定，我或许以为‘感觉良好’是一种错觉，我或许在创作的道路上另求他途，我或许因走不通而丧失信心”，这或许是曹乃谦对自己创作机遇的真情告白。

《到黑夜我想你没办法——温家窑风景（五题）》的发表与汪曾祺的支持是密不可分的。何振邦在《来自天堂的药方》中说，“我常听汪老说起的是两位青年作家，一个是山西大同的曹乃谦，一个是安徽天长的苏北，他们俩都是汪老比较器重又受到汪老较多指点的，如今果然都修成了正果。”③ 汪曾祺自从认识曹乃谦之后，便在创作上给予其多方面的指导，从语言到题材、从文学态度到创作观念、甚至小说的发表和推荐方面也不遗余力，使曹乃谦获益良多。

一，汪曾祺改变了曹乃谦的创作态度。汪曾祺对曹乃谦写作的全力支持使他由为打赌写作变成了主动积极的的写作。在北京作协、《北京文学》创作函授班开班之前，曹乃谦创作的《到黑夜我想你没办法——温家窑风景（五题）》由季恩寿转交给当时的执行副主编李陀手中，李陀看后感觉“很好”，然后又给汪曾祺看，汪曾祺脱口而出“好”。之后，汪曾祺建议曹乃谦以小说中人物锅扣大爷唱的麻烦调：“白天想你墙头上爬，到黑夜想你没办法。”中的第二句作为小说题目。并为之写了评论《读〈到黑夜我想你没办法〉》，同发在《北京文学》1988 年第 6 期上。同时承诺“若要出书我给你

---

① 兴安：《伴酒一生》，敦煌：敦煌文艺出版社，2015 年，第 24 页。

② 何言宏编选：《中国当代文学批评大系》第 5 卷，苏州：苏州大学出版社，2012 年，第 487 页。

③ 何镇邦：《来自天堂的药方》，北京：中国长安出版社，2011 年，第 68 页。

作序。”“因为有汪老的鼎立推荐，我的这篇小说引起了海内外文学界的关注。”[1] 之后《小说选刊》《联合晚报》（台湾）、《博益月刊》（香港）转载，被编入《人民文学一九八八年短篇小说选》（人民文学出版社）、《一九八八年全国短篇小说佳作集》（上海文艺出版社）、《中国小说一九八八》（香港三联书店）、《八十年代中国大陆小说选》（台湾洪范书店）等多种权威文学选集。对曹乃谦影响更大的是，《到黑夜我想你没办法——温家窑风景（五题）》的发表引起了其它文学类刊物的关注，约稿也相应多了起来。“自那以后，我也就不再是跟人打赌才写小说，而是主动地写起来。”[2] 在汪曾祺的督促下，曹乃谦的创作更加积极主动。接着，在1988《北京文学》第11期上发表了《阴天下雨毛迎外》“温家窑系列四题”；1989年相继在《北岳》《山西文学》《上海文学》发表《斋斋苗儿》《贼》《天日》《吃糕》《男人》等作品，之后香港和台湾也开始关注曹乃谦的作品。

汪曾祺对曹乃谦的关注及支持可在他给曹乃谦的信中窥出一二：

（1989年3月8日）香港《博益》转载了你的小说，他们寄给你杂志没有？《博益》的地址是香港礼顿道一号博益出版集团有限公司，主编黄子程。你可以写信向他们要两本杂志（地址、人名都不要写简体字）。

台湾的《联合报》也转载了你的小说，我是听人说的未见报纸，不知是哪一天的。你也可写信问问《联合报》，写台北市《联合报》即可收到。

顷得上海文艺出版社信，他们把你的小说选进了88年最佳小说集。你对小说如有修改意见，请函告上海绍兴路74号上海文艺出版社修晓林，并把你的地址告诉她。出书后，出版社会给你一点稿费。

你可以说是“一举成名”了。我对你两点希望，一是不要骄傲（我想你不会），也不要过于谦虚（人家会觉出来，会反感），还是同往常那样本本分分老老实实。二是写得更勤奋些。一个青年作家出名之后，往往会遇到一种困境，觉得再写的作品超不过“打响”的作品。那不要紧。一个作家的价值不在一两篇“代表作”，而在他的作品的总和（包括失败之作）。你尽量地放开来写吧。

（1989年4月27日）你的新人新作奖金不会太多，大概早被人“喝驴汤”喝掉了。——江苏赵本夫因小说《卖驴》得了奖，大家都去吃他，叫做“喝驴汤”。

有什么新作，建议你给《人民文学》寄一点去。到现在为此，《人民文学》还是影响最大的刊物。如仍然是那样的短篇，最好能有五六篇，这样声势壮一些。

（1990年1月23日）你的病是什么病？怎么拖了这么长时间还不见好？不过你还

---

① 曹乃谦：《知遇汪老》，《北京文学》，2010年第9期。

② 曹乃谦：《知遇汪老》，《北京文学》，2010年第9期。

年轻，当能战胜疾病。希望你安心养病，早日痊好。

《八十年代大陆小说选》是美国出的还是台湾出的？你可以向他要一本书。

（1991年6月17日）我在你的中国作协入会申请表上签名盖章，并签署了一点意见：曹乃谦是苦寒贫瘠的雁北土地培植出来的作家。他的作品以惊人的真实反映出这片土地上的生活和人，反映出中国的一个角隅。他的作品表现出对那里的人那里的生活的深情的痛苦的挚爱。因此引起海内外文学界的刮目。曹是目前中国的不可忽视的很有前途的作家。我愿介绍他入会。（注：1991年，曹乃谦在汪曾祺的推荐下被吸收进中国作家协会，属破例接收。因为曹乃谦那时的创作仅有十几个短篇，一本书也没有。）

根据曹乃谦散文琐碎的记述中，可以看出汪曾祺对这位大同警察的关爱。

"我不会讲普通话，说的是带有应县腔的大同话，但汪老完全能听懂我的这种话。就连我不注意时说了我们的方言，他也能完全听得懂。还解释给李陀老师他们听。……汪老赠送了我一本他的创作谈《晚翠文谈》，他还当面签了字'曹乃谦同志惠存 汪曾祺 一九八八年四月 大同'。"①

"人们都邀请汪老单独拍照，我也想拍，可不敢上前，只是站在旁边看。汪老却主动招呼我，来，小伙子。我真高兴。"②

"那天很热，我刚理了光头没几天，头上的汗不打一处往下爬。一进汪老家门，他给我从冰箱里够出瓶啤酒，'嘭'地起开。他取杯的当中，我举起瓶就吹喇叭。他说：'呛着！呛着！'说着拉过瓶把酒给我倒在杯里。后又出了他的那间小屋，一会返进来，递给我一块凉凉的湿毛巾。十四年前我爹就去世了，在汪老跟前，我感受到那种久违了的关爱。"③

所以，如果当初没有汪曾祺的推荐和提携，曹乃谦是否如自己所说，失去了创作的信心或在创作的道路上迷失？也未可知。即便走上了这条路，能够坚持多久呢？

二，曹乃谦从汪曾祺的肯定和鼓励中看到了雁北日常生活经验的价值，使他更加坚定了自己的创作方向。汪曾祺如此赏识曹乃谦，或许是因为他的张家口生活经验与曹乃谦的雁北乡土经验非常相似。雁北地区和张家口在1913年时都属于察哈尔省。因察哈尔地广人稀、物产匮乏，1952年撤销察哈尔省建制，雁北地区归属山西省，张家口归属河北省。且雁北和张家口同属高寒地区，风土人情及物产水文相似度很高。

---

① 曹乃谦：《知遇汪老》，《北京文学》，2010年第9期。

② 曹乃谦：《清风三叹》，北京：人民文学出版社，2018年，第189页。

③ 曹乃谦：《清风三叹》，北京：人民文学出版社，2018年，第189页。

1958年，汪曾祺以右派的身份，被下放到张家口的沙岭子农业科学研究所，一直到1962年才回到北京。在张家口将近四年的时光里，汪曾祺在《随遇而安》里感叹道，“我当了一回右派，真是三生有幸。要不然我这一生就更加平淡了。”汪曾祺在内心感激这几年的时光，并非感谢这个右派的名头，而是感谢这几年的张家口的生活对他的赐予。

“这四年对我来说是很重要的。我和农业工人（即是农民）一同劳动，吃一样的饭，晚上睡在一间大宿舍里，一铺大炕（枕头挨着枕头，虱子可以自由地从最东边一个人的被窝爬到最西边的被窝里）。我比较切实地看到中国的农村和中国的农民是怎么回事。”①

“我和农业工人干活在一起，吃住在一起，晚上被窝挨着被窝睡在一铺大炕上。农业工人在枕头上和我说了一些心里话，没有顾忌。我才比较切近地观察了农民，比较知道中国的农村，中国的农民是怎么一回事。这对我确立以后的生活态度和写作态度是很有好处的。”②

汪曾祺的四年张家口生活经验对曹乃谦来说是一种幸运。“大同方言以至于晋语，晋语指的是山西省及其毗连地区有入声的方言。……而河北省的张家口，……等地的方言却属于晋语。”③ 正是因为这四年的农村生活时光，汪曾祺与曹乃谦的生活的产生了交集。这个交集促成了汪曾祺对曹乃谦的雁北多了一份理解和支持。读完曹乃谦的小说后，汪曾祺说，“这是非常真实的生活。”④ 汪曾祺文中所提中国的农民实际指张家口的农民，和雁北的农民别无二致。曹乃谦说，我的小说写的雁北地区农村的风土人情，天然地带有雁北地区的泥土味。“我写出的就是我最熟悉的人和最熟悉的事，也就写出了雁北的农民雁北的事。”⑤ 汪曾祺曾经说过，曹乃谦的小说里有一种莜麦味，雁北人就是吃这种莜麦长大的。四年的农村生活已经把汪曾祺锻炼成了一个真正的农民，“初干农活，当然很累。像起猪圈、刨冻粪这样的重活，真够一呛”，最后“能够扛170斤重的一麻袋粮食走上和地面成45度角那样陡的高跳”。⑥ 汪曾祺小时候家境优越，没有机会接触农民、了解农民，在昆明、上海和北京时期更没有可能，张家口的生活给汪曾祺补上了这一课。“沙岭子属塞北苦寒之地。那里‘一年一场风，从春刮到

---

① 汪曾祺：《汪曾祺自述》，郑州：人象出版社，2002年，第9页。

② 汪曾祺：《汪曾祺自述》，郑州：大象出版社，2002年，第160页。

③ 马文忠：《大同方言实用手册》，香港：香港天马图书有限公司，2003年，第1页。

④ 汪曾祺：《代跋：读〈到黑夜想你没办法〉》，曹乃谦：《到黑夜想你没办法》，武汉：长江文艺出版社，2009年，第232页。

⑤ 曹乃谦：《温家窑风景三地书》，长沙：湖南文艺出版社，2012年，第157页。

⑥ 汪曾祺：《汪曾祺自述》，郑州：大象出版社，2002年，第159页。

冬'，冬天最冷时往往达到零下三四十度。"① 繁重的体力劳动和恶劣的自然条件对于成长于江南水乡的汪曾祺来说无疑是一场人生的苦役。但汪曾祺经历过后却觉得"三生有幸"，可贵的是这样一个弱小书生竟然在干活时实实在在，没有偷奸耍滑，被人事部门定性为"人性很好"。所以，汪曾祺只有在这样的环境中生活过、体验过才能理解"苦寒、封闭、吃莜面"的雁北农村生活。也只有这样的地方，才会有这样的生活，才能形成苦寒之地朴素拙直、无遮无掩的价值观念。汪曾祺问曹乃谦，还有这样题材的小说吗？要继续写，多写，以后出一本书，我给你写序。他没有想到的是在大同与过去的张家口不期而遇，支持曹乃谦，或许也带有一种对那四年农民生涯致敬的意味。

三，汪曾祺的肯定使曹乃谦坚定了自我定位，从未动摇。曹乃谦小说存在着方言土语和敏感内容，经常遭遇被删减的命运。从删减的情况来看，《北京文学》第一次发表的《到黑夜我想你没办法——温家窑风景（五题）》与曹乃谦的手稿是最相近的，几乎没有改动。即使在同一年第 11 期发表在《北京文学》的《阴天下雨毛迎外——温家窑风景四题》也没有逃脱被删减的命运。笔者在翻阅曹乃谦保存的《北京文学》第 11 期原刊时发现，每页期刊的空白缝隙处都堆满了蝇头铅笔小字，——曹乃谦因不满意《北京文学》编辑对自己作品的删改而做的备注与解释。从这个意义来说，汪曾祺是最懂曹乃谦的，他不仅没有改动曹乃谦小说的任何难以理解之处，而且还能从雁北的风土方面给予充分的肯定和理解。

1988 年第 11 期《北京文学》未经曹乃谦同意修改的几处：

（1）人们问她叫个啥，她说叫个三板人儿，人们没有叫她三板人儿，叫了她一辈子三寡妇。

（原文 1）人们问她叫个啥，她说叫个三板人儿，人们没有叫她三板人儿，叫她三寡妇，叫了她一辈子三寡妇。

（2）三寡妇连"不……我要死……"也不说了。她歇心了，她知道自己真的死了。她是死了。

（原文 2）三寡妇连"不……我要死……"也不说了。她歇心了，她知道自己死了。她真的死了。她死了，她歇心了。

（3）"完球了，又喝西北风呀。"狗子干缩在狗窝里，就瞭外前的冷蛋在场面上跳高高，就想，"完球了。"

（原文 3）"完球了，又喝西北风呀。"狗子圪缩在窝里，就瞭外前的冷蛋在场面上跳高高，就想。"完球了，又喝西北风呀。"

（4）闲上个一月两月的，年轻些的平辈光棍们就要朋各着打一顿拼伙。充充足足

① 苏北：《我们的汪曾祺》，扬州：广陵书社，2016 年，第 299 页。

讲讲究究有滋有味地吃个大肚儿圆。

（原文4）隔上个一月两月的，年轻些的光棍们就要朋各着打一顿平花。充充壮壮讲讲究究滋滋味味地吃个大肚儿圆。①

这几处修改的不当之处在于，编辑忽略了雁北人的表述习惯，没有掌握雁北人表达方式的编辑并不知道这些方言的妙处。也只有在张家口生活过的汪曾祺对这样的表述感到格外亲切。在给曹乃谦的《到黑夜我想你没办法——温家窑风景（五题）》写的评论里，他明确写到，曹乃谦之所以有莜麦味是因为他用的是雁北人的叙述方式。“这种叙述方式是简练的，但是有时运用重复的句子，或近似的句子，这种重复、近似造成一种重叠的音律，增加了叙述的力度。”② 如在第3处的“圪缩”这一极具地域特色的“圪”被修改成了完全中性化的“干”，“圪”字不仅突出了雁北的黄土高原的地貌特色，也形象表达出了一个人因冷而蜷缩在一团的特征。“干”相比“圪”字普通而无质感。虽然修改之后，读者更能理解作家的表述，但小说的地域风情和方言蕴含的独特魅力却荡然无存。

《山西文学》等一些期刊除了修改一些地方方言外，还会删除涉及政治和性等敏感性的字眼。祝大同在《生命的形式》中坦承，“温家窑”系列在《山西文学》发表过几组小说几乎都做过删节。1989年3月《吃糕》删去：“末了，他俩又嘴对嘴地吸。谁也怕谁吃亏，把对方搂得死死的。嘴唇吸得滋滋响。”至于后面的结尾高潮部分完整地被删除。没有“光棍”们的亲嘴，以及后面的丑态，最重要的是后来两个“光棍”互相抱着嚎哭开了，像丢了娃子的母狼。少去“光棍”们最困惑的性元素，吃糕变得索然无味。1991年3月《福牛》删去“他觉见得这个坑儿很像个啥。很像个下等兵说的那种叫做天日的东西。”结尾处删除了从“福牛觉出浑身滚烫滚烫的，脑袋晕麻旋倒的。翻过来调过去睡不着。”以后的所有部分。③ 删掉第一处使后面所有有关天日的细节处失去了支撑。小说结尾正是福牛对温孩嫂子的性幻想，没有了性，“光棍”们的寂寞无从谈起。“这些删节都是为了减弱小说中性的因素。”然而删节了这些性元素，《到黑夜想你没办法》是不成立的。随着社会环境的改善，后来在成书时，不管是台湾版本还是长江文艺出版社、湖南文艺出版社版本的《到黑夜想你没办法》，均按曹乃谦的原稿刊印。

从发表过程中的修改、删节看，汪曾祺对曹乃谦的小说是高度认可的，因为只有经手汪曾祺发表过的《到黑夜我想你没办法——温家窑风景（五题）》是没有经过删

---

① 曹乃谦：《阴天下雨毛迎外》，《北京文学》，1988年第11期。

② 汪曾祺：《代跋：读〈到黑夜想你没办法〉》，曹乃谦：《到黑夜想你没办法》，武汉：长江文艺出版社，2009年，234页。

③ 笔者翻阅曹乃谦收藏的《山西文学》时发现他把结尾处用纸片粘贴住了，他解释为因没经过同意删节他比较生气。还有一些删节较严重的期刊甚至被他撕掉了。

节和修改的。说汪曾祺对曹乃谦有知遇之恩，并不为过。正因为如此，曹乃谦在此后的创作道路上一如既往地坚持着自己。即使一直被压抑，作品的删减发表从未停止，他也无改初衷，毫不动摇。

四，从汪曾祺对曹乃谦的关注程度和指导来说，汪曾祺的艺术追求和审美趣味直接影响了曹乃谦的创作风格和文学品味。“小说化的散文，散文化的小说。我的有些作品也是这样，这一点准是受了他的影响。”曹乃谦在谈到小说的散文化时说，“汪曾祺的作品都喜欢看，有一种淡淡的美。”① 汪曾祺支持曹乃谦用方言写作。为了呈现特定地域环境中的民情风俗，再现原汁原味的生活场景，汪曾祺在他的小说《羊舍一夕》《王全》《看水》《黄油烙饼》《七里茶坊》《寂寞和温暖》《护秋》《尴尬》和散文《果园杂记》《葡萄月令》《沽源》《随遇而安》等作品中，特意运用了张家口地区的方言，如“白不咋”，“你啦”、“供书”，“甜”等，为防止读者无法准确理解其含义，分别加以注释，如“你啦”“是第二人称的尊称，相当于北京话的‘您’，大概是‘你老人家’的切音”。②《护秋》中则在正文中用叙述的方式直接解释方言的用法，形成一种散文化的叙述。曹乃谦在小说中使用了大量的方言俚语，针对这一点，汪曾祺对曹乃谦说，用“老百姓的话说老百姓的事”很好，要善于学习群众语言。但学习群众语言并非简单使用一些方言词汇，而是要学会群众的叙述方式。

对于曹乃谦，汪曾祺更大程度上扮演的是伯乐的角色，把他这匹千里马从万千作家中识别出来，难得的是，还为他提供了日行千里的秘诀。因此，曹乃谦说汪曾祺对他有知遇之恩。这种“知遇”不仅是汪曾祺看到了曹乃谦的存在价值，而且他还让读者看到了曹乃谦的价值。汪曾祺对曹乃谦的提携，帮助他树立了创作的信心和作品的定位、坚定了他的艺术追求和文学理念。

第四节　在“黑夜”中摸索

曹乃谦《到黑夜想你没办法》的出版并非一帆风顺，而是充满曲折和坎坷。汪曾祺的作品在八十年代末出版时也曾遭遇过“黑夜”，何况曹乃谦当时还是一个没有什么名气的作家。邓友梅回忆，汪曾祺一度心态消沉。北京出版社要重印五十年代几个人的旧作编成一套丛书，林斤澜建议要有汪曾祺，汪曾祺却委婉拒绝。林斤澜之后到他家与其争论，批评和劝说双管齐下。汪曾祺被挚友感动，激发了他第三次创作浪潮。③《受戒》在发表前也受到过质疑，把“小和尚谈恋爱”当成思想动向提出来，幸亏

---

① 曹乃谦：《温家窑风景三地书》，长沙：湖南文艺出版社，2012 年，第 153 页。

② 中国人民政治协商会议张家口市委员会文史资料委员会编：《张家口文史资料 张家口历史名人传》第 34 辑，1998 年，第 461 页。

③ 孙郁：《革命时代的士大夫：汪曾祺闲录》，北京：生活·读书·新知三联书店，2014 年，第 220 页。

《北京文学》慧眼识珠，这才有了此作的问世。《异秉》是林斤澜推荐给南京《雨花》杂志的主编叶至诚、高晓声的，他们看后也十分欣赏，汪曾祺亦是江苏人，小说写的也是江苏的事情，但是编辑部却未通过稿件。编辑部并非认为《异秉》不是水平差点，而根本不是小说。后来还是主编作主发出去。甚至在八十年代末，文论集《晚翠文谈》在北京出版社竟又未通过。后来，林斤澜略加整理，添了两篇新作，介绍到浙江出版社。出书已经是一九八八年了。即使编辑过《北京文艺》《说说唱唱》《民间文学》，位列老作家阵营的汪曾祺发表作品尚且如此困难，所以，与之风格相似且涉及禁忌话题的曹乃谦的小说面临的命运便可窥之一斑了。

由此可见汪曾祺说要李陀为曹乃谦联系出版社、自己亲自为其写序的分量，以及这件事对于曹乃谦的意义是多么重要了。然而，《到黑夜想你没办法》的出版还是一波三折。

在曹乃谦保存的资料中，有一份他为百花文艺出版社一位名叫王俊石的编辑写的序言，这是为《到黑夜想你没办法》的出版而写的序。应该是《到黑夜想你没办法》第一次为出版做准备。时间是 1992 年 9 月 26 日。此序言中提到：

“说到出书，李陀老师曾经答应过要帮我出这个集子。可是我到处找不见他，哪儿也寻着他。正在这个当儿，百花文艺出版社王俊石兄找我联系，而且多次催问写作进展情况。这个集子能在这个时间得以问世，在这里应该感谢百花文艺出版社，感谢王俊石兄。‘温家窑风景’陆续在《北京文学》《上海文学》《山西文学》《小说家》《小说界》以及台湾的《联合文学》《联合报》分别发表后，受到好多评论家、小说家多位老师的关注和评论。这里，我一致表示感谢。现在，我谨以此书献给雁北地区男男女女、老老少少和我的父老乡亲们。”

然而此次《到黑夜想你没办法》的出版最终并未能如愿。

之后，曹乃谦在与台湾某出版社接洽出版时也是差之毫厘，未能出版。一封加注日期为“1993 年 7 月 28 日”寄给时任台湾《联合文学》执行主编初安民的信件中明确显示，《到黑夜想你没办法》的出版有望迎来曙光，但令人奇怪的是这封信并未寄出，而是安放在曹乃谦的书柜中，其中发生了什么事情令出版再次搁浅，曹乃谦没有了印象。信件内容如下：

“初先生，您好！七月十四日信件收到，非常高兴。您所指示的四项要求（1 照片；2 个人简历；3 整部作品的自我介绍和写作目的；4 序）均知悉。现将出书的正文和代序先寄去。其余部分将于一星期后另寄。您若收到此书稿，麻烦先生在百忙中抽空先给来封短件以告。”

此次台湾出版事件无疾而终的原因不详。推测应是在给初安民寄信之前台湾的出版遇到困难，于是曹乃谦的信件未有机会寄出。其它无从得知。在2005年《台湾版〈温家窑风景〉自序》里曹乃谦提到此事，“我把全部的手抄稿（那时还我还没有电脑）以及有关出书资料都寄给了他，时间一天一天过去了，却一天一天的没有音讯，我也不好意思催问，这件事就这么地给搁开了。”①

时间很快来到了1997年，曹乃谦创作十年、十八万字的《到黑夜想你没办法》终于完稿。这一年，一直庇护着他的汪曾祺老人去世。在失去李陀的帮助之后，曹乃谦又失去了汪曾祺的保护。曹乃谦回忆道，他让李锐给联系出版社准备出版，李锐联系后，责任编辑非常看好，但是主编那里却未通过。就这样，《到黑夜想你没办法》被无限期的搁置起来。1999年，一家文化中心要出版《到黑夜想你没办法》，近三百页的内文都已经校对完毕，只是在封面一幅白色女性裸体剪影的去留上曹乃谦与出版社产生了分歧②，又没有了下文。在此之前，有出版商以十万元价格购买《到黑夜想你没办法》的版权，被曹乃谦拒绝。2004年8月，在朋友李锐的牵线之下，曹乃谦遇到了马悦然。这次会面，曹乃谦把全部的《温家窑风景》稿样给了马悦然。分别两月后，陈文芬电话告知曹乃谦，她在台湾找到一家叫做“天下文化”的出版社，他们愿意出版《到黑夜想你没办法》。至此，《到黑夜想你没办法》的出版事宜告一段落，于2005年正式与读者见面。

从曹乃谦和汪曾祺的交往看，八十年代末至九十年代初四五年的时间联系较为紧密，汪曾祺对其进行了全面的指导和支持。且汪曾祺在文坛的影响间接帮助了曹乃谦迅速溶入文坛。因此，这段时间（1988年至1993年），《到黑夜想你没办法》除个别篇章外大部分都已在各大文学期刊发表。从《到黑夜想你没办法》前五篇小说1988年在《北京文学》的发表，到1997年十八万字完稿，曹乃谦用了十年的时间。在这段时间里，曹乃谦错过了李陀的帮助。八十年代末，汪曾祺说过让李陀找出版社帮曹乃谦结集出版《到黑夜想你没办法》，但时过境迁，八十年代末的社会环境下曹乃谦之于《北京文学》和李陀，有着文坛需要的新鲜空气。时至九十年代，随着莫言、余华、苏童、阿城、韩少功等人的崛起，当代文坛丰饶而多姿。曹乃谦的创作数量较少，仅凭《到黑夜想你没办法》显然无法满足文坛巨大的需求，被文学界遗忘是情理之中。另外，随着汪曾祺年事已高，无法再事无巨细地关注曹乃谦的创作，曹乃谦所能依靠的文学资源急剧减少，所以造成了《到黑夜想你没办法》的出版一再搁浅。

随着时间的推移，曹乃谦的创作开始出现危机。汪曾祺对他的担心变成了事实。汪曾祺在《读〈到黑夜我想你没办法〉》中说：“曹乃谦说他还有很多这样的题材，

① 曹乃谦：《温家窑风景三地书》，长沙：湖南文艺出版社，2012年，第101页。

② 曹乃谦拒绝裸体画出现在封面上，与出版社产生分歧。

他准备写两年。我觉得照这样，最多写两年。一个人不能老是照一种模式写。曹乃谦已经意识到自己的写法，别人又指出了一些，他是很可能重复一种写法的。写两年吧，以后得换换别样的题材、别样的写法。"① 这是汪曾祺对曹乃谦后续创作题材的建议，一个作家不可能一直以一种题材、重复自己的写法。关于这一点，《南方都市报》记者曾经求证过曹乃谦，问他对汪曾祺这番话的理解，以及以后的创作思路："汪曾祺在《读〈到黑夜我想你没办法〉》里建议你，一个人不能老是照一种模式写，还说两年以后要换别的题材和别的写法。"② 曹乃谦回答："我是个土生土长在山西雁北地区的村香瓜、土包子、乡巴佬，平时说话用的就是方言土语，所以，当我想写个什么人和什么事的时候，也就很自然地用我们的方言土语来叙述。我不是故意这样，这是无意识中的做法。我倒是也试着用过别样的语言，如收在《最后的村庄》一书里的《忏悔难言》《小精灵》《不可难闻》这三篇。我是想告诉读者，我也会来这一套。而我那是在刻意地模仿。但写起来，实在是不如用我的方言土语，来的自如，表达地准确，写起来顺溜。可我也听到有读者夸我的这三篇小说。但我的看法是：一个人拿着大顶头朝下走路，尽管也会博得喝彩和掌声，但最终还得靠他那忠实的脚，去跋涉，去远行。把脚放在土地上，这样才有力量。"③ 曹乃谦风格独特之处在于小说中展现的雁北特色和极简的叙事方式，朴素的乡间语言和故事自然流畅的娓娓道来，如雁北人在家中拉叙家常，有温馨又熟悉的乡音，也有无奈又凄凉的叹息。

在曹乃谦换作了另外一种写法，创作了《忏悔难言》《小精灵》《不可难闻》后，评论者均认为其艺术成就逊色于1994年之前的小说艺术水准。正如曹乃谦所言，他在1994年之后确实更换了写法。被收入《最后的村庄》的小说大部分创作于1994年至1999年，这一时期是曹乃谦"题材"和"写法"转换期。按照汪曾祺的说法，《到黑夜我想你没办法》的题材写两年也就行了，不能老是重复自己。从1988年算起，到1993年已经过去整整5年，曹乃谦开始了他的第二次创作探索。如果说《到黑夜我想你没办法》是曹乃谦的本色出演，那么从1994年起他已经倾向于向文坛主流创作看齐了。

进入新世纪后，曹乃谦"温家窑"的朋锅、偷情、乱伦、打平花、"光棍"们从曹乃谦的笔下消失了。曹乃谦把雁北方言推向了世界，把方言背后隐喻的民俗和文化展现给读者，却在读者意欲了解这个世界和它的文化内涵时躲藏了起来。《最后的村庄》里包括三类小说：一类是自叙传抒情方式的小说，一类是如《忏悔难言》之类探索性质的小说，还有一类是侦探类小说。《到黑夜想你没办法》完成了他的历史使命，

---

① 汪曾祺：《代跋：读〈到黑夜想你没办法〉》，曹乃谦：《到黑夜想你没办法》，武汉：长江文艺出版社，2009年，235页。

② 曹乃谦：《温家窑风景三地书》，长沙：湖南文艺出版社，2012年，第197页。

③ 曹乃谦：《温家窑风景三地书》，长沙：湖南文艺出版社，2012年，第136-137页。

注定要在曹乃谦的笔下落下帷幕。仅有数篇与《到黑夜想你没办法》风格相近的小说，如《野酸枣》《沙蓬球》《根根》等。其中《山丹丹》发表在《人民文学》上，这也是唯一一篇刊登在《人民文学》上的小说。其中《最后的村庄》是这一时期曹乃谦的巅峰之作，也正是这篇作品实现了曹乃谦在《〈温家窑风景〉初始》中所表达的理想。当“温家窑”人面对黄土背朝苍天之时，他们收获了什么？他们的衣食住行、七情六欲如何得到满足？他们的麻木保守和自满自足何时被终结？面对民族振兴大计和封建意识造成的贫困、落后而呐喊，就是唯一能够做的。《最后的村庄》是曹乃谦对雁北的一声呐喊，对贫困和落后的一种启蒙。曹乃谦失去的是以雁北方言为基础的风俗民情、文化特色，更是他赖以生存的立身之所。从书写边缘文化、远离政治到主动靠近主流、贴近主流文化，从一个农民到一个知识分子的转变，曹乃谦的隐士身份被深层次剥离，电视台、报纸、网络等各种媒体的介入把他从深山中拉入公众视野。过度消费、猎奇视角，在大众传媒的文字中，曹乃谦的雁北方言和雁北文化不可避免地落入了俗套，也悖离了他创作的初衷。

曹乃谦的雁北是一个泥土味十足的雁北，是一个充满莜麦味的雁北，也是一个方言围成的雁北，更是一个方言承载的雁北民俗文化的雁北。这是一种民间的、乡土的文化资源。曹乃谦的创作实践和探索充分说明，并非是曹乃谦选择了雁北方言，而是雁北方言选择了曹乃谦。曹乃谦的语言好就好在，“用老百姓的话说老百姓的事”，这是雁北人特有的叙述方式，是简练的。

第二章 曹乃谦的雁北方言写作

当代语言学家詹伯慧把方言定义为“民族共同语的地域性变体或变体”①。但是，从方言发展的纵向发展历史来看，每个地区的方言传承都有自身历史文化的独特之处，这会导致部分方言的特征具有不可解释性。“很多时候，方言有着共同语所无法传达的内涵意义”②，“因为任何一个地域的语言，都有各自的纯正性，它们完整而有效，自足而自如，有滋有味，有情有调。”③ 小说中的方言使用主要是作家创作时选择性运用一些方言词汇或模拟方言语气，目的是营造一种地域文化氛围的审美效果。④ 那么，所谓的“方言词汇”、“模拟方言语气”、“特殊的审美效果”就是方言的地域性特征赋予小说的内涵。这种内涵是标准语所不具备的，具有不可复制的特点。所以，作家总是会根据审美效果的目的选择使用方言词汇，模拟方言的语气，制造一种具有地域性的美学效果。这些经过选择和模拟的方言部分具有不可复制和不可解释的特征。

曹乃谦创作中使用的雁北方言具有特殊的美学效果。这是由雁北方言发展的历史特点和它所传承的文化内涵决定的。

第一节 雁北方言特点与方言写作传统

“方言则是地域文化的载体。”⑤ 雁北方言是在雁北独特的地域文化背景下孕育、诞生、发展和传播的，对雁北地域文化的形成、发展和传递起着至关重要的作用。雁北地域文化中包含的民风民俗、文化心理、生活积淀、思维习惯、人文地理、历史沿革、社会变迁等也在雁北方言中打下不可磨灭的印记。

方言发展的不平衡性及雁北的地理位置决定了雁北方言的滞后性特征。由恶劣的自然条件和频繁的战争导致的人口稀少是影响雁北方言发展的重要因素。朔州、大同一带，春分后冬季冰冻解封，开始下地耕种，“夏至之后虽三伏盛暑，少穿葛沙，早晨

---

① 詹伯慧主编：《汉语方言及方言调查》，武汉：湖北教育出版社，2001 年。

② 杨显贵：《语词强化背后的时代记忆——大同作家曹乃谦小说语言艺术分析》，《艺术评论》，2008 年第 4 期。

③ 杨新雨：《乡村的语言 天然的文本》，《山西文学》，2007 年第 10 期。

④ 张延国，王艳：《文学方言与母语写作》，《小说评论》，2011 年第 5 期。

⑤ 詹伯慧：《略论汉语方言与地域文化》，《学术研究》，2015 年第 1 期。

夜幕不离棉衣。”① 天气苦寒，到秋分时节莜麦等作物收割。作物收成稀少，人们生活困难。“土田大半军屯且地多荒渍，……天时地利两无所恃，而山陬郇落居民率皆轻去其乡，土旷人稀，故辨田定赋较他郡为难。”② 且战争频繁，无法稳定农业生产。朔平府“通贡往来必道于边关而杀虎口乃直北之要冲也，其地在云中之西，扼三关而控五原，古称为险塞。”③ 大同府“东连上谷，南达并恒，西界黄河，北控沙漠，居边隅之要害，为京师之藩屏”④。据历史记载，雁北地区载入史册的战争达上千次之多。由于战乱频仍和自然条件的限制，导致雁北人口稀少、贫穷、闭塞，严重阻碍了方言发展。历史上雁北地区人口流失严重。“东汉末年，中原大乱，匈奴乘机南扰，大同地区首当其冲，原居人口亡散殆尽。”⑤。雁北人口迅速流向山西南部及河北境内。元代时，雁北设“河东山西道宣慰使司”领五县八州，户数45945，人口128496，⑥ 人数较辽金时期大为减少，只能定为下路。清代姜瓖抗清失败，多尔衮下令血屠大同。一时间大同城成为一座死城。道光年间大同县人口29475户。⑦ 1937年，沈汝生统计大同人口仅在5-10万人之间。⑧ 朔州一带尤其不适合居住，即使是军事重镇经常有军队驻扎，也不能弥补农业生产效率较低的弊端。至清代朔、同一带人口为山西人口最少的地区。尚武之风盛行和人口数量流失使方言的传承和发展受到影响。“县属居民专务农业，应童子试者不过百余人，诸生入由横经，出则负耒。士亦农也。”⑨ 雁北文化的发展进程缓慢，方言中存在着大量粗俗、简陋的词语。因此，为了弥补因文化缺失带来的表达困境，不得不加入词缀的方式、及物动词和不及物动词之间的转换、重叠式的运用等方式应对词语的匮乏。

少数民族的统治直接抑制了雁北方言的发展。东汉末年，雁北人多迁居晋南，“匈奴、乌丸、鲜卑等北方游牧民族势力先后进入雁北”⑩ 北魏时鲜卑人在平城（今大同）建立政权。除蒙、满统一全国外，还有突厥、契丹、女真等少数民族通过雁北南下与中原官兵交战。因处于战争状态，雁门关外的雁北地区，在少数民族侵入之后与中原官方文化中断了交流。雁北方言孤立于少数民族语言的包围之中，无法与先进的文化取得同步的发展。虽然雁北语言在少数民族语言进入之后获得了一定程度的发展，但只是在无奈之下对少数民族文化的吸收和借用。雁北方言向少数民族语言的吸收和借

① 雍正《朔平府志》卷2《节气》，《山西府县志辑》，南京：凤凰出版社，2005年影印本，第43页。
② 雍正《朔平府志》卷7《田赋》，《山西府县志辑》，南京：凤凰出版社，2005年影印本，第211页。
③ 雍正《朔平府志？序》，《山西府县志辑》，南京：凤凰出版社，2005年影印本，第2页。
④ 顾祖禹：《读史方舆纪要》卷44，北京：中华书局，2005年，第1993页。
⑤ 安大钧主编：《古都大同》，杭州：杭州出版社，2011年，第31页。
⑥ 安大钧主编：《大同——中华民族团结融合之都》，太原：山西人民出版社，2015年，第202页。
⑦ 道光《大同县志》卷9《户口》，《山西府县志辑》，南京：凤凰出版社，2005年影印本，第106页。
⑧ 沈汝生：《中国都市之分布》，《地理学报》，1937年第1期。
⑨ 乾隆《广灵县志》卷4《风土》，《山西府县志辑》，南京：凤凰出版社，2005年影印本，第25页。
⑩ 安大钧主编：《古都大同》，杭州：杭州出版社，2011年，第31页。

用作为民族之间交流的补充，使其获得了一种异域风格。

方言大量进入文学作品，时间应追溯到明末清初时期。随着唐宋时期传奇、话本、说唱艺术、白话小说等通俗文学的诞生和发展，方言作为一种语言策略和思维方式积极介入了文学写作发展的进程。产生于明末清初的世情小说、西周生的《醒世姻缘传》被称为最难懂的书之一，“用的是种最特别的土话”——鲁东方言。《水浒传》《金瓶梅》之对话部分也加入部分山东方言。《西游记》使用了淮安方言、《红楼梦》使用了南京方言。①

较有影响的方言写作当属韩邦庆的《海上花列传》，小说叙事语言与宋元以降白话小说区别不大，人物对白却使用了纯粹的“苏白”。它运用方言是“原声原字不加修改地记录”“令外地读者一筹莫展”。②“他的写定苏白的工作大大地减少了后人作苏白文学的困难。近二十年中，遂有《九尾龟》一类的吴语小说相继出世，《九尾龟》一类的书的大流行，便可以证明韩子云在三十多年前提倡吴语文学的运动，此时已到了成熟时期了。”③ 韩邦庆当年没有听从朋友的建议，坚决使用吴语方言创作，事后从“《九尾龟》一类的吴语小说相继出世”这一现象看来是有成效的。然而其方言创作的弊端也显露无疑。吴语并非标准语和民族共同语，其狭隘的地域性特征导致读者阅读时的巨大障碍。后来，张爱玲凭借对吴语的熟悉和对上海及苏州土语的领悟用国语翻译了《海上花列传》，阅读障碍被扫除了，但问题是翻译出来的作品与原作究竟多大意义上贴合？

明清时期小说中惯常使用方言土语的传统在五四白话文运动中因传统文学形式的消失而趋于断裂，欧化了的白话和北方方言为主体的标准语逐渐形成，文学语言标准形式的形成标志着方言写作的式微。至黄遵宪“我手写我口”及胡适提出“国语的文学，文学的国语”，尤其胡适在《文学改良刍议》中提到使用白话时不避俗语俗字，方言特殊的审美属性得到了认可。但普遍流行的欧化语和标准语的存在，收效甚微。新文学最初十年的时间，仅有乡土小说部分在人物对话中使用了方言词汇。如鲁迅的绍兴方言，彭家煌的湖南方言。

二十世纪三、四十年代，出现了一批真正把方言作为一种写作策略，以方言思维作为创作姿态的作家。如老舍的北京方言，沙汀、李劼人的四川方言，赵树理的山西方言，周立波的湖南方言。他们不再是以方言作为人物和乡土风味的点缀，而是“以方言来思维并贯穿整个文学叙事结构，方言经过书面语的加工却又不失原味，保留了方言原有的语法规则和思维逻辑，收拢地域的声色气味化为某种独特的‘腔调’，成为

① 王中：《现代小说语言：在权势与自由之间》，芜湖：安徽师范大学出版社，2014 年，第 130 页。

② 王中：《现代小说语言：在权势与自由之间》，芜湖：安徽师范大学出版社，2014 年，第 131 页。

③ 胡适：《胡适古典小说考证》，昆明：云南人民出版社，2015 年，第 173 页。

不单单是字词语法排列的特定方言模式。"① 方言思维对于写作的意义，关键之处在于：加工方言成为不失原味的书面语，保留方言的语法规则和思维逻辑，收拢地域文化。虽然这样定义方言写作有公式化之嫌，但也能够部分说明方言思维对于方言写作的核心作用。

关于书面语改写方言并保留其语法规则和思维逻辑，有两种解释方式，一种是以书面语为主的叙述方式，一种是以方言为主的叙述方式。老舍、赵树理、周立波的叙述方式最大程度上保留了地域化的语法和逻辑思维习惯，使用读者熟悉的地域特色的叙述；沙汀、李劼人的叙述倾向于书面化的，人物对白采取方言表述，欧化的叙事中夹杂陌生的方言对白。所以，这两种叙述方式代表了两种叙述倾向，作家叙述的方言化和人物对白的方言化。1948 年，中华全国文艺协会香港分会方言文学研究会成立，讨论和推广方言文学运动。引起一些文坛大家如茅盾、叶圣陶、郭沫若的响应，但从后来的创作实绩看收效并不理想。

上世纪八十年代，乡土文学进入繁荣期，出现了一批优秀乡土作家。如路遥、贾平凹、韩少功、莫言等。然而方言并未随着乡土文学的崛起而获得青睐，反而近乎消弥于地域文化的光影中，承载地域文化的方言逐渐统一于语言共同体。沈从文是反对使用方言土语的。八十年代的一次座谈会上，读者问沈从文为什么一直坚持写湘西的地域文化却反对使用湘西的方言土语，他以《海上繁华梦》为例说明方言写作的"致命危害"②。"实际上这根本不是使用多少的问题，而是一个要不要使用的问题。"③ 这也是沈从文主张为统一民族语言历史进程而采取的一种主动的策略。所以，当方言被共同语翻译并被选择性征用被大众接受后，方言对于地域文化的表现功能被人为的忽略了。

从方言写作的历史梳理看，方言写作有两种传统，一个是以叙事语言的方言化叙述为主；一个是人物对白的方言化为主。叙事语言和人物对话的方言化统一于方言思维和叙事结构之中。曹乃谦无意识中糅合了两种方言写作传统方法于一体，既在叙述人叙事时采用方言叙述，也在小说人物对话时采用雁北方言。这是由他个人的客观条件决定的，但同时却使他把方言写作推向了新的高度。

第二节　曹乃谦小说中的方言词语

曹乃谦小说中的方言词涉及生活的方方面面。梳理有关曹乃谦方言研究的论文发现，研究者们通常仅对曹乃谦小说中较为常见的方言词汇进行分析，没有进行全面的

---

① 王中，《方言与 20 世纪中国文学》，合肥：安徽教育出版社，2015 年，第 3 页。

② 王亚蓉编：《沈从文晚年口述》，西安：陕西师范大学出版社，2003 年，第 75-77 页。

③ 格非：《文学的邀约》，北京：清华大学出版社，2010 年，第 258 页。

分析和文化意义的阐释。又因为多数研究者多不了解雁北方言的使用，曹乃谦的方言词语中蕴含的深意多被遮蔽，所以，有必要对曹乃谦小说中存在的方言词语进行更加深入的探讨。

曹乃谦小说中的方言词语通常有以下几类：

第一，雁北文化的发展程度较低，方言存在和流行着大量粗俗、简陋的词语。

“口头禅”，是人们在说话时经常挂在嘴边的习惯用语。说话时经常使用的口头语，无具体意义，但口头禅的地域性特征明显，且不同的阶层和行业也可以有不同的口头禅。① 曹乃谦笔下那群特殊的“光棍”群体也有着不同于常人的口头禅。“光棍”们喜欢用“日”这个字组成的口头禅，如愣二每当唱完一曲“要饭调”后总会说一句“日死你妈”然后摔门而去。相似的表述有“狗日的”、“驴日下的”、“日你妈”、“天日”、“球”、“闹”、“鸡巴”、“板鸡”、“做那个啥”等。“光棍”们之间流行的口头禅要么是指代生殖器，要么指向性的动作，要么是描述交配现象。这些口头禅具有粗俗、肮脏、暴力、侵略性的特征。符合“光棍”们在恶劣生存条件下无法娶得媳妇的情况下对性爱的向往与渴望，反映了期盼性爱而不得时心理扭曲变形的普遍心态。

如：①黑旦说：“狗日的亲家来搬了。”②

②“甭说了！都说你妈们的鸡巴大小呢，说！”③

③“日你妈你当爷闹你呢，爷是闹爷那两千块钱儿。日你妈，你当爷闹你呢，爷是闹爷那两千块钱儿。”④

④扣扣说：“球！哪儿好。”山药蛋说：“用说？女人好来好去就是个那儿好。”⑤

⑤“痴球！痴球！二谿子！”⑥

①黑旦见亲家又来接他的女人心中感觉到一种怨恨，这句口头禅更像是一种诅咒；②愣二听到别人说男女之事心里生出一种极度愤怒，就像被烈火点燃的干柴一般；③温孩把女人的身体说成了两千块钱儿，因为付了钱理所应当地暴力对待她；④扣扣带着一种酸酸的口吻质疑山药蛋关于女人的论断；⑤二谿子被当成了傻瓜蛋。这几句话有的是“光棍”所说，有些非“光棍”所说，然而在面对这片雁北土地时，都有一种难言的“性”的孤独感，一种无人应和的悲凉。“光棍”们的性爱失去了操作的对象，如同在空气中击打无物的空间，只得到空虚和寂寞的口头宣泄。

---

① 曾婷：《口头禅的社会语言学研究》，《大众文艺》，2011 年第 9 期。

② 曹乃谦：《到黑夜想你没办法》，武汉：长江文艺出版社，2009 年，第 1 页。

③ 曹乃谦：《到黑夜想你没办法》，武汉：长江文艺出版社，2009 年，第 36 页。

④ 曹乃谦：《到黑夜想你没办法》，武汉：长江文艺出版社，2009 年，第 5 页。

⑤ 曹乃谦：《最后的村庄》，北京：中国广播电视出版社，2006 年，第 144 页。

⑥ 曹乃谦：《最后的村庄》，北京：中国广播电视出版社，2006 年，第 152 页。

雁北人对食欲和性欲的表达有着直白和隐晦两种方式。"光棍"们对待每一种口头宣泄食欲与性欲的方式在公众面前与在"光棍"朋友圈中的表达有着惊人的反差。比如在"光棍"们中间流行的两句谚语分别是"球在里头受瘾死了，蛋在外前摁磕死了。""油炸糕，板鸡鸡，谁说不是好东西。"对生殖器官的描述直接而外露，充满了感官上的刺激和冲击力，给人以超越形象的画面感。即使口头语"扯蛋"在这里也经过改动变成了"扯逼"，足见"光棍"们对女人的饥渴程度。还有以动物交配的词语来指代人们的性爱，如"匝蛋"，本来是指鸡等家禽交尾；撵对对，撵羔子指牲畜的交配。均和男女之间的性事相关联，暗指人类性欲与动物们是一样的。也有隐晦的词语叙述男女性事时，用"做那个啥"来代替，言外之意无穷而意指却很明确，这是一个约定俗成的规范用语，大家都心知肚明的事实。即使亲嘴，也被用"吃老虎"这种形象的词语替代。乳房叫"白牛牛"，心仪的对象叫"要命鬼"，女性生殖器叫"板鸡鸡"等，大雅和大俗相结合，雁北胡汉民族的粗犷与含蓄在这里都得到了极致的发挥。

第二，为了弥补因文化缺失带来的表达困境，不得不加入词缀的方式、及物动词和不及物动词之间的转换、重叠式的运用等方式应对表述上的困难。雁北地区语言风格独特，特别是在日常用语部分，能够体现出别具一格的雁北味。

如描写贵举老汉，"他又圪挤住眼笑呀笑的。"① 还有小婶婶对五圪蛋说，"火不火的倒寡。我是说我走呀。"② "圪"字在雁北方言里构词方式比较灵活，作为名词、动词、形容词、副词等的前缀，一般不表义，起强调、加重语气或构词作用。加此前缀后功能范围更加广泛。"寡"字与"圪"字作用相似，可用作前缀、后缀，用法较灵活。锅扣大爷临死前说把他埋进三寡妇的坟，结果"谁也没牢防住他说了这么句活。"③ "牢"作为名词加在"防"字之前，有"防"和"牢"之意。同时改变了"防"的及物性质，须在后面补以介词结构。表示强调语气时往往重复前一个字，如日每日、简直简、果然果，在形容词或名词的加一个后缀以强调说话时的语气。如人们说锅扣"是温家窑村日每日要喝酒和日每日都能喝得起酒的人。"④

可以看出，雁北方言强调和改变词语作用范围的变异词较多，这和雁北方言片区的发音特点有关。应县（属朔州）方言有五个声调，阴平、阳平、上声、去声、入声；大同方言六个声调，多一个轻声。鼻音发音词、发音较重的词语较多。所以，这些改变是为调和语调的生硬而设计了词语结构的搭配以适应交流的需要。因历史发展受阻，缺乏相应词汇与语音匹配，如应县方言有 4 个声母与普通话是一对二关系，3 个韵母是一对三的关系。词语语素之间区分度较小，表意范围也小，只有加词缀加以弥补，以

① 曹乃谦：《到黑夜想你没办法》，长沙：湖南文艺出版社，2012 年，第 68 页。
② 曹乃谦：《到黑夜想你没办法》，长沙：湖南文艺出版社，2012 年，第 190 页。
③ 曹乃谦：《到黑夜想你没办法》，长沙：湖南文艺出版社，2012 年，第 16 页。
④ 曹乃谦：《到黑夜想你没办法》，长沙：湖南文艺出版社，2012 年，第 14 页。

扩大同类词语的适用范围。

第三，雁北的地理位置对方言产生了很大的影响。

小说中含有大量富有地域色彩的表述。曹乃谦与大多数山西作家一样，对于独特的地理条件有着特殊的敏感，书写雁北生活不能不提到地域特点和地域文化，具体一点来说就是雁北的地理条件和地理环境。曹乃谦小说中的地理环境和地理条件与“山药蛋”派有着鲜明的区别。如赵树理小说主要表现的是晋东南的地域特点和地域文化，其他“山药蛋”派作家有的关注晋东南，有的关注晋中。他们眼中的山水自然与雁北地区迥然不同。首先是小说人物的名称。曹乃谦人物的命名方式很特别，主要分为两类，一类以雁北比较常见的植物作为人物的名字，如沙蓬球，山丹丹，斋斋苗儿，荞麦；一类是以可以食用的植物果实作为人名，如野酸枣，豆豆，根根，苦杏仁儿，山药蛋，玉茭，高粱。还有一类以具有地方色彩的词语构成，如愣大，愣二，五圪蛋，柱柱，亲圪蛋，羊娃；相比较而言，以赵树理为首的“山药蛋”派人名较为单一，他们比较钟情于以人物的性格特点为基础并用绰号的形式出现，如小腿疼、吃不饱，三仙姑，二诸葛等。其次，地名也具有地方特色。雁北地区属于黄土高原，在地名上比较突出黄土高原的地形特征。黄土高原的沟与坡较多，居住环境适合窑洞，所在地名的命名上也符合雁北特征。以坡和峪命名黄土高原的沟壑上下的村庄，如水泉坡，峪底村，下马峪，榆钱沟等；还有以居住的窑洞特色命名的温家窑，谷家窑，烂布袋窑等；也有雨水冲击形成的滩涂为特征的地方，如圪针滩。晋东南地形与雁北不同，“山药蛋”派命名地名多为“山”“涧”“坪”“湾”“堡”等，从此处可以判断晋东南较雁北水量丰富，且地势较雁北平坦。三，雁北特殊物产有关的词。同一种类的物品在雁北或许有着不同的叫法，像朝阳阳指向日葵、海娜花指指甲花、坐锅稳、不动锅等；还有的是代表雁北地区特色的植物如斋斋苗儿（一种佐料）、酸溜溜（沙棘）、苦菜、莜麦、荞麦。愣二抱怨家里“穷球的。连顿中莜面的窝窝也吃不起。老和山药蛋”①。民歌《割莜麦》“哥哥嗖喽嗖喽割莜麦，妹妹圪崩圪崩挑苦菜。”“嗖喽”就是割莜麦的声音，通过莜麦延伸出相关的一些词语。四，独特的食品名称。煮鱼鱼（一种面食）、搁锅面、糊糊锅（用莜面和玉米面做成、类似稀饭）、吃八八六六（指菜的数量）、油炸糕。如“愣二不给搓鱼鱼。再说，他想搓也不会搓。”② “山药蛋”派则不同，因为他们注重解决社会问题而著称，所以对吃饭问题的描述不太多。富有地域色彩的各种表述为雁北地区的书写准确地进行定位，也为曹乃谦小说故事发生有了基本的前提和条件预设。读者可以从地方表述中看出文本的地理特征，从而判断出故事发生的地理位置。这也是曹乃谦叙述的故事得以成立的关键。也正因为如此，曹乃谦的小说里省略了大量介绍雁北风景和地理环境的部分，而用具有地方特色的名称取代了

---

① 曹乃谦：《到黑夜想你没办法》，长沙：湖南文艺出版社，2012 年，第 7 页。

② 曹乃谦：《到黑夜想你没办法》，长沙：湖南文艺出版社，2012 年，第 42 页。

这个部分。

雁北特殊的地理位置使雁北人对自我的身份认同产生很大的影响。因为与少数民族的关系较为模糊，“到底属于中国还是属于胡狄？”是雁北人比较在意的潜意识存在。所以在日常生活用语中体现出了他们对中原文化之根的认同与依附，也是从根本上以文化中心自居，轻视边缘少数民族文化的心理暗示。同时也在提醒自我是一个中国人而不是塞外之人，从而实现与他者的文化隔离与心理隔离。“中国人”是他们对自已的命名。如黑旦看到女人被接走心里别扭，但是“中国人说话得算话。黑旦就走就这么想。”①，蛋娃面对莜面糊糊虽然想吃，但还是说“中国人说话得算话。说不吃就不吃。”②，柱柱家的想到老赵说她像是没开过怀时想“真失笑死个中国人了。”③

农耕文化与游牧文化在雁北地区的对峙状态典型地反映到了口语的词语形态上。“中国人”是雁北人对自己的称呼，它的潜台词是“我是中国人，你是胡人”，“中原文化是先进文化，说话是算话的，不像你们胡人说话可以不算。”战争的敌对使胡汉两种意识形态使雁北人产生一种文化心理优势，对少数民族天然地形成一种屏障。这不仅有利于雁北人保存自己的文化基因不至于让外来民族消灭，也有利于坚定中原文化的身份认同不至于在外族统治下迷失自我。

另外，繁荣的互市贸易和厚重的晋商文化也在雁北方言中留下明显的烙印。在与内蒙古通商互市的过程中，雁北地区的语言受其影响，词汇有所更新。如“这半个月婶婶就给你股着呢。”④“股”和股份相关，婶婶给侄子说这话意思是，既然你给婶婶这么多玉茭，这半个月婶婶的身体有你一份，所以不用着急。以清光绪年间位于朔、同之间左云商贸情况为例，《左云县志》载：“本邑缸油布当粟店，多系代州、临县寄民，而土著之民合伙贸易，于邑城者甚少，大半皆往归化城开设生理或寻人之铺贸易，往往二三年不归。以致征粮之际或偕室以行或家无男丁。有司不能过而问焉，且有以贸易迁居大半。与蒙古人通交结，其利甚厚，故乐于去故乡而适他邑也。”⑤光绪年间，在朔州与大同交接地带的左云县，与蒙古人互通贸易获得丰厚，甚至远走他乡。但是这些人并非本地人而是代州或临县人，本地只作为合伙人入股贸易。“股份制”此时已然流行于雁北地区经商贸易之中。又如“五成儿货白天机明一阵不机明一阵，到了黑夜就全不机明了。头一挨住炕沿就成了死猪。”⑥“货”这个词在雁北方言中较常见，对一个人的贱称，如楞货。指把一个人物化。“五成儿”量词，指一半。贬义，指板女

① 曹乃谦：《到黑夜想你没办法》，长沙：湖南文艺出版社，2012 年，第 2 页。
② 曹乃谦：《到黑夜想你没办法》，长沙：湖南文艺出版社，2012 年，第 76 页。
③ 曹乃谦：《到黑夜想你没办法》，长沙：湖南文艺出版社，2012 年，第 109 页。
④ 曹乃谦：《到黑夜想你没办法》，长沙：湖南文艺出版社，2012 年，第 191 页。
⑤ 光绪《左云县志》卷 1《商》，《山西府县志辑》，南京：凤凰出版社，2005 年影印本，第 137 页。
⑥ 曹乃谦：《到黑夜想你没办法》，长沙：湖南文艺出版社，2012 年，第 22 页。

的男人不谙男女之事。《辞源》释“货”为“财物，商品”，疏为“金玉布帛之总名。”① 清雍正《朔州志》：“而资货殖所需絮帛皆仰给于他邦，所有止五谷六畜饔飧供食用而已。”② 从古代贸易流程看，“货”乃交换价值。“五成儿货”因其价值不足以支付等价商品故而引申为“脑袋不灵光”之意。

曹乃谦的语言、人物、主题相互契合，浑然天成。与赵树理经过改编的方言和李锐模仿农民的口吻相比，曹乃谦连叙述语言都是和农民一模一样的村言俚语，从语法到用词，乃至于思维方式，全方位地土化了。曹乃谦的语言不经过修饰就直接运用到小说中，散发出浓烈厚重的泥土味。这样的语言是有冲击力的，当人们被当代小说繁杂的话语包围时，看到这样独特而简捷的语言确实眼前一亮。曹乃谦的风格是独特的，读者凭语言一眼就能认出他。

第三节　曹乃谦的叙述策略

很多研究者注意到了曹乃谦的雁北方言写作，针对曹乃谦作品中的方言词汇进行了分析和阐释，如杨显贵的《语词强化背后的时代记忆—大同作家曹乃谦小说语言艺术分析》，杨新雨的《乡村的语言，天然的文本》等。但对于方言词语解读较多，而对方言背后的叙事逻辑和规则思考不够。

曹乃谦的方言写作是以雁北人的叙述方式和语法逻辑为基础，并精心筛选具有代表性的雁北方言，采用方言思维的方式进行创作。因此，曹乃谦的方言叙事具有原生性。虽然曹乃谦的方言经过作家精心的语汇筛选，但曹乃谦一生不曾离开过故乡，一直在文盲母亲主导的农村家庭生活，所以，他的人生经验并不会因对词语的挑选而逃溢出雁北的范畴。曹乃谦的方言写作拓展了当代文学以方言写作的传统，从对话的方言化和叙述的方言化二元传统中脱颖而出，以雁北方言的思维模式和叙述方式作为叙事逻辑，建构了一个原生态的雁北世界。曹乃谦一辈子没有走出他所书写的雁北，在视野完全受限的情况下，他只有把眼光聚焦在自已的个体经历和回忆、体验、反思上，因为专注于一乡一村，一草一木，一花一叶，所以每件事情都会心领神会，每样物件都会烂熟于心，小说的结构布局与人物设计，事情发生的过程与结果，以及人物的言语方式，一切了然于胸。在他的小说里充满了大量的留白、重复等艺术手法，展现了一个被欲望和本能折磨得死去活来的雁北日常生活场景。

一、叙述的留白

有一种绘画技巧叫“留白”，意思就是说，在画面上合理地安排空白，留给欣赏者

---

① 《辞源》，北京：商务印书馆，2012 年，第 3223 页。

② 雍正《朔州志》卷 7《赋役物产》，《山西府县志辑》，南京：凤凰出版社，2005 年影印本，第 372 页。

以充分的、想象的空间。雁北方言中存在着大量的留白处理方式，曹乃谦对于留白这种技巧情有独钟。根据留白与情节之间的逻辑关系，可将其归纳四种类型。

（一）隐喻与暗示

曹乃谦在叙述一件羞于启齿的事情，或是有损故事结构的事件问题会采取暗示或隐喻的方式，以另一条线索迂回介绍事件的来龙去脉。

人们不机明愣二愣得好好儿的咋就给疯了。也不机明愣二疯得好好儿的就又不疯了。……愣二在爹走的第二日就疯了，疯得跟上回一样样儿的，一天价净是“杀人——杀人——杀人”地喊，还“叭叭”地拍炕。……村人们说，赤脚板儿医生不行就问个大仙爷看看。愣二妈摇头。愣二妈知道这都不行。愣二妈知道上回就不是赤脚板医生也不是大仙爷看好的。……可是村人们不知道在第几天的早起，就不听愣二杀人也不听愣二拍炕了。……总比杀了人好。总撞上鬼好。愣二妈想。①

愣二的疯病来的突然，去的也迅速，村人们根本无法知晓这其中的缘由。这件事的叙事因果链条是从愣二疯开始的。愣二的疯并不是好好儿的就疯了，而是在他爹走的第二天才疯的，跟上回一样。那么愣二的疯与他爹的走之间是怎么一种关系？是因为爹走导致了愣二的疯？为什么？愣二妈知道愣二的疯病赤脚医生和大仙爷都治不了，因为上回就不是他们治好的。为什么？愣二的疯病好了，是在第二天早上人们听不到愣二发病了，夜晚发生了什么？没有任何医治措施怎么突然就好了？结果是愣二妈给出了答案，总比杀人好，总比撞鬼好，这是一个比较的句式，杀人和撞鬼的比较对象是什么？结合愣二的“光棍”身份与“光棍”们对欲望的炽热追求，不难看出，愣二妈和愣二之间应该是发生了男女之事。这样的留白隐去了叙述的尴尬与难堪，当读者从中明白了他们之间发生之事时，会产生一种更加震撼的艺术效果。

狗子在不远处看狗女尿尿。……狗子想起狗女了。……妈得痨病死了，留下他跟妹妹过日月。他照旧想看狗女尿尿。……日每日黑夜想在梦里听见狗女沥沥拉拉地往瓦盆里尿尿的声音。……不能够这样呀不能够这样呀……狗女妹妹苦苦地央求他。……第二天当有人告给他说狗女在西沟的歪脖子树吊死……②

《狗子、狗子》中暗藏了一条线索，狗女之死。狗女当初为什么就会吊死在西沟的树上死去？狗子为什么觉得对不住狗女？一切和狗子在小时候看狗女尿尿有关。狗子

① 曹乃谦：《到黑夜想你没办法》，长沙：湖南文艺出版社，2012 年，第 6–8 页。
② 曹乃谦：《到黑夜想你没办法》，长沙：湖南文艺出版社，2012 年，第 125 页。

已经无法抵制对狗女的思念和欲望了，在给日本人盖炮楼的三个月内狗子的欲望开始发酵。终于在一天黑夜里与狗女强行发生了关系。然而仅有两句话“不能够这样呀”、“狗女妹妹苦苦地央求他”，至于发生了什么事情，是要靠猜测才能完成。留白之处的填空使小说的审美韵味更加浓烈，因为空白之处因理解角度的差异会产生不同的填空效果，这种效果就是留白产生的意义的丰富性与歧义性。

（二）伏笔与铺垫。

曹乃谦善用伏笔和铺垫，往往从一个生活场景入手，人物各自出场，在事件进展过程中，在必须介绍人物的经历时才略微带过。一些无需交待的人物，干脆只写当下事件中的行为。如温宝在许多小说中出现过，但他为何坐牢、生平经历等等却一直没有交待。而一些重要的人物，如福牛、玉茭，则是到处埋伏着线索，处处留着铺垫。

狗日的福牛又给疯了。……福牛有个毛病。那就是一喝醉就管不了自个儿。那次他硬要追着人家喜儿的手，还追铁梅。说别的不做那个啥，就闻闻袄袖。……四个人一齐下手，把福牛按在地下打了个灰。……温孩女人给他送去的饭，就在炕上放着，可他也不懂得回去吃。①

温孩女人从裤带上抽出块白羊肚手巾，伸手要给福牛擦脸。……福牛简直要晕倒。他赶快靠住崖头。……一路上温孩女人老是趺趺绊绊地走不稳，还老能撞住福牛。……福牛推开温孩女人，连街门也没出，从墙头跳进自个儿院。②

“在福牛叔叔家偷桶时我给看见啥?”大狗说。……“你猜猜咱们妈跟福牛叔叔在做那个啥?”大狗说。③

福牛与温孩女人的关系在几篇小说中都出现过。但是一直没有明确说明他们之间的暧昧关系。在第一篇小说中只是说福牛疯的时候温孩女人曾经给他送过饭，没有任何的言语交谈，甚至福牛连饭也不晓得吃。第二篇的时候温孩女人使用各种办法诱惑福牛，但福牛却在小说的末尾狠狠地扇了自已的耳光，并骂自已不是人。在第三篇中却是大狗把温孩女人与福牛的关系捅破了。这种“草蛇灰线，伏脉千里”的表现手法是曹乃谦铺垫和伏笔时采用的策略。

（三）倒叙与补叙

曹乃谦在很多小说篇目中都使用了倒叙与补叙的创作手法。因为他的创作擅长从生活场景开头，所以人物和一些细节无从介绍起，只能在必要时以补叙或倒叙的形式

---

① 曹乃谦：《到黑夜想你没办法》，长沙：湖南文艺出版社，2012年，第46-52页。
② 曹乃谦：《到黑夜想你没办法》，长沙：湖南文艺出版社，2012年，第103-109页。
③ 曹乃谦：《到黑夜想你没办法》，长沙：湖南文艺出版社，2012年，第192页。

给予补充说明，起着补充说明的作用。

最后一户人家离开二十一是在四年前。那天的后晌……①

前两年，村长雇着根根开荒种黄芪。②

板女有两年没去奶哥哥的窑了。去也进不去，那窑整整锁了有两年。奶哥哥是她妈奶大的，她跟奶哥哥相好。③

阳婆真毒，硬是往身上喷火。④

曹乃谦的补充说明式的倒叙与补叙总是在不经意间出现。如在《最后的村庄》里老女人满眼苍凉地看到二十一村这个地方破败的景象，心中不由想起了四年前最后一户人家搬家的场面。板女和奶哥哥的会面之前竟突然间回忆起了奶哥哥与她的情谊，但这又是必要的介绍，因为如果没有这段介绍就不会发生后面的故事。而贵举老汉在山上的犹豫与踌躇，与小说的结尾之间插入了贵举与东家媳妇的偷情经历，所以，当贵举老汉说温和和是自家儿子时才有了解释的空间。

（四）省略与空白

省略与空白是和暗示与隐喻处在同一轨道上的两条平行线。凡是省略和空白之处，均有对以后章节线索有所揭示的叙述。同时，省略和空白里也有部分是通过对话完成的，与下一节的对话有着交集和重复之处。因此，此处略举两例叙述过程中的省略与空白。

羊娃死了。羊娃是自个儿把自个儿吊在树上吊死的。⑤

羊娃是什么时间死的，死的过程是怎样的，都没有写出，只说是自已上吊吊死在了树上。作为故事的结果一下子展示出来难免让人心生疑惑，为了寻找着羊娃上吊的原因不得不循着线索往下看。而这样一个“光棍”汉的死又有什么稀奇之外呢？这句话里省略去的东西太多，以至于有一种压抑、急躁、爆裂的感觉，文本显示的空白处其实承载过多的信息和疑虑。

会计走的时候，狗子把他送出门。⑥

① 曹乃谦：《最后的村庄》，北京：中国广播电视出版社，2006年，第30页。
② 曹乃谦：《最后的村庄》，北京：中国广播电视出版社，2006年，第166页。
③ 曹乃谦：《到黑夜想你没办法》，长沙：湖南文艺出版社，2012年，第18页。
④ 曹乃谦：《到黑夜想你没办法》，长沙：湖南文艺出版社，2012年，第59页。
⑤ 曹乃谦：《到黑夜想你没办法》，长沙：湖南文艺出版社，2012年，第110页。
⑥ 曹乃谦：《到黑夜想你没办法》，长沙：湖南文艺出版社，2012年，第123页。

在其它相关的篇目中，可以知晓狗子对会计是既怕又恨的，但狗子不敢得罪会计，只得把他送出门。那么狗子此时此刻的心情是什么样子的？心理活动过程应该是最能体现个人的性格和行为的，为什么曹乃谦没有描述狗子的心理？这时的狗子不可能不想些什么，因为会计已经触碰到了他的底线，否则他也不会以死来反抗会计的压迫。难道对会计只有恐惧吗？一定不是，因为在会计不在的时候，狗子是骂不绝口的。狗子的动作，心理活动，一概省略，大概是曹乃谦做下的一个铺垫，如果把狗子的一切都刻画得过于细腻，那么结果的突兀性和令人震惊的程度则会减损很多，这种舍车保帅的方式在省略的空白处尽显机关。

二、极简的对话

雁北方言的留白功能，从另一个侧面考察，则有另一特殊的功用。留白需填空之处往往有言内未尽之意而待言外发掘。这种填空法则形成的留白实则是言说者对所述对象的巧妙遮蔽。读者进入留白场景时须发挥想像与期待与作者达成一致。曹乃谦在利用留白时，有意放大了空间，形成留白的扩大化，尤其在对话时应用更广，形成一种极简的叙述风格。

小说中人物的对话是小说家对作品中人物话语沟通行为的创造性表现，具有独特的叙事功能，曹乃谦小说中人物的对话，既是叙述的结构成份，也是推动情节发展的动力。曹乃谦通过人物之间的对话压制情绪的介入，从而达到对话语的直接控制和价值判断，实现了对话对情绪的压抑，符合其叙事客观冷静的态度和对真实性的追求。曹乃谦小说中的对话的动机来源于他对叙事的客观真实性的艺术追求。与叙述的零度情感不同，对话采用的是一种第三人称的话语场景描述，按布斯的说法，对话是一种“显示”而非“讲述”，作家自我隐退在一旁，完全不做事件的评价，让人物作为行动的主体决定自已的命运，让人物本身讲述自已的故事。

曹乃谦小说因雁北方言的独特风格而对话非常简洁，达到了极简的艺术效果。在当代小说正越来越趋向于繁琐冗长的形势下，曹乃谦对叙事能力的追求可谓十分抢眼。他的叙述有着令人惊叹的节俭，他的节制和留白，隐忍与不甘，全都在廖廖几百字中表达出来。节俭得令人惊叹，他节制、隐忍，大量留白，寥寥千百字即成一篇小说。曹乃谦塑造人物形象时对人物心理的刻画以对话或行为描写为主。他的对话剔除了所有繁枝赘叶，往往几个字就能表达对话的深刻含义，看似漫不经心和毫无意义，实则满含压抑、无奈和最朴素的真诚，读后顿觉无限苍凉。“应县方言是很少有欧式长句的，曹乃谦在此基础上，把语句缩减到了极致。他善于把节俭了的情节，用简单的对话体现出来，暗含隐忍、无奈与不甘。"① 对话在完成推动情节和勾画细节的同时，有效地传达出了人物的内心情感。

曹乃谦的极简对话体现出了人物之间和人物与读者之间的意在言外、心照不宣的修辞效果。乡土传统中语言是不得已而采取的工具，"语言只能在一个社群所有的相同经验的一层上发生，群体愈大，包括的人所有的经验愈繁杂，发生语言的一层共同基础也必然愈有限，于是语言也愈简单化。"② 还有一种发生在少数群体之间的特殊语言特别有效，因为"它可以摆脱字句的固定意义"。比如在熟人中间，人们可以直接以"无声胜有声"来传达经验，或者"眉目传情"等等，"抛开了比较间接的象征材料，而求更直接的会意了"。③ 曹乃谦之所以善用对话，一是因为曹乃谦信奉海明威的冰山理论，以尽量简洁的方式叙述故事；二是因为曹乃谦的农村经验，雁北人说话方式简短；三是因为雁北人尚武轻文的精神传统重视武力而轻视人际交流。

"我没压（指高粱压蛋娃女人的大腿）。"高粱说。

"没压你咋压了？"蛋娃说。

"我没压。"高粱说。

"压了。""没压。"

"压了。""没压。"④

高粱和蛋娃就高粱是否压了蛋娃的女人拾来的大腿展开了激烈的争吵。曹乃谦的声音被高粱与蛋娃的争吵掩盖了，在嘈杂的声音中失声了，高粱和蛋娃成为事件的主角，到底高粱压没压拾来的大腿对小说主题的影响甚微，曹乃谦表明态度与否对这件事和小说情节的发展也无关紧要，主要是高粱与蛋娃的争吵作为对话在小说故事发展过程中的功能是什么？对话深化了主题，从对话的发生和吵架的过程看，压大腿这件事意味着什么、言外之意是什么高粱和蛋娃都心照不宣。压大腿意味着高粱对拾来的性挑逗。而蛋娃知晓"光棍"们对性的渴望与变态，所以从心理上接受不了高粱的这个举动。所以，从这个意义上来说，这段对话起到了揭示主题的作用。

三、重复的应用

"反复指某个词语在一个、几个句子或若干个段落的相同位置反复出现，表情达意

---

① 杨尚贵：《语词强化背后的时代记忆—大同作家曹乃谦小说语言艺术分析》，《艺术评论》，2008 年第 4 期。

② 费孝通：《乡土中国 生育制度 乡土重建》，北京：商务印书馆，2011 年，第 16 页。

③ 费孝通：《乡土中国 生育制度 乡土重建》，北京：商务印书馆，2011 年，第 17 页。

④ 曹乃谦：《到黑夜想你没办法》，长沙：湖南文艺出版社，2012 年，第 72 页。

时，它可以起到强调的作用。”[①] 曹乃谦的雁北与巴赫金的田园生活时间相似。巴赫金把田园生活的特点总结为地点的统一和生活事实的重复。“世世代代的生活都附着在一个地方，这生活中的一切事件都不能与这个地方分离。”[②]，时间是停滞的，老年和童年在一个空间内同时出现，生活内容局限在基本的生活事实之内，“爱情、诞生、死亡、结婚、劳动、饮食、年岁”构成了日常生活的全部事实。日常生活的简单化，日复一日的循环重复，造成了人们文化心理结构中对重复的喜好。生活的重复与词语的重复具有心理时间意义上的趋同性质，时空概念在曹乃谦的雁北是静止如水的。但为了表意时间功能的重复和循环，雁北方言中对重复的修辞运用大量存在。如“日每日”、“简直简”等，后一属性的重复表示对前一属性的时间序列上的强调。展示了雁北封闭世界中独特的生活感知方式、思维方式和体验方式，也揭示了雁北世界里恒常的生活状态一成不变。

在战国时属于三晋文化核心区域的雁北文化在后来发展中渐渐无法与官方文化保持同步，唯一的办法是从历史深处寻找中原文化认同。因为雁北地处雁门关外，与长城处少数民族多年交战，是中原官方文化与少数民族文化过渡区域。作为身在关外的中原文化群体，因交通和战争，反而与地处中原腹地的官方文化接触交流不及与少数民族交往频繁。所以，除了生活闭塞导致时间重复外，封闭的环境使雁北一带的地方方言中留存有中古音的痕迹，还有很多更古老的词汇和语法现象。[③] 从东魏、北齐到隋，雁北一带战争不断，各州县制几乎名存实亡。且雁北建制数次归属于不同的少数民族控制，并一直存在于胡汉杂居地带。那么，雁北方言成为一种重要的自我认同方式，保留有对文化脉络的延续与继承，以显示自身的中原文化的正统地位。无论从横向的胡汉杂居，还是纵向的历史继承关系，雁北方言的重叠式策略是一种无奈的文化选择，也是保存其文化特性的重要组成部分。

曹乃谦对于重复修辞的应用，根据叙事功能可以分为：

第一，推进故事。

“要真杀就灰了。要真杀就撞上鬼了。愣二妈跨坐在锅台边，瞪着眼睛出神地想。想一会儿撩起大襟揉揉眼。想一会儿撩起大襟揉揉眼。……

真杀就灰了。真杀就撞上鬼了。愣二妈想。……

总比杀了人好，总比撞上鬼好。愣二妈想。愣二妈跨坐在锅台边，就看愣二裱炕

---

① 杨尚贵：《语词强化背后的时代记忆——大同作家曹乃谦小说语言艺术分析》，《艺术评论》，2008年第4期。

② 巴赫金：《巴赫金全集》（第3卷），石家庄：河北教育出版社，2009年，第418页。

③ 蒋文华：《应县方言研究（后记）》，太原：山西人民出版社，2007年，第355页。

席就想。想一会儿撩起大襟揉揉眼。想一会儿撩起大襟揉揉眼。”①

这段话中有两处重复的地方，每处重复之处又有多次重复。每次重复的内涵不同，并且推动了故事发展的进程。“要真杀就灰了。要真杀就撞上鬼了。”第一次重复是愣二刚犯疯病，愣二一天到晚喊着要杀人，愣二妈心里正在担心愣二，坐在锅台边上发呆想办法。第二次重复是听到村里人议论应该给愣二请个大夫或大仙看看，更加加重了愣二妈对愣二疯病的担忧。第三次重复表明愣二的疯病已经治愈，但是出于对于医治方式的疑惑，愣二妈自我安慰的声音压倒了对医治方式的疑问。两次“想一会儿撩起大襟揉揉眼。”第一次重复是愣二妈担心愣二犯病的心理行为产生的动作，第二次重复表明虽然愣二的病情好转，但是只有愣二妈明白愣二是怎么好的，对于这种治愈方式她的心情是矛盾和犹疑的。

第二，揭示主题。

“他爬上了峁梁。

他登上了山头。

他大声地吼叫。

一回又一回。

他只顾着一回又一回地做着自己要做的事，却没有想到身底下的白白为啥一回比一回冰凉。”②

荞麦好不容易娶了白白却不能满足他的欲望。荞麦的内心是愤怒的，欲望也越来越强烈。三次“一回又一回”的重复表达了荞麦的欲望从爆发到熄灭的过程，揭示了欲望造成的悲剧不可避免。第一次重复强调了荞麦在性欲的折磨下一遍遍地登山发泄，第二次重复表明了荞麦往白白食物里加了药，性的释放过程，从这个重复的举动可以判断荞麦被欲望烧红了身体，第三次重复是前二次动作导致的结果，白白死了。从一连串的动作中可以看出，“光棍”们面对欲望无所适从的尴尬与痛苦，揭示了小说的主题。

第三，刻画心理。

“会计活得真荣华。狗子想。

会计活得真他妈的荣华。狗子想。

狗日的会计活得比他妈的皇帝也他妈的。狗子想。

---

① 曹乃谦：《到黑夜想你没办法》，长沙：湖南文艺出版社，2012年，第6-8页。

② 曹乃谦：《最后的村庄》，北京：中国广播电视出版社，2006年，第172页。

会计活得真像个人。狗子想。

狗日的会计活得真他妈的像个人。狗子想。

狗日的会计活得比他妈的皇帝也他妈的像个人。狗子想。”①

狗子面对会计的淫威还是表现出胆怯的。第一、四句重复表现出狗子对会计的羡慕。第二、五句重复显示出狗子愤慨，但出于对会计的忌惮，不敢辱骂会计，而是把矛头指向了“荣华”、“像个人”，在这两个词之前加上了修饰语“他妈的”。狗子开始对“荣华”、“像个人”的会计产生了仇恨。第三、六句狗子终于把心中的愤怒发泄到了会计的身上。通过语言展示的心理活动与变化，细腻地表现了狗子从对会计的羡慕到愤怒的过程。

第四，象征点题。

“‘吸溜，吸溜。’‘吸溜，吸溜。’

满窑房里一片吸溜声。

‘吸溜，吸溜。’‘吸溜，吸溜。’

窑房里一满是这种哭泣似的吸溜声。”②

吸溜声如同一曲悲歌，映照了“光棍”们此刻哭泣似的心情。这种悲哀的声音象征了“光棍”们欲望的挣扎与痛苦。在《男人》中，曹乃谦用了飞蛾扑火象征男人对欲望的追逐。“这人活一世，男人就是那没出息的蛾儿，女人就是这要命的灯。男人扑来扑去扑女人，可临完还不是个往火坑坑里跳？”飞蛾一次次地扑向灯光，虽然是为了取得光明，但那一时的光明竟要付出生命的代价。人存在的价值难道就是在明知是火坑的情况也要跳的情况下实现的吗？难道悲剧不可避免吗？曹乃谦此处以声音和物象阐释了“光棍”们对命运悲剧的无可奈何与痛苦思索。

四、冷静的态度

曹乃谦的叙述态度和雁北文化中固有的崇尚武力密不可分。雁北处于塞北兵家重地，问题解决的方式往往采取武力，这种行为方式渗透到日常生活中及言语中常常有一种视死如归的悲壮气质，有一种直面死亡的冷静态度。

作家在故事中自我隐退，放弃了直接介入故事评论，让人物在小说中讲述自已的命运。布斯把这种写作技巧称为“显示”。叙述者不表明态度和评论让故事按照艺术规律自由运行，故事本身成为故事的讲述者，人物成为推动故事发展的主要因素，其权

① 曹乃谦：《到黑夜想你没办法》，长沙：湖南文艺出版社，2012 年，第 136 页。

② 曹乃谦：《到黑夜想你没办法》，长沙：湖南文艺出版社，2012 年，第 44 页。

威性具有了不证自明的特征。由于曹乃谦追求的是一种真实性与实在性的叙事艺术，所以他的小说冷静客观的叙述态度让人物自由行动，不刻意干涉故事的发展，呈现出了日常生活的客观性质。

曹乃谦在他最具有代表性的小说①中表现出了极度克制的情感态度。

对话和直接引语是曹乃谦最常使用的叙事手段。如在《愣二疯了》中的片断：

"吃了？"有人问提水的愣二妈。

"吃了。"

"好了？"

"好了。"

"咋好的？"

"好了。"②

叙述人隐藏在暗处让愣二的动作发出声音，自已则不动声色地观察着愣二妈的动作，以第三人称叙述摆脱了作家干预故事进展的嫌疑，故事在人物的行动中自然推进。人们都很奇怪愣二的病为什么无缘无故地好了，在问到愣二妈的时候也被含糊地一带而过，到底是什么原因呢？叙述人完全没有自已的意见，愣二妈的举动也慌忙来慌忙去，有什么隐情隐藏在这件诡异的事情中？对话不仅抹去了叙述人的情感态度，也可以让人物自已暴露事件发生的整个来龙去脉：愣二爹去矿上向愣大要麻典素——第二天莫名其妙的疯了——村里人建议去找医生或大仙爷看病——愣二妈摇头——过几天愣二突然好了。通过分析整个事件的起因发现，愣二的发病是与他爹去矿上有关，那么为什么医生和大仙都不能医治愣二的病且愣二妈却事先知道？对话中隐约有一种难言的神秘感，而愣二的发疯与病愈也有一种无法言传的神秘性。结合小说传达的主旨可以得知，愣二与愣二妈之间有着难以启齿的荒唐事发生。性与欲望的表达在隐秘的线索下得以传达，对话的发生使叙述人巧妙地避免了对事件的描述和议论，对事件的情感和态度也无从知晓，与性的隐私的特点彼此应和。雁北"光棍"们的日常生活在呼呼的睡觉声中和暗夜时分对性的极度渴求之下度过，愣二的疯病无缘无故的来又悄无声息的去让人琢磨不透，通过这段对话可以推测出愣二与愣二妈之间令人战栗的苟且之事。乡村人伦在对性的极端压抑之下被无情地践踏，现实生活显示出它原本的残酷。看似一句轻描淡写的"好了"其实内涵中包含了愣二妈的复杂情绪和愣二的呐喊和压抑之间的叙述张力。这段话丰富的意义更在于母子乱伦的默契竟然随着一句"好

① 最具有代表性的小说指的是《到黑夜想你没办法》和《最后的村庄》里的部分小说及与此类风格相似的小说。

② 曹乃谦：《到黑夜想你没办法》，武汉：长江文艺出版社，2009年，第7页。

了”而消逝于无形。雁北生活中那种苦涩与粗粝跃然纸上。

曹乃谦还善于采用零聚焦视角不动声色地讲述故事，增加了故事的真实性。《晒阳窝》里有这样一段描述：

“没有一点儿云。也没有一点风。阳婆白亮白亮。天干冷干冷。一伙男人垒了几尺大寨田后，就窝缩在圪塄下晒暖暖，还不接不续儿地说笑。”①

接着是一段对话，议论监狱内与监狱外的区别，发言的主要人物是曾经蹲过监狱的温宝。

“温宝你再给说说里头。”丑丑说温宝。

“都说过几天了。老说。”温宝说。

“可我老也没赶住。听说里头比外前好？”丑丑说。②

篇首以景物描写开头，没有任何感情温度，一个平常的天气，没有云和风，只有太阳适合晒暖。叙述人以上帝的眼光在冷漠地观察着这帮“光棍”们。行动主体是“光棍”们，没有叙述的人的议论，保证了讲述的权威性。叙事的因果关系链条是从丑丑的问话开始的。聊天的内容非常无聊，因为温宝说他已经说过好多天了。通篇都是“光棍”们在问温宝监狱里面的生活情况，温宝一一解答他们的困惑和疑问。叙述人在哪里，是什么态度？小说一直没有交待。小说只是再现了“光棍”们交流的场景与交流的内容。当听说监狱里面能吃上炸油饼、偶尔还能吃上肉、能看电影听广播、还有各种新奇的体育运动时，“光棍”们认为里面简直比外面还要享受，不明白的是这样的生活条件温宝怎么还盼望着出来而不选择继续呆在监狱里享乐。温宝的想要“自由自在”的生活的回答不能令“光棍”们满意，因为在“光棍”们看来什么日子会有吃的好更能吸引人，而且里面听大戏还能偶尔找个女人。显然温宝描述的好日子已经超出了“光棍”们对生活的想像范围。更加衬托出了“光棍”们生活的恓惶与无奈，因为“光棍”们天真地以为监狱里面没有自由的日子要比外面好受的多。对物质的追求达到了无法想像的地步，甚至可以牺牲精神的自由。

曹乃谦将方言土语融入到小说的叙述之中，有种浓重的泥土味，“既雅且俗，大雅大俗”。他与赵树理方言普通话化不同，曹乃谦更加注重突显方言自身的特点。他的语言特色使之获得了某种独立于内容之外的象征意义，“从语言层面直接构成了一组想象中的‘中国人形象’：‘他们’木讷寡言、贫穷蒙昧、满身尘土味，艰辛的生活压弯了

① 曹乃谦：《到黑夜想你没办法》，武汉：长江文艺出版社，2009年，第87页。

② 曹乃谦：《到黑夜想你没办法》，武汉：长江文艺出版社，2009年，第87页。

他们的脊背，同时也赋予他们硬朗的线条和执拗的生命力量。”① 雁北方言的独特性区分了雁北作家与其他各地的作家，而精准、大量使用雁北方言又区分了曹乃谦和其他雁北作家。曹乃谦使用雁北方言写作为当代文学汉语写作探索了一种新的方向。

① 赵晖：《由方言成就的小说》，《西湖》，2007 年第 9 期。

第三章　曹乃谦小说与雁北民俗

民俗是文化的一面镜子，是通向曹乃谦雁北世界的重要视角。曹乃谦笔下雁北日常生活是通过民俗习惯展开。这些日常生活形态是雁北文化特质的具体表现形式。曹乃谦的风俗指向性比较明确，与小说的主题密切相关。曹乃谦小说中的雁北是通过雁北农村简陋的民风民俗建构的。物质极度缺乏的雁北，温饱问题一直困扰着这里的人们，从雁北民俗饮食文化中可窥之一斑。在欲望的引诱下生活在贫穷困境下人们的生存状态是可悲的。以物质为基础的婚姻关系在潦倒的现实面前自惭形秽，他们无法通过正常途径获得婚姻和性爱，只有通过非正常手段满足身体的需求。欲望就是他们的生活常态。日常生活围绕性欲转动，仿佛没有欲望的侵扰，生活反而不真实了。

第一节　“莜麦”意象

汪曾祺说曹乃谦的小说有莜麦的味道。莜麦味是什么味？多数人把莜麦味理解为雁北民俗中特有的一种感觉。雁北文化中的确有种清新的莜麦味道，然而在曹乃谦小说中呈现出一种什么样的形式呢？先来了解一下莜麦的习性。清乾隆《大同府志》载：“莜麦一名油麦，省志云：麦之别种曰燕麦，俗称莜麦。夏秋种，性寒宜边地。”① 莜麦适宜于边塞严寒之地，有不易消化之特性。“莜面吃个半饱饱，喝碗滚水正好好”说的是莜面的这种特点。解放前有民谣“四十里莜面，三十里糕，不耐饥的荞麦饿断腰。”也有一说是“四十里莜面，三十里糕，二十里的玉米窝窝饿断腰。”两句民谣陈述的都是莜面要比糕、荞麦、玉米窝窝耐饥抗饿。

汪曾祺说曹乃谦小说有一种莜麦味，指的是曹乃谦小说的叙事风格清新、简单，也指雁北人性格的淳朴和真实。但莜麦耐饥抗饿的特点象征的雁北人忍耐精神却未被发掘。

莜麦有耐寒耐碱的习性，只有这种作物才适合雁北特殊的气候条件。莜麦与雁北人的生存息息相关。“愣二常说：‘穷球的。连顿中莜面的窝窝也吃不起。老和山药蛋。’愣二妈说：‘想给你攒个钱。’愣二说：‘球。靠不吃中莜面窝窝，几球年能攒两

---

① 乾隆《大同府志》卷7《风土》，中国数字方志库（清乾隆四十七年刻本）。

千块。’”① 莜面不仅是雁北人餐桌上的一道饭食，也充当着人们的经济来源。纯正的莜面窝窝对于愣二家来说也是比较奢侈的食品。因此，在《打平花》中“光棍”们隔一段时间凑在一起就是为了吃上一顿莜面做的鱼鱼改善伙食。“每人先从和好的大面团上揪一块下来，两手把它揉搓成萝卜样子的粗棒儿。再用二拇指和中指把粗棒儿夹住，……每人就从各自夹着的面棒儿上扭下一小点儿来，两手心对住搓。‘嚓嚓嚓’搓三下，‘啪’拍一下，一条鱼鱼就出来了。”② 但大部分人家是吃不起纯莜面的。因为莜面耐饥，所以很多人是当作干粮用的。丑帮放羊时，“一入伏，他就背着半布袋炒莜面，还有几根腌黄萝卜，赶着羊群进了西山。”③ 据说走西口时人们就是以莜面作为路上充饥的干粮。莜麦本来是雁北地区一种普通的粮食作物，却被愣二们当成了生活中奢侈的食物，暗示了雁北贫困到极点的现实。莜面味，在某种意义上，是因贫穷而清新。

曹乃谦的人物有莜面的“耐”的特征。莜面的“耐”体现在能够适应各种极端复杂、恶劣的环境上，如能够抵抗严寒、盐碱。曹乃谦的人物也具有高度的耐受性。愣二和金兰两情相悦，当他听说金兰即将嫁出“温家窑”的时候，立刻向矿上的哥哥求助。愣二提出让哥哥给他也找一份矿上的工作，只有这样才能像哥哥一样能够月月领工资、体面地娶到金兰。愣二没有如愿，嫂子因为嫌他脏甚至都没有让他进门。愣二灰溜溜地从矿上回来，只得了哥哥一身工作服。愣二找金兰把卖血的钱塞给她，金兰只重复做一个撕棉花的动作：“噌噌噌”，“嚓嚓嚓”。愣二对金兰说，医院说他的血好，不掺假，过半个月还能卖这么些钱。金兰看着愣二卖血得来的钱，想着以后愣二卖血的场景，一定是绝望的。金兰只是哭，愣二疯了。每一次听说金兰要出嫁的消息，愣二的疯病都会发作，似乎金兰出嫁的消息是药引子。愣二“躺在炕头上‘杀人杀人’地喊，还用黑的大巴掌打连枷似的拍炕。一连两天，他都是这样的杀人和拍炕。”愣二没有杀过人，只在呼喊中缓解对金兰出嫁的焦虑和绝望情绪。杀人是毁灭别人，而愣二通过这种方式目的却是销蚀自我，不得不说这是一种残酷的方式。

愣二面对情爱的折磨并未显示出妥协的意向，一如既往地展现着他坚强的意志，疯病一次比一次强烈，生命一次比一次坚硬。“温家窑”的“光棍”也只有通过疯病才能躲过欲望能量对他们身体的冲击，因为疯病发作时为所欲为的宣泄是一种释放。福牛也犯过疯病。因为看到扮演喜儿的演员心生喜欢，想闻一闻喜儿的袄袖，被人误解狠狠地打了一顿，之后福牛就疯了，对着什么东西都唱戏。后来温孩女人引诱他时，他竟然自己把自己骂哭了，狠狠地抽自己的耳光。丑帮的相好奴奴收割莜麦的时候回来了，在莜麦秸窝里约会。奴奴提出要和丑帮“做那个啥”，但丑帮拒绝了，因为“温

① 曹乃谦：《到黑夜想你没办法》，长沙：湖南文艺出版社，2012年，第7页。
② 曹乃谦：《到黑夜想你没办法》，长沙：湖南文艺出版社，2012年，第41-42页。
③ 曹乃谦：《到黑夜想你没办法》，长沙：湖南文艺出版社，2012年，第144页。

家窑”人不允许那样。虽然他们都是在生活中被欲望折磨得要发疯的人，但是在面对诱惑时他们依然有自己的坚守和原则。

因此，在曹乃谦的小说中，莜麦味是一种耐性，是一种韧劲儿。同时，也是雁北苦寒之地的那种带着泥土清香的盐碱味。因为这种味道的存在，抽象的雁北之地形象和丰满起来。雁北不再仅仅作为地图上弯曲的线条，而是一个有着莜麦的品格和倔强的性格的生动形象。愣二、福牛、丑帮已经不再单纯任由环境摆布了，他们主动地抗击着命运带来的苦难，默默地承受着，也坚强地反抗着，像莜麦一样，倔强地成长在苦寒的黄土高原上。

第二节　变异的婚俗

曹乃谦笔下的男女两性关系呈现出与传统文化和伦理秩序迥然不同的风格，具有少数民族婚恋习俗的痕迹。长期以来，雁北边境地区的互市贸易和丝绸之路非常兴盛。胡汉民族之间的交往与战争不断，相互影响不可避免。更有鲜卑、契丹、女真、蒙古、满等民族的直接统治，雁北地区一直暴露在少数民族的包围之中。自从北魏以来，一部分长期居住雁北的少数民族，后来不愿意迁回而成为雁北永久居民，甚至鲜卑、契丹、女真等民族复姓改为汉族单姓者，也不在少数。这些少数民族在雁北的长期居留，为民族交往和生活方式的变迁提供了条件。因此，在雁北居住的少数民族风土人情与雁北地区水乳交融、相互交错。

曹乃谦小说中雁北男女交往的形式，多有少数民族婚恋习俗的影子。其中常见的一种形式就是“朋锅”，也叫拉边套。指男方一人无法养活全家，女方又招赘一名男丁入家，共同担负家庭责任。这是在男女双方无法通过正常的婚恋形式取得符合道德伦理标准的性爱形式时进行的。多数情况系入赘者因贫穷无力娶妻、男方因伤病无力养家或因家庭极度贫寒所致。这种形式有辽金时期服役婚制度的影子。黑旦和亲家共同搭伙实行朋锅共事一妻，每年亲家把女人接到家中住一个月，以交换亲家的女儿嫁给黑旦的儿子。朋锅的含义里是在一个锅里吃饭，富有经济学意义上的家务分担的意味。柱柱与二柱兄弟朋锅更能说明这种婚姻形式的经济学意义。柱柱的大儿子面临结婚，无力负担三孔窑洞的开销，只有让二柱加入这个家庭，才能解决目前的困境。兄弟两个商量共同分担经济负担和共用一个女人——柱柱家的。曾经与鲜卑人一起居住在雁北的乌桓人也有这种习惯。“服役婚分为婚前服役和婚后服役两种形式，《新唐书·北狄传》记载，室韦嫁娶，男子到女家服役三年之后才能和妻子一道返回男家成婚，这属于婚前服役。《大金国志》记载，金人旧俗，成亲后男子需要留在女方家服役三年，然后才能接走自己的妻子回男方家，这就属于婚后服役。但是无论哪种都意味着男子以劳动的形式向女子家进行补偿。”① 是一种母系社会向父系社会过渡的男从妻居的婚姻习俗。服役婚的关键是结婚的条件——三年的劳动补偿。朋锅与之相似，也是以劳动补偿的形式获得与女性共同生活的权利。

在曹乃谦小说中，偷情是一种很常见的两性交往形式。古代情爱诗歌中，这是一种常见的现象，“描写少男少女的幽会和婚外恋的远较描写夫妻之爱的为多。”② 如《诗经》中《野有死麕》描写男女幽会：“野有死麕，白茅包之。有女怀春，吉士诱之。林有朴樕，野有死鹿。白茅纯束，有女如玉。舒而脱脱兮，无感我帨兮，无使尨也吠。”这里写了一对偷偷幽会的男女既紧张又兴奋的场景。魏晋南北朝时期的《子夜歌》表达了幽会过后的怅然若失：“今夕已欢别，合会在何时？明灯照空局，悠然未有期。”今天离别之后下次再会悠悠无期的复杂情感表露无疑。然而，这些均在道德允许之外。契丹、女真则有纵偷的两性关系形式。《松漠纪闻》正卷载：“金国……正月十六日则纵偷一日以为戏，妻女，宝货，车马为人所窃，皆不加刑。……亦有先与室女私约，至期而窃去者，女愿留则听之。自契丹以来皆然，今燕亦如此。”③ “女真人对室女的婚姻自择原来是很宽放的，故‘放偷’亦包括男子偷淫所爱的女人。”④ 对于青年男女来说，偷偷幽会经常发生的。然而曹乃谦笔下的男女幽会多为“光棍”与已婚妇女之间的婚外恋行为，表现了雁北农村“光棍”们困境中性欲无法满足的现实状况。奴奴被母亲嫁给了窑黑子，不能与丑帮结为夫妻，只能在婚后经常回来与丑帮约会。在曹乃谦小说中，偷情往往是正常婚姻形式的一种补偿形式。正常婚姻无法取得的爱情经常以婚外非正常的形式进行。

作为一种风俗习惯或是社会制度，无论是娶自己的嫂子还是继母，对于汉人来说是不可接受的，他们认为有悖于伦理纲常。但在契丹等少数民族的收继婚制度里这种现象曾经相当普遍。“契丹族进入辽代社会以后，依然保留一些原始婚俗。这其中主要是流行收继婚制，夫兄弟婚、妻姊妹婚、妻继母等是其最主要的表现形式。”⑤ 满清刚刚入关时还保留着此习俗，随着满族汉化的推进，这种社会制度被废除。但“从明清遗留的案牍中我们可以知道与兄弟之妻为婚虽未法律所不容许，在民间，尤其是较为穷苦的人家，因经济的原因，确有此习惯。”⑥ 贫穷或许是正是这种婚姻制度得以延续的原因。对“光棍”们来说，最残酷的莫过于乱伦。因为贫穷，“光棍”们无法娶妻过上正常的性生活，生理欲望的压抑与娶妻无望带来的绝望心理使其心理严重扭曲，性爱由正常的欲望表达转而变成了一种失去理智的暴力宣泄。这对被伤害的对象来说

① 何跃青主编：《中国婚俗文化》，北京：外文出版社，2013 年，第 19 页。
② 刘达临：《性与中国文化》，北京：人民出版社，1999 年，第 195 页。
③ 洪皓：《松漠纪闻》，《长白丛书》初集，长春：吉林文史出版社，1986 年，第 30 页。
④ 汪玢玲：《中国婚姻史》，武汉：武汉大学出版社，2013 年，第 260 页。
⑤ 韩世明：《辽金生活史话》，沈阳：东北大学出版社，2017 年，第 6 页。
⑥ 赫然，刘宇：《社会学视野下的满族法文化活态研究》，北京：知识产权出版社，2016 年，第 22 页。

精神的残害是致命的，对“光棍”们也是一种无法释怀的精神重负。狗子对妹妹是发自内心的疼爱，可是在性欲没有得到满足的时候，这种疼爱丧失了理智的判断，把哥哥对妹妹的亲情之爱错误地发展成了男女之间的肉体性爱。性的压抑使狗子在一天夜里强奸了妹妹。狗子后悔与妹妹发生了有违人伦的丑事。妹妹不堪受辱选择自尽，狗子遗憾终生。狗子最后的结局是耐人寻味的，从表面上看他是被会计逼迫而死，为保护他的棺材而死如果联系妹妹的死因，发现狗子之死的背后也有对妹妹的一份愧疚。愣二和玉茭也是被性欲冲昏了头脑，根本分不清母亲和女人之间究竟应该把母亲当成女人还是应该把女人当成母亲。当玉茭发现自己身体下的女人是母亲时，喊叫着说根本不知道她是自己的母亲，而是把她当成了其他女人。玉茭绝望的呼喊和撕心裂肺的道歉企图自我救赎，但是伦理秩序却无法容忍他的错误。

曹乃谦的“温家窑”普遍存在着买卖婚姻。两千块钱就可买到一个女人，但对于“温家窑”的“光棍”来说这是一个天文数字。所以，两年之内只有温孩和另外一个“光棍”通过买卖娶到了媳妇。金代的买卖婚制度盛行，男女双方订婚之前有“拜门”仪式，行此礼时男方要准备相当数量的聘礼给女方家庭。对于贫困家庭的买卖婚来说，形式发生了变化，因为男方拿不出可观数量的聘礼给女方，所以往往出现以女儿换媳妇的方式进行，以男方家的女儿换娶女方，这就是现在的换亲习俗。如《山那边还是山》里穗儿为了给自己的愣舅换亲，嫁给了一个老汉。

朋锅也好，偷情也好，乱伦也好，或者是买卖婚姻也好，虽然经历了历史的沧桑和演变，一些制度仍然能够在民间找到其变异的习俗。与原来的体制相比或许已经失去了旧有的风貌，但其内核依然存在，标记着地域文化的差异。

第三节　“要饭调”

“要饭调”，通常指“麻烦调”、“苦零丁”、“爬场调”等流行在塞北一带的地方民歌。也叫酸曲儿、挖莜面、烂席片。与陕西“信天游”、内蒙“爬山调”相似，歌词“直白而裸露，感情炽热而悲苦”。① 这种民歌被乞讨之人演唱以换取食物，歌中自带一种凄楚可怜的乞求意味。演唱者的内心是孤独而悲苦无助的，为了求得倾听者的怜悯与感动，歌词是直白而裸露心迹的、感情表现为一种炽热的。然而，这种山曲儿并不为乞讨者独占，作为一种地方小调，它在雁北一带各地流传甚广。“要饭调”与陕西和内蒙的民歌同出高原一带。但又与陕西和内蒙的民歌有所不同，因为它不仅有高原上的黄土腥味和保守、闭塞生活的苦涩，也夹杂了游牧民族放荡不羁的对自由和爱情的向往的嘹亮。从某种意义上说，“要饭调”是介于二者之间的一种调和物。这种质

① 曹乃谦：《温家窑风景三地书》，长沙：湖南文艺出版社，2012 年，第 164 页。

朴、淳厚的酸曲儿表达的情感沿袭着雁北千百年来的历史记忆从时间的隧道中无声地浸润着每一个雁北人，寒冷的高原上苦闷的情感无处释放时站在黄土高原坡坝上吼一嗓子，也许正是这曲儿的韵味所在。这一嗓子中饱含了辛酸、无奈、苦闷、凄凉，也有对幸福、自由、爱情的想像和无限向往。

据《大金国志》《金史》记载，女真人民间流行以民歌表达情爱的方式。贫穷人家的女子到了婚配年龄，梳洗打扮之后到人多的道路上唱歌，歌唱叙述自己的家庭情况、爱好和技艺等，向路人抒发求婚的意愿。男方听取了女子的歌唱后如果相中了女子就可以领回家中成婚。“其携去者，父母不问。留数岁，有子始具茶食酒数车归宁，谓之拜门，因执子婿之礼。其俗谓男女自媒胜于纳币而婚者”。① 受少数民族影响，雁北男女之间传情方式变得开放、自由，民歌成为表达情爱的一种重要方式。

“要饭调”在曹乃谦的小说中勾勒出一个梦幻般的、缠绵悱恻的情爱世界。曹乃谦小说中引用的“要饭调”，源于他童年时期的记忆。曹乃谦喜欢这种调子，“没学会走路就学会了唱。”② 为了让同胞姐姐抱出去玩耍，讨好她时就大声唱这种酸曲儿。姥姥村有一个叫巴存金的放羊倌会唱很多“要饭调”，曹乃谦每次回村都要与巴存金接触，去他放羊的大山里感受这个“光棍”汉唱歌时悠长、高亢、凄美的曲调。“他唱的时候眼睛老是痴痴地盯着山下的村庄，好像是唱给村里的哪个人听似的。‘对坝坝圪梁上那是个谁，那是个要命鬼干妹妹。崖头上的杨树不一般高，人里头挑人数干妹妹好。’”③ 曹乃谦清楚地记得巴存金每次唱完后，都要坐在那里半天沉默不语，从地上随手捡起一块石头或土块向山梁下狠狠地扔去，无人理解这种沉默和扔石头的狠劲儿里包含了什么情感。“有老鹰在蓝天下盘旋，看羊狗汪汪叫着去追赶鹰投下的影子。……他那哀伤凄楚的山曲儿感染了我，虽说程度不同，可也使得我跟着他进入了那种情绪那种氛围。”④ 巴存金后来吊死在一棵歪脖树上，曹乃谦形容他像一面旗帜，身体在风中悠悠地飘摇。“如果说是换换姐启蒙我爱上了山曲儿，那么巴存金就是我的第一位唱山曲儿的老师。他那一段又一段高亢粗犷淳厚的山曲儿永远留在我的记忆中。”⑤ 北温窑的二明和巴存金相似，唱歌时总把全部的情感倾注其中，不像是在唱歌而是在哭诉。唱完之后，也要如巴存金一样沉默良久，有时候猛不丁来一句“我日死你妈”然后摔门而去，没人知道他是骂谁，人们的解释是他就是这么个愣人。

按表达情感的不同，曹乃谦小说中的“要饭调”可以分为以下几种类型：

第一，表达相思之苦。

---

① 汪玢玲：《中国婚姻史》，武汉：武汉大学出版社，2013 年，第 263 页。

② 曹乃谦：《你变成狐子我变成狼》，长沙：湖南文艺出版社，2012 年，第 162 页。

③ 曹乃谦：《你变成狐子我变成狼》，长沙：湖南文艺出版社，2012 年，第 163-164 页。

④ 曹乃谦：《你变成狐子我变成狼》，长沙：湖南文艺出版社，2012 年，第 164 页。

⑤ 曹乃谦：《你变成狐子我变成狼》，长沙：湖南文艺出版社，2012 年，第 164 页。

1. 东山山的阳婆西山山落，由不住想哥哥由不住瞭。①

2. 三垄垄荞麦两垄垄谷，瞭不见哥哥由不住哭。②

3. 阳婆一落火烧那山，瞭哥哥瞭得好心酸。③

4. 白天想你拿不动针，黑夜里想你吹不灭灯。白日里想你盼黄昏，黑夜里想你盼天明。④

5. 水灵灵的玻璃空洞洞照，照见俺的二哥哥回来了。⑤

6. 妹妹你是哥哥心上的人，一阵阵儿不见满村村寻。⑥

7. 黑牛牛白马马卧草滩，瞭妹妹瞭得我两腿酸。⑦

8. 刮起东风水流西，看见人家想起你。山在水在石头在，人家都在你不在。⑧

9. 白面烙饼烙了一个干，搬上我的小妹子回后山。你变成狐子我变成狼，一溜溜的山弯弯相跟上。⑨

第二，表达哀怨之情。

10. 菜籽籽开花一片片黄，瞭哥哥踩踏人家的房。⑩

11. 青天蓝天蓝圪莹莹的天，圪喇喇一个雷声变了脸。阴天雨天圪阴阴的天，想起我的挨心心泪涟涟。⑪

12. 胡麻麻那个开花一片片蓝，来动那个容易走动难。胡麻麻那个开花一片片黄，为了那个寻你碰见狼。⑫

13. 煽火板凳腿儿迎天，想起光棍汉真可怜。⑬

14. 羊羔羔吃奶前蹄蹄跪，没老婆的羊倌活受罪。⑭

15. 阳婆婆一落火烧山，光棍汉回家真心酸。⑮

第三，欲望想像的直接展开。

16. 一苗白菜没擗开，背后走过个书生来。书生看奴是好人材，扳住肩肩亲奴的

---

① 曹乃谦：《最后的村庄》，北京：中国广播电视出版社，2006年，第8页。
② 曹乃谦：《最后的村庄》，北京：中国广播电视出版社，2006年，第8页。
③ 曹乃谦：《最后的村庄》，北京：中国广播电视出版社，2006年，第10页。
④ 曹乃谦：《最后的村庄》，北京：中国广播电视出版社，2006年，第58页。
⑤ 曹乃谦：《到黑夜想你没办法》，长沙：湖南文艺出版社，2012年，第93页。
⑥ 曹乃谦：《到黑夜想你没办法》，长沙：湖南文艺出版社，2012年，第102页。
⑦ 曹乃谦：《到黑夜想你没办法》，长沙：湖南文艺出版社，2012年，第112页。
⑧ 曹乃谦：《佛的孤独》，北京：中国广播电视出版社，2007年，第24页。
⑨ 曹乃谦：《佛的孤独》，北京：中国广播电视出版社，2007年，第29页。
⑩ 曹乃谦：《最后的村庄》，北京：中国广播电视出版社，2006年，第10页。
⑪ 曹乃谦：《佛的孤独》，北京：中国广播电视出版社，2007年，第27页。
⑫ 曹乃谦：《佛的孤独》，北京：中国广播电视出版社，2007年，第150页。
⑬ 曹乃谦：《到黑夜想你没办法》，长沙：湖南文艺出版社，2012年，第112页。
⑭ 曹乃谦：《到黑夜想你没办法》，长沙：湖南文艺出版社，2012年，第122页。
⑮ 曹乃谦：《佛的孤独》，北京：中国广播电视出版社，2007年，第186页。

嘴。左手摸来右手揣，摸完左奶揣右奶。①

17. 油炸脆糕粉条条菜，妹妹你没钱解裤带。②

18. 想你想得不行行，穿袄扣错扣门门。③

19. 对坝坝圪梁上那是谁，那就是要命鬼干妹妹。④

20. 葱白白脸脸花骨朵嘴，你是哥哥的个要命鬼。⑤

21. 牛犊犊下河喝水水，俺跟干妹妹亲嘴嘴。⑥

22. 二茬茬芦草不出穗，守住要命鬼不瞌睡。⑦

第四，对爱人的赞美。

23. 沙蓬抛蛋树叶叶黄，口外的哥哥真凄惶。沙蓬抛蛋树叶叶飞，想起毛眼眼干妹妹。⑧

24. 蓝蛾蛾膀膀金点点，小妹妹长着毛眼眼。你瞭我来我瞭你，咱们不知道谁瞭谁。⑨

25. 满天的星星满天的明，阖村里就数你一个人。⑩

26. 上了一道坡坡下了一道道梁，瞭见了小妹妹就心发慌。你不挑你的苦菜崖头上站，把你哥哥的心儿搅乱。⑪

27. 二系系草帽双飘带，越看妹妹越心爱。⑫

"要饭调"的引用，要么起着烘托气氛的作用，如23，叙述人走在路上即兴歌唱，与小说《沙蓬球》基调相符。11是鼓匠们吹奏的乐曲营造出一种氛围，使得此时此刻"我"的心情非常伤感；要么是故事的重要组成部分，起着推动故事的作用，18是愣二面对着仙云唱的一句"要饭调"，表达了对仙云的爱慕之心。然而仙云是要远嫁的人，不可能嫁给愣二这个穿着女人衣服的愣后生，"想你想的不行行"也暗示了愣二后来的悲剧结局，对故事的发展起到了推动作用；要么是间接传达了人物此刻的心情，26本来是三三唱的，却引起了曹队长的情思，引起了对古兰的思念情怀；还有的直接揭示了小说的主题思想，4是亲圪蛋对着"我"的抒情与歌唱，也在向"我"表明她的心迹和爱慕之情，这与她最后为了爱情而发疯照应，揭示了亲圪蛋对待爱情的真挚与

---

① 曹乃谦:《最后的村庄》，北京：中国广播电视出版社，2006年，第4页。

② 曹乃谦:《到黑夜想你没办法》，长沙：湖南文艺出版社，2012年，第83页。

③ 曹乃谦:《佛的孤独》，北京：中国广播电视出版社，2007年，第194页。

④ 曹乃谦:《到黑夜想你没办法》，长沙：湖南文艺出版社，2012年，第34页。

⑤ 曹乃谦:《到黑夜想你没办法》，长沙：湖南文艺出版社，2012年，第195页。

⑥ 曹乃谦:《到黑夜想你没办法》，长沙：湖南文艺出版社，2012年，第195页。

⑦ 曹乃谦:《最后的村庄》，北京：中国广播电视出版社，2006年，第162页。

⑧ 曹乃谦:《最后的村庄》，北京：中国广播电视出版社，2006年，第15-16页。

⑨ 曹乃谦:《佛的孤独》，北京：中国广播电视出版社，2007年，第150页。

⑩ 曹乃谦:《佛的孤独》，北京：中国广播电视出版社，2007年，第177页。

⑪ 曹乃谦:《佛的孤独》，北京：中国广播电视出版社，2007年，第208页。

⑫ 曹乃谦:《到黑夜想你没办法》，长沙：湖南文艺出版社，2012年，第112页。

热诚。

这些“要饭调”生动形象地表达了雁北人对于感情的理解方式和对爱情的渴望，象征了他们对爱情的向往和虔诚。在贫困而无聊的生活中对于爱情的向往之情难能可贵，即使在生存条件也得不到保证的情况下，他们依然怀抱着对未来的美好想像。“光棍”们的生活处于一片黑暗的泥石流之中，“要饭调”像一道划破苍穹的流星，沉落在暗无天日的绝望生活里，给他们带去一丝丝慰藉。

第四节　武力崇拜

雁北的武力崇拜是指雁北人任侠尚气、崇尚武力的精神传统，他们性格中带有一种视死如归的气质和品格。这既是国家所推崇英雄主义与荣誉感的结果，也是游牧民族性格多年浸染的结果。一方面是因为边塞连年征战的影响，雁北人民要以武力自卫，另一方面少数民族强悍的战斗作风和民族习性及勇武好斗的性格影响了雁北文化风格。所以，如果说曹乃谦的小说有一副狰狞的面孔，那么这面孔的中心显现出的应该是对暴力的审美，对死亡白描式的叙述与对欲望赤裸裸的摩写，使曹乃谦的叙事增添一种无法言说的戾气。

雁北的武力崇拜源于朴素的家国情怀和民族意识，这是一种面临强敌入侵时表现出来的视死如归精神。“雁门云中，旧俗刚毅，里多壮士，任侠尚气，可为天子之爪牙，执干戈而卫社稷。”① 山西是北方重要的军事战略要地。历来有“天下之形势，必有取于山西”的说法。而雁北又是山西的重要战略要地。“历史上，山西这块土地上一直征战不断，加之，山西自古多有游牧民族的侵扰、融合，颇受尚武风气影响，因而形成了剽悍刚劲的民风。”② 雁北之地处于胡汉交接地带，在阴山之下游牧的少数民族以其强悍的游击战术不时侵扰雁北。雁北成为山西雁门关以内领土的缓冲保护区域。所以，雁北地区长期处于征战不断的状态。游牧民族生活资料因其生活方式的特殊性具有一种不稳定性，他们的生存环境相比中原农耕文化男耕女织的稳定生活状态和稳定的生产资料来源处于劣势。从这个意义上来说，游牧的生存环境时刻面临着挑战，他们不得不以原始的、强悍的军事力量打破生存的不平衡状态，侵扰、偷袭、抢掠生产资料相对丰富的雁北农耕区域。这种文化心理结构中天然的生存危机意识是构成其性格的重要因素。生存资料的短缺意味着死亡的威胁，冲进长城要塞与人搏杀也要面对死亡，所以，视死如归在这种情况下是一种面对死亡的勇气和魅力，也是一种置之死地而后生的豪迈和胆略。以苏秉琦、王克林、刘纬毅和李元庆为代表的三晋文化特点研究中，各家并未涉及尚武精神的概括，可见，尚武精神并非在三晋大地全部适用，

---

① 安大钧主编：《古都大同》，杭州：杭州出版社，2011 年，第 19 页。

② 朱晓进：《“山药蛋”派与三晋文化》，长沙：湖南教育出版社，1995 年，第 114 页。

而对于历史上一直饱受战争之苦的雁北，则对尚武传统情有独钟。倍受雁北人崇仰的西汉卫青和霍去病北击匈奴，英勇无比，立下赫赫战功，被视为雁北人的楷模。受匈奴等少数民族骁勇善战的影响及从战国时期流传下来的尊崇武将的风习，尚武与视死如归的英勇无畏精神一直浸染着雁北人。代州人“质直朴野、鄙啬勇悍。周志：俗尚戎马，少事文学。”①《大同志》云：“自古皆言幽并之俗尚武任侠，岂得水土刚急之气多欤，抑地处塞北负险用武，其民习兵，遂沿为风俗。”②《辽史？地理志》载：代朔之人“执干戈奋武卫，风气刚劲，自古为用武之地。”③ 这些尚武之人一旦边境告急，国家只需稍加引导，他们即从戎于沙场，以图建功立业，“捐躯赴国难，视死忽如归”。④

这种尊崇武力的传统体现在以雁北文化为特色的曹乃谦小说中，主要有两个方面：一，有关“死亡”的詈骂语。曹乃谦小说中存在大量的辱骂人的词语，如狗日的、驴日的等。为了表示对辱骂对象的愤怒，往往加入了导致死亡的暴力成份。比如《打平花》中“光棍”们在讲述男女之事的时候，愣二狠狠的骂了一句“我日死你妈!”表达对其他“光棍”的极度不满；“日死你妈。我操你八辈祖宗，狗日的，驴日的，让万万千的人操了屁股的。”⑤ 表达了狗子对仗势欺人的会计的恼怒之情，无法用正常言语形容此刻狗子的情绪，但一句“日死你妈”足矣。日常用语里也有与死相关的词汇，羊娃放羊时，吃完拌炒面又吃了一条萝卜干，感觉“死筋圪韧的”。一个“死”字写出了生活的艰辛与无奈。最典型的要数《山丹丹》里一个老“光棍”说的话，“有时候人一穷了就想杀杀人”。贫穷和杀人之间有什么关系呢？杀人能解决穷困的问题吗？如果不能，那么为什么要杀人呢？这不能不让人联想起雁北战场上杀人如麻的场景，杀人已经使人麻木了，不能唤起人们对死亡的恐惧了，还有什么能够让一个人的灵魂惊醒呢？视死如归难道不是一种无法拯救的麻木吗？从曹乃谦选题和小说立意的角度看，这种语言表达方式与小说中雁北人的日常生活状态相匹配。二，暴力叙事。提起暴力叙事，不得不说莫言对暴力场景的极度渲染和细致入微的描摩与余华对暴力沉着、冷静的态度。曹乃谦在对待暴力时与他们有着明显的不同，反而在轻描淡写中抒发着对人性之悲的愤激情绪。如写穗儿的自杀，“在我去的第二天就自杀了。自杀前，她把那个熟睡的老头的脑袋瓜用菜刀给劈在地下。然后，她洗了手揩了脸，换了衣服，把自已吊在村外的一棵树上。”⑥ 没有过分的渲染自杀的气氛，也没有刻画穗儿此时此刻的心理活动，只有杀人、换衣、揩脸、自杀。贞贞杀人与自杀与穗儿如出一辙。“贞贞

① 光绪《代州志》卷3《风俗》，中国数字方志库（清光绪八年刻本）。
② 乾隆《大同志》卷7《风土》，中国数字方志库（清乾隆四十七年刻本）。
③ 脱脱等撰：《辽史》（一），长春：吉林人民出版社，1995年，第250页。
④ 安大钧主编：《古都大同》，杭州：杭州出版社，2011年，第19-20页。
⑤ 曹乃谦：《到黑夜想你没办法》，长沙：湖南文艺出版社，2012年，第143页。
⑥ 曹乃谦：《佛的孤独》，北京：中国广播电视出版社，2007年，第37页。

爹是让人在稀粥里下了毒药毒死的，眼睛鼻孔里都在流血。贞贞妈是上吊死的，她在上吊前又洗了脸梳了头，还换上了干净的衣裳。"① 暴力的使用在曹乃谦的笔下竟然变得合理起来，读者感受到了一种杀之而后快的快感，这是荒诞的，但用以暴制暴的方式描述弱者对于尊严的抗争和苦难的挣扎，对于小说传达悲悯的力量与悲剧的能量是有着明显的削弱作用的。杀人好像是一件尚未完成的工作，程式性的过程让人心生恐惧。然而山药蛋对生命的漠视、视生命为草芥的态度使人不寒而栗。山药蛋和扣扣仅仅因为抢占一个座位，二人大打出手。山药蛋打死扣扣后，没有影响他去见情人的心情，拍拍手上的尘土，憧憬着和情人相会的美好想像扬长而去。杀人的人很冷静，自杀的人很冷静，都可以让人理解，但自杀者超然事外者如老银银却陡然生出一种豪迈的气概。老银银和官官吃过酒肉之后，对人生已毫无眷恋之意。收拾好家里的一切，锁上家门，独自向人生的终点走去。这种视死如归的情怀契合了雁北人对死亡的大无畏精神。曹乃谦的死亡叙述有一种婉约的抒情风格，在不动声色的叙述中找到一个暴力和死亡的平衡之处，省略了过程的暴力渲染，营造出一种和谐、宁静、静态的死亡场面。

从莜麦的清香到缠绵的爱情想像，从粗陋的婚俗到萧瑟的死亡场景，雁北文化中蕴含了农耕文明的宁静、和谐与游牧文明的洒脱、勇敢。曹乃谦重新定位了人性的本质，对生命和生存、人性和人生作了细腻的描述。生存的珍贵和生命的真诚是他作品的底色，针对苦难和欲望对生命和人性的伤害与摧残，他展示了一幅幅血淋淋的暴力场景。

① 曹乃谦：《最后的村庄》，北京：中国广播电视出版社，2006 年，第 29 页。

第四章 "温家窑风景"

"温家窑"是曹乃谦对雁北的记忆。个体记忆是个人经验在时间的缝隙里得以成长的基础，每个个体的经历和生活都会在时间的推动下一代一代地交替、更迭。在交替与更迭的历史轮回中，生命的历史依靠个体记忆的积累不断地指向未来。从某种意义上说，个体记忆就是个人在往昔的岁月里搜索失去的事件，它不仅承载着历史，也承载着个体生活年代的精神履历。雁北文化天然地决定了曹乃谦作为个体的性格、气质、思想和价值观念。个人经历和生活记忆共同主宰了作家的创作意识活动过程。童年时代屈辱的城市生活与自由愉悦的乡村记忆使曹乃谦一直有一种淡淡的乡愁。他热爱农村，那里留下了他的美好童年，也有雁北日常的琐碎记忆，更有陪他在山上一起吼叫"要饭调"的老"光棍"。他骨子里已经和农村融为一体，渴望回到幻想之中的儿时故乡。所以，曹乃谦开启了寻梦之旅，以乡巴佬的身份，仔细咀嚼着留存在回忆之中的"温家窑风景"。

第一节 故乡记忆

个人经历和生活记忆不仅受到故乡风土人情、生活习惯、地理环境、价值观念的制约，而且还必然地受到曾经生活在这块土地上的群落烙印下的文化足迹的影响。"如果从创作主体的角度来说，对个体记忆的依赖，最突出地表现在作家对童年记忆的迷恋和处理上。"① 童年的记忆排除了意识形态的干扰，是最接近天性的最直接的表达，与艺术的天性同出一源。"童年经验是一个人心理发展中不可逾越的开端，对一个人的个性、气质、思维方式等的形成和发展起着决定性作用。"② 童年是一个人与世界建立联系的初始阶段，他对这个世界的第一印象决定了他对这个世界的看法和想像，他人对他的印象和看法是他建立自我的镜像，自我存在意识的形成有赖于此。因此，童年记忆制约着每个个体生命的每一个瞬间。

童年经历使曹乃谦意识到自己的农民身份。城市对于曹乃谦一直是陌生和疏离的。因为幼年体弱多病，四岁之前不会走路，养母相信了一个算卦先生的话：在八岁前这

---

① 洪治纲：《文学：记忆的邀约与重构》，《文艺争鸣》，2010 年 1 期。

② 童庆炳，程正民：《文艺心理学教程》，北京：高等教育出版社，2001 年，第 92 页。

个孩子不要呆在城市。所以曹乃谦的童年仍然被送回在下马峪的家乡度过，有时也去姥姥家的钗狸村。童年的农村生活在曹乃谦的记忆里打下了深深的烙印。八岁之前的农村生活对曹乃谦来说收获颇丰，因为在农村人的眼里他是个拥有城市户口的孩子，格外给予礼遇。舅妈在他每次到来的时候总是把平时不舍得拿出的待客用的毯子供他使用。但是，他在城市里却是个受欺负的对象，每每被孩子们喊成“村香瓜”①。童年时期城市和乡村待遇的差异，在他幼小的心灵里起了不小的波澜。“虽然我算是个城市人，可是和我生活在一起的母亲却是个地地道道的农民。这样子，我的生活习惯、口音语言等等，一直都是带有着雁北农村的气息。”② 城市与乡村的矛盾集中在一个未成年的孩子身上，能够想像此时的曹乃谦内心的压抑和愤怒，但每到两个假期的农村生活又给了他暂时的释放。在人格和身份意识逐渐养成的阶段，曹乃谦游走于城市的冷眼和乡村的热情中，记忆的天平更倾向于对乡村的青睐。童年曹乃谦对农村生活充满了期待。在那个被城市人看不起的小山村里，不仅有他时常牵挂的牧羊人巴存金，他高昂的“要饭调”的吼叫穿透大半个雁北，在岩石的缝隙里折折转转直钻云霄，还有他还不会走路时同胞姐姐换换教他的山曲儿“哥哥在山上嗖喽嗖喽割莜麦，妹妹在山下圪嘣圪嘣挑苦菜”。“河湾那清清的泉水，树荫那悠悠的凉风，山梁那碎小的野花，蓝天那飘游的白云，大自然的这一切一切都使得我无比的快乐。”③ 故乡的人和故乡的景，在曹乃谦的记忆里幻化成美丽的想像，城市的生活反而成为一种无法释怀的惆怅。曹乃谦虽然拥有别人羡慕的城市户口，但他对自已的市民身份是有所怀疑的。

对两位母亲的热爱使曹乃谦一生心系故乡。生母是他无法释怀的乡愁的源泉，养母则每天在他的生活里发酵着这份乡愁。曹乃谦有两个母亲，一个是生母，给予了他农民的身份。他因生在一个贫困的农民家庭而在血缘上拥有了农民的身份；一个是养母，因她的生活习惯、思想观念、价值标准和与农村的难以割舍的联系，使曹乃谦拥有了农村的生活习惯和人生信仰。两个母亲的生活离不开那片故土，也离不开他们惦念的儿子。曹乃谦也因两个母亲与故乡的密切关系从而拥有了独特的故乡体验。生母含恨离世使他对下马峪的故乡有着纠结与愧疚的心态，养母的抚育之恩情使他对雁北农村的一切感到熟悉和温暖。母亲和故乡在曹乃谦身上形成了一个复合体，里面有母亲，有故乡，有生母，有养母。自从被养母抱到大同的那一刻起，曹乃谦内心那份血缘牵连的思念永远地留在了下马峪村——出生的地方，也是生母因过度想念儿子病逝的地方。曹乃谦的心灵深处一定割舍不下对生母一家的牵挂，若非如此他不会在二哥送给他照片后拿到别人面前炫耀。他的根在农村，在生他的下马峪村，血缘把他拴在那里的每一寸土地上。生母的去世是他一辈子无法言传的痛。养母的农村生活习惯和

① “乡巴佬”的意思。

② 曹乃谦：《温家窑风景三地书》，长沙：湖南文艺出版社，2012 年，第 157 页。

③ 曹乃谦：《你变成狐子我变成狼》，长沙：湖南文艺出版社，2012 年，第 163 页。

由她带来的雁北农村的民风民俗在这个传统家庭里深深地植根于曹乃谦的脑海里。曹乃谦一直关心着这些饥渴的农民，“因为我出生在一个非常贫苦的农民家庭。我身上流动着农民的血液，脑子里存在着农民的意识，行为中有农民的习惯。我虽然已经当了三十四年警察，但实际上我是个穿着警服的农民。”① “我不喜欢吃单炒菜，就喜欢大烩菜。……每当室外下大雨，我总要不时抬头看看房顶是否漏进了水，看看大雨里是否夹杂能把庄稼打坏的冷蛋。”② 曹乃谦当下是不是一个农民已经不再重要，因为每个人对“农民”都有不同的认同标准，重要的是他的骨子里、意识里有着农民的血液，他的行为举止和观察视角都是站在农民的立场上，他的心理空间和性格品质也主要由乡村要素构成，即使他披着知识分子的外衣，笔下流淌的依然是故乡的山山水水和悲喜哀愁。所以，他的笔下充满了方言和乡音，他的文本里都是村里的家长里短和鸡零狗碎。方言和乡音指代了故乡，家长里短和鸡零狗碎代表了农村的日常生活方式。故乡构成了曹乃谦思维与创作的全部。从另外一种意义上来说，母亲就是他的故乡。“曹乃谦创造一个别的‘作家’没有的经验，他不曾离开过故乡，他一直在原乡写作，在原生家庭生活；可他身边众多的闰土，以及这童话故事一般的母亲，滋润他的文学人生”③，“一个文盲母亲的养育解决了一个文学史上的课题。鲁迅想着文学的自身，如何与故乡的同辈人能同声一气，不再有隔膜。乃谦与母亲一起回答了鲁迅的愿望。”④ 曹乃谦从来没有离开过他的故乡，他的笔下也只能出现他的乡亲们，而乡亲们与他之间联系的纽带和枢纽是他的母亲。

曹乃谦的故乡与其他作家是不同的，他生活在以母亲为中心的故乡语境中，即使在无意识中会有一种城市的优越感，在面对故乡时也会在片刻之间消隐，化为平淡的寒暄。“我是个土生土长在山西雁北地区的村香瓜、土包子、乡巴佬，平时说话用的就是方言土语，所以当我想写个什么人和什么事的时候，也就很自然地用我们的方言土语来叙述。”⑤ 莫言、贾平凹等乡土作家是远离了故乡以返回的目光注视和打量昔日的故乡，这种注视和观察中难免有种外乡人的陌生和新奇感，有一种居高临下的优越感在背后支撑着这种注视，与一直处在故乡情境中的曹乃谦的农民视角是不同的。

第二节 “乡巴佬”视角

曹乃谦是一个以警察为职业的作家，但曹乃谦最认同的身份是“乡巴佬”。⑥ 这个

---

① 曹乃谦：《温家窑风景三地书》，长沙：湖南文艺出版社，2012 年，第 101 页。

② 曹乃谦：《温家窑风景三地书？序》，长沙：湖南文艺出版社，2012 年，第 8 页。

③ 陈文芬：《母亲就是故乡》，曹乃谦：《清风三叹》，北京：人民文学出版社，2018 年，第 6 页。

④ 陈文芬：《母亲就是故乡》，曹乃谦：《清风三叹》，北京：人民文学出版社，2018 年，第 6 页。

⑤ 曹乃谦：《温家窑风景三地书》，长沙：湖南文艺出版社，2012 年，第 136 页

⑥ 马悦然：《序：一个真正的乡巴佬》，曹乃谦：《温家窑风景三地书》，长沙：湖南文艺出版社，2012 年，第 1 页。

称号是马悦然首次使用，后又被学界广泛引用。马悦然的散文集《另一种乡愁》中把沈从文称为“乡巴佬、作家与学者”。而曹乃谦被他称为“一个真正的乡巴佬”。曹乃谦也多次强调了他的“乡巴佬”身份。他在台湾版《到黑夜想你没办法》自序中说，他是一个农民，或者算是半个农民，因为他身上流淌着农民的血液，至今还保留着许多农民的生活习惯，是个穿着警服的农民。

从一个人的行为习惯去判断他是否属于农民，有失偏颇。但如果因此而否定曹乃谦的身份里有一种“乡巴佬”的气质，那也不符合实际情况。曹乃谦所述的行为习惯与自己的乡巴佬身份是从思想感情上判断的，这种“乡巴佬”气质和曹乃谦的童年经历有很大关系。曹乃谦在感情深处对农民产生认同是可以理解的。但那仅仅是生活实践中人与人之间因接触而产生的天然的情感，以此为标准衡量他的“乡巴佬”品质是不够严谨的。曹乃谦对农民身份的认同还需要从更多方面挖掘。判断一个作家是否是“乡巴佬”作家主要看他是否以农民的上眼光看待世界、是否用农民的声音说话以及是否站在农民的立场上。

相比其他作家与农民的情感距离，曹乃谦最有资格被称为农民作家。赵树理虽然被称为农民作家，但他与农民的关系是启蒙与被启蒙的关系；莫言在思想上认同农民，但在情感上与农民隔着一层现代化的布帘；沈从文描写农村和农民只是建造“希腊小庙”的材料；曹乃谦是由农民牵引着走的作家，对农民的情感是虔诚的。所以，曹乃谦是一个站在农民的立场上用农民的声音说话的作家，曹乃谦是称得上这个“乡巴佬”这个称号的。在他的代表作《到黑夜想你没办法》中，曹乃谦以“乡巴佬”的情感还原了雁北农民的生活和欲望，把雁北的生活方式原封不动地展现出来。曹乃谦的雁北引起了读者的强烈共鸣，只是这共鸣并非真正产生于对雁北生活真正了解之上，而是建立在一种共同的想像性真实之上，即作家与读者在一件事情上达成了某种共识，形成一种叙述共谋关系。读者没有真正体验过真正的雁北生活，只是通过曹乃谦的声音就判断他的正确，很大程度上是因为曹乃谦表达情感的真实。不仅雁北和雁北地域文化对曹乃谦的创作有着重要的影响，而且雁北也在曹乃谦小说的反作用下富有了曹乃谦赋予的意义。所以，曹乃谦的“乡巴佬”身份是成立的。

从曹乃谦的个人经历来说，不管是下马峪的老家，还是被下放到的北温窑，对于农民生活方式的熟悉和对农民思想感情上的认同，都是真实的。曹乃谦虽然在大同市居住，但以他的个人经历看，曹乃谦之于大同城的经验，是一个乡下人进城的边缘生活体验。有论者认为曹乃谦的写作身份是知识分子而非“乡巴佬”，指出曹乃谦的小说从根本上脱离了从鲁迅以来的乡土传统所提出的国民性批判和启蒙与被启蒙的套路，是在西方中心主义的框架下对中国农村和农民的审丑，有自我东方化的嫌疑，是他与马悦然之间达成的一种叙事契约。并认为曹乃谦的小说不仅没有农民视角，反而以西方中心主义式的现代化的眼光关注中国农民的贫穷和愚昧，是在帮助西方现代主义对中国农民的审丑。论述者的误解源于他们对曹乃谦生活经历和生活方式的不理解。从小受人欺负，高中毕业分配到离家很远的矿上，好不容易进入公安系统又被下放到农村，他对城市在情感上是陌生的。反观在农村的生活，童年假期间和小伙伴们的自由玩耍，到成人后与农村亲戚的情感联系，无一不透露出他对于乡间农民和农村的爱。虽然曹乃谦创作时所做的情感沉淀从某种程度上压抑了与农民之间热烈激荡的情感，并以冷静的态度讲述了农民的故事，但他创作时的农民视角、农民立场和农民式的情感方式表达足以表明他的乡巴佬身份。

从激烈的情感到客观的态度背后，是作者创作时视角的转换和变形，这标志着曹乃谦从回忆到创作的过程，是从农民的角色中暂时逃离出来，以知识分子的眼光打量农民的身份与情感的过程。但这并不能否定曹乃谦的"乡巴佬"气质。"一个真正的乡巴佬是写不出真正的乡巴佬的"。① 从为数不多的讨论创作视角的文章中，可以看出很多论者看到了这点。如指出"曹乃谦'彻底、直接、全套'地运用方言，背后却隐约可见文人气的'诗味儿'，甚至'洋味儿'。"② "他骨子里端着知识分子的架子，'土'得不如赵树理更'本色'。……掺杂着知识分子的道德判断，都是知识分子的'叙述'"。③ 其实，这些论断混淆了曹乃谦的社会身份和精神气质的区别，马悦然称道的"乡巴佬"指曹乃谦的精神气质，而某些研究者则把它作为一种社会标记来看待。

因此，曹乃谦原生态的雁北文化和"乡巴佬"的表述被人们普遍认同。这是曹乃谦的"乡巴佬"气质的作用，也是雁北文化本身的魅力和曹乃谦小说的美学效果所致。首先，雁北文化的苦寒、粗涩需要一个"乡巴佬"代言。"乡巴佬"不一定是曹乃谦，但曹乃谦塑造和构建一个雁北世界必须要成为"乡巴佬"，不仅需要"乡巴佬"的雁北方言俚语，而且需要在感情上与雁北的农民心灵相通。曹乃谦土生土长于雁北农村，对农村俗话俚语掌握精准，天然地对农村和农民有一种亲近感，对自己的农民身份有着高度的认同。这种认同"是一个复杂的、经常会自相矛盾的各种关系的混合体，这一混合体建立在情感、想像以及认知过程之上。"④ 曹乃谦的叙述符合读者对雁北文化及雁北情感、想像及认知上的要求。其次，曹乃谦的小说从情感上引起了读者的共鸣。他站在农民的立场上，模仿农民的声音，而且与农民有着天然的联系，心理上更能准确地把握他们的文化心理。即使曹乃谦的社会身份是知识分子，但在某种程度上已经被对农村和农民的逼真的叙事和情感遮蔽了。从以上分析可以看出，因为雁北文化需要一个代言人，而曹乃谦适逢其时地躲在农民的背后体验他们的哀伤与悲痛，更重要的是曹乃谦骨子里天然地带有一种"乡巴佬"气质。

---

① 杨新雨：《文学的力量》，曹乃谦：《最后的村庄》，北京：中国广播电视出版社，2006年，第7页。
② 邵燕君：《得之于简，失之于单》，《西湖》，2007年9期。
③ 朱晓科：《曹乃谦三议》，《西湖》，2007年9期。
④ 约恩·吕森：《历史思考的新途径》，綦甲福、来炯译，上海：上海世纪出版集团，2005年，第152页。

"乡巴佬"的观照视角与八十年代中后期的历史语境有关。韩少功认为西方现代派的流行激发了中国作家的主体意识，提出"文学之根应深植于民族传统文化的土壤里"，如果与传统文化之脉失去联系就会成为无源之水，因此而失去生机和活力。"只有找到异己的参照系，吸收和消化异己的因素，才能认清和充实自己。"① "寻根作家自身的这种表述，与其将其看作是一种文学史描述，不如说这乃是一种特定历史意识的呈现。"② 为了打开未来世界的视野，理解与西方文化相遇的尴尬，知识分子不得不向过去的经验世界和偏远的边缘区域（远离中心和主流意识形态）寻找答案。这与其说是一种民族主义的象征，不如说是建构文化本身的需要。曹乃谦正是在这一语境下走向了苦涩、粗粝的雁北文化深处。

第三节　横断面结构

"横断面结构"指曹乃谦的每篇小说都只呈现生活的一个剖面或侧面，组合起来形成了立体的雁北生活。曹乃谦擅长使用横断面叙事结构。他在形容他的《到黑夜想你没办法》时说，小说的结构像是一套组合柜，可以随意组合，非常形象地说明了他的小说拥有的横断面特征。他的小说具有某种蒙太奇的效果，"温家窑风景"以一个个生活场景的形式出现在读者面前，如同一个个电影镜头映照下的风景画面。这些画面以短篇小说的形式呈现，每篇小说截取某一个生活的场景和层面，往往一个故事或一个人物的完整形态由几个短篇构成，这些顺序零乱的叙述给小说阅读者造成了一个个的迷局，如果想解开这些迷，只有阅读了相关章节后才能了解。这也正是曹乃谦把小说的副标题定为"温家窑风景"的原因。③

雁北日常生活的琐碎性质决定了曹乃谦小说的横断面结构。曹乃谦的小说整体上呈现出一种碎片式的场景组合结构，完全是无序化的，而其内在逻辑由生活本身的逻辑决定，由生活内在的本质决定。曹乃谦的每篇小说之间是相互关联的，只是生活形式的琐碎使它们的形式看起来是零乱的。曹乃谦在各种文体之间对同一件事情的互文性叙述，使同一事情的背景与前景逐渐清晰，不仅事件本身没有了突兀感，也突出了他在素材选择时的真实性原则，而这一点正是他所强调的。反过来说，这种结构也确立了曹乃谦小说原生态的生活场景模式，因为碎片化的结构模式恰到好处地对应了日常生活场景的琐碎化特征。

若以整个曹乃谦作品来看，他的创作整体呈现出一种碎片式的互文结构。从而把曹乃谦的创作组合起来呈现出一种大的生活的横断面叙事。每篇小说都是一个生活的

---

① 韩少功：《文学的根》，《作家》，1985 年第 4 期。

② 贺桂梅：《"新启蒙"知识档案：80 年代中国文化研究》，北京：北京大学出版社，2010 年，第 169 页。

③ 张清芳：《独特的结构形式》，《西湖》，2007 年 9 期。

碎片，生活的一个解剖面。每个解剖面又相互联系，共同组成了一张生活的网络。朱丽娅·克里斯蒂娃在《符号学》中指出："任何作品的文本都是像许多行文的镶嵌品那样构成的，任何文本都是其他文本的吸收和转化。"① 文本之间互相构成一种反映关系，每个文本都是另一文本的镜子，每一文本都是对其他文本的吸收和转化，它们相互渗透、相互关联、相互阐释，形成一个具有开放性的、有无限潜能的网络。② 若把曹乃谦的创作作为一个整体看待，那么他的小说、散文、书信等各种体裁之间呈现出一种相互照应、相互渗透、相互阐释、相互关联的关系。往往小说中叙述的故事情节在散文中以亲历的形式再次被讲述，散文中披露的一些触动作家情感的事件也能在小说中找到前因后果的逻辑关联，或者在书信中或答复记者采访时为了说明创作主题或阐释某种立意交待故事写作背景、解释某类民俗现象等。这些文本之间的相互关联与对应关系形成了互文，共同构成了曹乃谦创作的整体。比如《到黑夜想你没办法》中讲述的是黑旦和亲家"朋锅"的故事，这个故事的来源在散文集《流水四韵》里，曹乃谦去怀仁县清水河公社去看父母时遇到的一件事，正在吃饭的时候房东曹婶婶来家里悄声说，"亲家又来搬了，真失笑，说一个月就一个月，一天也不迟，就来搬了，生怕是吃了亏。……亲家两个还喝酒，那个说，老喝你的，那个说，球，咱俩还分啥你的我的。"③ 后来表哥解释"西下房那个姓贺的女人，有两个男人。一个月在这个男人家住，一个月在那个男人家住，一替一个月地住，懂不懂，这叫朋锅。"④ 与《亲家》里的细节一致。散文《慈法之死》一篇中直接引用了《佛的孤独》的章节，"泥洹寺就是我真实的生活中的圆通寺，而善缘就是慈法师父。"⑤ 与慈法师父的交往真实的交往经历在散文中与在小说中使用同样的文字，而散文则交待了慈法之死前后的因果关系。从其短篇小说的单一篇目来说，几乎全部采用生活场景的横断面的形式，没有连续的故事情节，前后章节之间缺乏连贯性。曹乃谦的小说更注重日常生活片断的叙述，如《晒阳窝》主要叙述的是"温家窑"的一帮"光棍"们在劳动之余蹲在墙根下晒太阳的对话。没有连贯的故事情节，没有时空的限制，只有一帮"光棍"在回忆和想像中诉说对生活的向往。但在完整地考察曹乃谦的小说时每篇小说都有提供其它作品背景和生活场景的作用，也即每篇小说负责提供一个日常生活的场面，把这些短篇小说组合起来构成了雁北的日常生活。

---

① 朱丽娅·克里斯蒂娃：《符号学：意义分析研究》，朱立元：《现代西方美学史》，上海：上海文艺出版社，1993 年，第 947 页。

② 赵一凡：《欧美新学赏析》，北京：中央编译出版社，1996 年，第 142 页。

③ 曹乃谦：《流水四韵》，北京：生活·读书·新知三联书店，2016 年，第 210 页。

④ 曹乃谦：《流水四韵》，北京：生活·读书·新知三联书店，2016 年，第 211 页。

⑤ 曹乃谦：《流水四韵》，北京：生活·读书·新知三联书店，2016 年，第 265 页。

第四节 “光棍”群像

曹乃谦小说中的“光棍”群像，构成了一道雁北的独特风景。他们以群体的形式出现在曹乃谦的小说，象征着无法满足的性欲。“光棍”可以分为两类，第一类是地痞、流氓；第二类是单身汉。① 中国现当代文学史上描述“光棍”形象的作品并不少见，如鲁迅笔下的阿Q、王胡、小D之类。但面对这些形象的塑造时鲁迅更多的考虑是以此来揭示国民性格，所以这些人的身上所折射出来的性格特质具有国民性格的普遍性。至于阿Q们的精神生活和日常生活则没有具体提到。废名笔下的“光棍”则是唯美画卷里的对生活怀有向往的单身汉，没有各种世俗的烦恼。如陈聋子，与东家关系融洽，一辈子死心塌地地为东家干活，没有什么奢求。沈从文则赋予他的人物以健康、原始的人性力量，多数单身的汉子他看到的是男人身上那一种原始欲望勃发的健康的力。也有如引诱萧萧的长工花狗，沈从文也未多提，只是作为萧萧故事发展的一个推动力量或是背景而已。赵树理也并未在“光棍”形象上用力开掘。郑义、李锐、葛水平等当代山西作家也关注到了“光棍”形象，但他们关注的是此类形象个体的一个剪影。如曹乃谦把“光棍”的日常生活和行为举止刻画得如此细腻且以群体形象出现者，绝无仅有。

曹乃谦小说里的“光棍”主要是“单身汉”，指那些没有老婆的男人。曹乃谦小说的故事发生在上世纪七十年代的雁北。雁北地区农业生产力水平不高，土地贫瘠，土地产出根本无法养活人们的基本生存需要。女人们为了能够帮助家里和自己摆脱贫困，或者被卖到山外，或者主动远嫁。留在本地的女人多为身有残疾无法婚育。所以，男人们一般是通过换亲或买卖的方式娶亲，但一般人家难以承受高昂的礼金，有限的生活资料仅能勉强维持人们的基本生存，无法凑集到足够的金钱交纳女方的彩礼。黑旦为了少付给亲家一千块钱彩礼，答应把自已的女人每年抽出一个月的时间住到亲家那里。加上前期支付的一千块，可知在七十年代的雁北农村娶一个女人至少需要二千块钱作为彩金。还有《女人》一篇，温孩买了一个女人却不肯陪他睡觉，结果在众人人起哄下去问他妈，妈说：“树得括打括打才直溜。女人都是个这。”一个脸上的皱纹像耕过没耙过的山坡地、下巴的胡子像羊啃过没啃净的坟头草的人也这样说。后来温孩边压在女人身上边说，爷是闹爷那两千块钱儿。礼金的贵重使许多到结婚年龄的年轻人因没有足够的礼钱无法娶到老婆。在“温家窑”这个“光棍”村，娶媳妇对于男人们来说是非常奢侈的，即使男女双方情投意合，也会因为男方无法支付足额的彩礼金而不得不放弃结婚的念想。“温家窑”的男人得到女人大多是通过换亲、买卖、私通

① 《辞海》，上海：上海辞书出版社，2010年，第641页。

的形式获得。能够支付礼金的家庭则是很体面的通过媒人娶到男方中意的女人。换亲和买亲娶到的女人通常家庭生活不幸福，通常会在本村周围选择自已中意的后生作为自已的情人，或者是男女双方青梅竹马，男人又无法通过正常的婚姻形式与女人结合，私通这种男女结合的方式就形成了。在太行山一侧的五台县铜钱沟乡，"全乡 22 岁以上的未婚男性 136 人，而女性只有 34 人（一部分还要嫁出去），男女比例为 4：1。西沟村，"光棍"剧增，6 年内只有两人结婚，人口下降 53%。……（门限石乡）全乡有 12 个村庄的男性青年婚姻问题难于解决，涉及 2500 余人。"① 因为贫穷，雁北农村出现了大量的单身汉。婚姻形式的物质化，使男女结合的方式呈现出畸形的形态。

曹乃谦小说中的"光棍"形象近二十个，多出现在《到黑夜想你没办法》和《最后的村庄》里面。按性格类型分，可分为①未涉世事、脾气暴躁、欲望强烈的"光棍"。如愣二，福牛，山药蛋，扣扣等。这类"光棍"初涉世事，对女人有着强烈的渴望，但因各种现实原因却不得不强忍着生理需要带来的痛苦和折磨。愣二每次欲望折磨得无法忍受时总会大喊"杀人"，边拍打炕围边喊叫，喜欢一个叫金兰的女孩但却阻挡不了她外嫁的事实，只有装疯卖傻与自愿牺牲的母亲发生关系才能缓解这种焦虑。福牛也疯过，不过在与温孩的女人保持情人关系后就再也没有疯过。在欲望得不到释放之前，"光棍"们的内心是渴望和焦灼的，他们承受不了这种人性欲望的炙烤，时常爆发出一种常人难以理解的行为举止。②见过世面虽行事稳重但又渴望女性的"光棍"。如下等兵和温宝。下等兵和温宝都是见过世面的"光棍"，下等兵见多识广、有智慧，温宝进过监狱能说会唱，他们在"光棍"们的心目中地位比较高，"光棍"们喜欢听他们讲述"温家窑"外面发生的故事。他们的特点是做事比较稳重，下等兵向年长的黑女提出性要求被拒绝后再不提起。温宝则从来没表露过自已的欲望。③年纪较大、性格温和、看淡人生的"光棍"。如锅扣大爷和贵举老汉。锅扣和贵举都有情人，年年纪较大，所以性格温和，对人生看得比较开。让贵举批判私生子温和和时，他犹豫了半天最终承认了和和是自已的儿子。他们对外界的看法已经不那么看重了。锅扣每天在裤裆里温着酒壶，兴奋了还能脱光了身子给别人表演。世界是自已的，他把所有的非议都留给了别人。④身体残疾、无涉性事但洞察人生、若有所思的"光棍"。如官官和老银银。官官和老银银都是盲人，他们也有欲望，只是放弃了追求。在一帮被性冲昏了头脑的"光棍"当中保持了相当的清醒，如果说"光棍"们是当局者迷，那么这两个盲人则跳出了这个迷局成为难得的清醒者。与其说他们看穿了人生，不如说这是一种无奈的选择。当老银银吃羊头喝烧酒时，对官官说，"我看他有眼的哇，还不也就是个羊头就烧酒？"这种自我安慰也成了他们的一个迷局。⑤放逐自我、孤独无依、默默终结残生的"光棍"，如羊娃。放羊娃每天被封锁在深山中，孤独、寂

① 王树成：《"光棍村"的悲哀》，《南风窗》，1991 年第 C1 期。

寞无处诉说，只有向天高声呐喊几句山曲儿，“羊羔羔吃奶前腿腿跪，没老婆的羊倌活受罪。羊羔羔吃奶后腿腿蹬，没老婆的羊倌谁心疼。”① 然后默默地呆上半天恶狠狠地向远方扔一块石头。被欲望压抑得无处可逃的羊倌最后因骑奸母羊被人发现，自觉颜面扫地吊死在村口的歪脖树上。⑥没有性格、没有理想、只为生存的“光棍”，如五圪蛋和丑丑。这一类人没有什么愿望，也没有什么理想，甚至想有一个老婆的愿望也已经消失，只为了在这个世界上盲目地生存。

“光棍”们的生活方式是无聊乏味的，但又是其乐无穷的。曹乃谦说过，使人吃惊的是他们竟然没有感觉到痛苦，反而觉得这种生活充满了欢乐和快活。他们经常聚在一起“打平花”。“每隔二十多天，几个光棍，有从家拿莜面的，有拿山药蛋的，有拿麻油的，凑在一起饱饱地吃一顿夜饭。肉是肯定没有的，但有时候喝酒，酒往往是我供应。吃喝完就唱‘要饭调’。带点酒意，唱出的‘要饭调’那才叫好……印象最深的是《割洋烟》：正月里那个正月正，清朝手把那洋烟种，洋烟本是那害人的精，可吸溜一口真受瘾。”② 这是“光棍”们日常生活当中活得最像个人的时候。有父母家庭存在的“光棍”，吃饭是不用发愁的，只是没有家庭的，吃饭也成了一个问题。锅扣整天东一下西一下地打游击吃饭；和和有时候还能吃得上板女妹妹送的饼子，结果有一次板女偷了别人的面给和和烙了饼子，被人打折了腿；狗子和官官偶尔利用给公家看护工具赚饭吃；福牛只给人出苦力挣饭；羊娃掌管着村里的羊，每天拿炒莜面充饥。难得有队上或哪家盖房请“光棍”们下苦力吃糕，对他们来说是百年难遇的好伙食。平常日子没事的时候“光棍”们会蹲在一起晒阳窝，一起说笑。议论外面的世界，谈对未来的想像和生活，但有关性的话题是不会被落下的，每次都会成为对话的焦点。当“光棍”们听说温宝在监狱里吃穿不愁时，他们开始向往这个新奇的地方了，根本弄不明白这么好的地方温宝为什么急着出来。听到温宝说“为了自由”时，“光棍”们更加疑惑了，因为吃穿都有了自由算得了什么呢。然而到了黑夜，就是“光棍”们的灾难了，他们变得“想你没办法了”，要么焦急地熬到天亮，要么梦游。基本的生理需求占据了他们生活的全部，仿佛除了这些，生命便不再具有意义。他们在等待着生命力耗尽的判决书，当那一刻来临时他们的生理需求被自然消蚀，生活就会变得坦然，或许也会看穿一切，投向死亡的怀抱。每个贫困的“光棍”都这样的岁月里挣扎和轮回，没有一个人逃脱。

“光棍”们的欲望在漫长岁月的催化下开始扭曲、变形。曹乃谦说过性欲和食欲是人的两个基本需要，他最关心的就是雁北地区人们的这种需要。但是在穷困的环境下，人们的温饱却难以保证。为了吃上一次饱饭，有的甚至被打折了腿，温和和因此折了一条腿还被判刑入了监狱。女人为了吃饭问题不惜出卖身体交换，五圪蛋给小婶了装

① 曹乃谦：《你变成狐子我变成狼》，长沙：湖南文艺出版社，2012 年，第 164 页。

② 曹乃谦：《温家窑风景三地书》，长沙：湖南文艺出版社，2012 年，第 185 页。

了一些玉茭，小婶子以身体相交换。有的“光棍”宁愿为了温饱放弃自由，老银银竟然认为吃了羊头和喝了烧酒就完成了人生使命。对变态性欲的表现是触目惊心的，主要形式有乱伦、偷情、换亲、买卖婚姻、强奸、偷窥、与牲畜发生关系等；还有板女和奶哥哥、贵举和东家媳妇、三寡妇和锅扣大爷、福牛和温孩女人、黑女和“光棍”们、五圪蛋与小婶子、丑帮和奴奴、柱柱家的和老赵、山药蛋和改娥的偷情。曹乃谦的雁北世界里婚姻是通过买卖或交换建立起来的，但是这种婚姻的基础是以牺牲了另外一对恋人的爱情为代价的，所以，每一个正常婚姻的背后都有一个第三者出现。这种畸形的婚恋关系支撑着贫穷的雁北人生，偷情的逻辑隐藏着真正的爱情，正常的婚姻契约建构的恰恰是毫无意义的两性关系。因为婚姻秩序建立的基础和前提出了问题，导致正常的婚姻形式下偷情这一违反伦理形式的泛滥和正常化。“光棍”们也有通过偷窥释放性的压抑的，如狗子偷窥锅扣与三寡妇，玉茭偷看女厕所等。更加不可思议的是“光棍”们由于性的饥渴选择了与牲畜交媾。招招和玉茭都曾发生此类事件。当欲望成为日常生活的全部时，雁北人的生存目的都指向了它，当生存是为了欲望时，欲望便成了生命的全部。曹乃谦呈现的欲望令人震惊。但曹乃谦的小说是忌讳谈性的，甚至在“光棍”们交流性爱的时候用“做那个啥”来暗示。他经常运用“要饭调”补充和替代性爱过程的发展，构成玄思臆想氛围的一部分。曹乃谦对性爱叙事非常节制，关于性爱的描写多用简笔，或故意省略造成叙事的空白。这种留白方式艺术地处理了无法言说的事实，其空白的丰富性和歧义性也得到拓展。

曹乃谦塑造的“光棍”群像为当代小说人物长廊增加了生机和活力。他发现了存在于“光棍”们中的无形、无聊的琐碎人生：食不果腹的生活，饱受折磨的欲望。詹姆斯？伍德说，写作最难的是虚构人物。“光棍”形象并非曹乃谦的原创，但“光棍”们以群体的形式展示并活动，这在当代小说是个例外。有些论者以此诟病曹乃谦人物扁平化和单一化倾向。伍德针对人物的扁平化与小说的关系时反驳道，“扁平人物随处可见，从考林斯先生到查尔斯？赖德的父亲”，福斯特对《大卫？科波菲尔》中米考伯夫人喜欢重复“我永远不会抛弃米考伯先生”嗤之以鼻。然而许多小说中“最生动的人物都是一根筋的偏执狂。”“人物不是一个对真人的模仿，它是一个想像出来的人，一个实验性的自我。……堂吉诃德作为活生生的人几乎是不可想像的。然而在我们的记忆中，有哪一个人物比他更生动?”“对布洛赫笔下最伟大的人物埃施的外表，我们知道什么？什么也不知道，除了一点，他的牙齿很大。我们对 K 或者帅克的童年又知道什么?”① 人物的圆形或扁平并决定小说所取得的艺术成就，而是取决这个人物的性格是否反映了真实并代表了千千万万种人物类型的一种。每位作家关注的群体不同，书写的群体不同，但最能体现作家风格的是反映了一种人物类型的真实和差异的人物。

---

① 米兰？昆德拉：《小说的艺术》，上海：上海译文出版社，2014 年，第 43 页。

所以，“光棍”形象的真实及与其他文学形象的差异最能体现曹乃谦的风格。雁北山区中愣二们，和湘西风水里翠翠们一样，是文化形态和山水人文在决定着他们的性格。“光棍”形象的成功不仅在于震撼人心的真实，也在于与其他作家塑造的人物形象之间的差异与区隔。

“温家窑”记忆不仅是曹乃谦对雁北的记忆，也是雁北这块热土承担的历史和文化。阿莱达？阿斯曼指出“地点”也有记忆功能，它并非只是一个客观的空间存在，而是起着承载历史记忆、承担着时间的记录仪的作用。“地点本身可以成为回忆的主体，成为回忆的载体，甚至可能拥有一种超出于人的记忆之外的记忆。”① 西塞罗也有一句名言，“在回忆里居住的力量是巨大的”。地点“不仅能够把记忆的内容固定在某一个地点的土地之上，使其得到固定和证实，它们还体现了一种持久的延续，这种持久性比起个人的和甚至以人造物为具体形态的文化的短暂回忆来说都更加长久。”② 所以，“温家窑风景”是曹乃谦对雁北的记忆，也是雁北文化自身的一种自觉呈现。

① 阿莱达？扬斯曼：《回忆的空间》，潘璐译，北京：北京大学出版社，2014 年，第 344 页。

② 阿莱达？扬斯曼：《回忆的空间》，潘璐译，北京：北京大学出版社，2014 年，第 344 页。

第五章　日常映照下的生存反思

曹乃谦最关注的是雁北人的生存状态，以及他们曾经以什么样的状态生活在雁北的土地上。他说他写作的初衷就是，“让人们，包括一百年乃至一千年以后的人们知道，他们曾经是怎样的一种生存状态。”① “这些生活在最基层的人，他们不关心政治，他们不知道政治为何物。他们最关心的是能不能吃饱不挨饿，能不能穿暖不受冻，能不能有房子来遮风挡雨，男人们能不能有个女人跟睡觉，好传宗接代。这是他们最基本的欲望，我写的也就是他们的这些欲望。我关心的也就是，他们的这些人类生存所必不可少的欲望对于他们来说是种何样的状态。”什么是生存？生存的状态又是什么？曹乃谦记忆中的生存状态是如何呈现出来的？这种生存状态对于曹乃谦来说意味着什么？这关乎曹乃谦对生存和人生的思考，也是他对生存价值和意义的探索与反思。

第一节　新时期小说中的生存叙事

新时期小说中的生存主题是以揭示生活的苦难作为开端的。不论是政治的迫害，还是物质的匮乏，或是精神的困惑，均以表现生存的艰难为主要题材。曹乃谦作为新时期的一员，把目光聚焦于表现雁北地区的贫穷和人们生存的艰辛，聚焦于雁北一个特殊的“光棍”群体。他们终日经受着饥饿和性欲的折磨，失去了人存在的尊严和价值。活着成为他们最大的挑战。

最先关注人的存在困境的是新时期伊始的伤痕小说。它直指非正常的政治生活对人们生存空间的压迫和剥夺，“直面惨淡人生与严酷现实，强调社会政治批判功能，注重创伤展示与义愤宣泄。”“作为一种创作思潮，伤痕小说在批判与揭露‘文革’所造成的灾难的同时，积极呼唤人性的复归，力图续接五四以来的人道精神，重新确立‘人’的地位和价值。”② 被集体符号压抑过久的人心终于摆脱了政治的束缚，文学的触角从开放的群体生活伸向个体的私密角落。“高大全”的文学形象消失了，取而代之的是个人最朴素的情感。表现知识分子、老干部被迫害过程中那种苦难历程以及人与人在生存困境中社会关系的淡漠的作品迅速爬满了人们的案头、书桌。生存的铁笼一

① 曹乃谦：《温家窑风景三地书》，长沙：湖南文艺出版社，2012年，第160页

② 赵树勤，李运抟主编：《中国当代文学史》，长沙：湖南师范大学出版社，2012年，第218页。

旦打开，人们竟然无所适从，根本无法享受到胜利的喜悦，反而一如既往地沉浸在悲凄往事的回忆之中。生物学家韦弥学成归来一心报效祖国却被称为“牛鬼蛇神”和“毒虫”，不仅被剃了阴阳头，而且每日遭受批判和毒打。她逐渐对自己的信仰的产生了怀疑。“我是谁?”，韦弥已经不能分辨现实和幻想，最终迷失在无边无际的呼唤中。残酷的现实和恶劣的政治环境压迫得韦弥不能生存下去，唯一的精神支柱是脑海中一遍又一遍地闪回她和丈夫之间的美好记忆。记忆成为生存的希望。呼唤人性复归，尊重人的价值。那么，人性和价值来自何处？韦弥最基本的活下来的条件都不具备，何谈人的价值？宗璞的这篇小说直抵人的内心深处，激发同时代人的共鸣。生存的艰难与困境是伤痕小说重要的表现题材。伤痕小说的“伤痕”很大程度上表现为被迫害人们的生活困境和精神困境。《大墙下的红玉兰》中章龙喜在大墙内使用各种手段残害和折磨葛翎，并采纳马玉麟的毒计，准备在他们爬上梯子摘取几朵白玉兰花祭奠周总理时暗害他们。当高欣打算上梯摘花时，葛翎感觉其中有诈，决定自己冒险。果然，当葛翎摘下大墙内的红玉兰时，章龙喜扣动了罪恶的扳机。拥有生命才有生存的权力，为了人的价值和尊严，葛翎付出了生命的代价。

除了政治压迫导致生存空间狭窄之外，食物的匮乏和性的饥渴也是新时期小说表达生存困境的重要手段。“人类虽然有那么些最高最美最伟大的事业要做，而吃也是生命的最后基础。”① 《绿化树》中章永璘为了能够消除饥饿引起的恐惧，用尽了心机：用圆形的工具打饭，收集笼布上的馍渣，以职务之便利用糨糊烙饼等等。为了驱除饥饿的困扰，上官鲁氏的方法更让人心寒。她利用上工的时间偷偷把豆子吞进肚子，回到家中第一件事情就是扣喉咙往外呕吐生吞的豆子。上官鲁氏依靠这样的方法养活了儿女和外孙。杨天宽的女人瘿袋则是把泼皮和无赖劲儿用在了吃上，偷、抢、要，只要能够生存，她会不择手段，甚至从马粪里扒拉出来的玉米粒也吃得喷香。杨显惠的《定西孤独院纪事》更是把饥饿写得触目惊心：麸皮充饥导致便秘，长期饥饿引起的水肿，讨饭路上饿殍遍野，为争夺食物不惜杀人等。原来饥饿与死亡的距离是如此之近，人们在饥饿面前竟如此不堪。李铜钟为了全村人的温饱不惜成为犯人李铜钟，孙少平喝着别人吃剩下的菜汤……扭曲的社会把人的正常生存需求挤压得弯曲、变形，在看似正常的非常环境中，正常的生存需要反而变得不正常了。人们可以为了食物背叛亲人、无耻、失德，甚至可以犯罪、杀人。为了延续生命，人们的求生本能唆使自己拿出全部的本领，贪婪地找寻能够抵御饥饿的东西。饥饿如人的影子一般无处不在，因饥饿形成的恐惧更是让人心理崩溃，以至于因饥饿而形成一种对食物的膜拜。王一生对吃有一种对神一样的敬重。“他吃得很快，喉结一缩一缩的，脸上绷满了筋。常常突然停下来，很小心地将嘴边或下巴上的饭粒儿和汤水油花儿用整个食指抹进嘴。呆了

① 李广田：《说吃》，唐大斌编：《名家品吃》，武汉：湖北人民出版社，2004 年，第 22 页。

一会儿，他又伸到嘴里去抠嵌到槽牙里的干饭粒儿，终于嚼完，和着一大股口水，'咕'地一声咽下去，眼睛里有了泪花。"[①] 在插队的火车上，当他看到一粒米饭藏在桌缝里时两眼放光，想尽了各种办法掏出放进自己嘴里，那种贪婪与执着，是饥饿的心理阴影在作祟，是对长期面对饥饿的环境产生的一种本能反应。

在物质匮乏、生存不能保证的情况下，性的满足显得多余而奢侈，然而性的勃发并不因饥饿而减少对身体的冲击。性的欲望与饥饿总是相伴而生，其凶猛之势甚至强于饥饿带来的困扰。人们无法通过正常的途径舒缓性欲带来的压抑。"食"与"性"的关系如同一个硬币的两个方面。为了应付"食"与"性"的尴尬与矛盾，人们忍受着饥饿的煎熬，抛弃了组建家庭的梦想，以扭曲的婚恋形式抵抗着性欲折磨。但是，"食"与"性"之间突出的失衡关系使人们的生存付出了道德丧失的代价。章永磷接受马缨花为他准备的土豆和馍馍，并非是因为两人之间产生了爱情。恰恰相反，两人之间的爱情是以马缨花烹制的美味为基础的。莫言和刘恒的故事里更为直接。上官求弟因饥饿难忍甘于忍受奸污之耻辱，杨天宽用二百斤谷子换来女人并在路上就与女人交合。上官求弟不惜出卖身体换回生存的食物，杨天宽每次到女人的坟前总要骂一句"狗日的粮食"。食物的诱惑与性欲带来的困扰在穷困的生存环境中使他们失去了人的最后一丝尊严。

生存的压力带来了精神的困顿。"生存的意志是人的基本价值尺度，当感性的东西、温暖的东西被生存意志压抑下去了，人与人的关系没有了那么多温情脉脉的东西，一切的欲望都赤裸裸地表现在外部。"[②] 当徐福贵在夕阳下安静地讲着自己悲惨的故事时，显得那么坦然，好像是在讲别人的故事。生活的重压已经使他麻木了，妻子、女儿、女婿、儿子，家里的亲人一个个离去，剩下孤独的老人承受着岁月洗礼过的无聊人生。活着的价值，或许只有他知道，或许活着仅仅是苟延残喘在自己的身体里。新写实小说一直在关注和表现生存与精神之间的关系这个问题。生存的意义在哪里？北京大学毕业生小林每天关注白菜、煤球，有了孩子又操心孩子的奶粉，到了单位每天喝茶、看报、闲聊。印家厚的生活与小林如出一辙，住在逼仄的房间里，过着窘迫的生活，最后对性爱也失去了兴趣。生活的重压使生活失去了意义，人变成了一具生存的机器，吃饭、睡觉、做爱，没有了思考的时间，也没有了追问的权力。人的身体上只有生活缠绕的镣铐。

曹乃谦把生存带进了一个极致的空间。个人的身体被欲望控制无法缓解，生活的意义仅被限制在性和食物上，物质需要完全掩蔽了精神追求。曹乃谦把他的人物放在一种极限的空间中探索生存的可能，拷问生存在人的生活中扮演多么重要的角色。如果剥去人们的精神外衣，只留下肉体的存在，那么生存还有多少价值可言？

---

① 阿城：《阿城精选集》，北京：燕山出版社，2006 年，第 73 页。

② 王富仁：《中国文化的守夜人——鲁迅》，北京：人民文学出版社，2002 年，第 74 页。

第二节 雁北世界与日常生活形态

人的生存问题被认为是哲学的逻辑起点。早在春秋战国时期，孔子和老庄等人已经在思考人生与生存的问题。但不同的角度产生不同的生存概念，总的来说，对于生存的理解主要有三种：一，生存是身体和有机的生命。如孔子的孝悌观，老庄的无为观，柏森格的直觉与冲动，把生存看作是一种生命科学或者有机性的存在。身体与性命作为生命的存在，《吕氏春秋》认为性命作为物质性的实在，具有生存的元规定性。这种对生存的理解具有古典哲学的朴素性色彩；二，生存是一种意识、情感与意志所表现的心理或精神形态。以叔本华与尼采为代表，认为生存是精神形态或精神状态的表现，是一种现象或表象。叔本华认为，生存本身是意志的体现物，是意志的显现。也包括赫拉克利特的"逻格斯"中心，笛卡尔的"我思故我在"；三，生存的现实性与超越性。生存是超越现实的，但也同时具备现实性特征与超越性特征。生存在海德格尔看来是"此在"，是一种时间性推动未来的延展形式，具有时间性。福柯"自身技术"从人的幸福的实在性与审美快感的满足角度阐释了生存的本质。同时，生存的质也包含了对当下生存活动的超越。因为生存是一种变化不居的生命活动。

曹乃谦小说中呈现的生存，是一种生活方式，也是个体的生命活动与变化过程。曹乃谦的小说与巴赫金描述的田园诗时空体比较相似，虽然残酷的现实和冷漠的社会对于雁北苦苦挣扎的人们的日常生活来说并没有半点诗意。曹乃谦的生活和事件对雁北有着天然的依附性，这些事件只能发生在雁北而不是发生在其它地方，比如家乡的丘陵、山川、田野河流、居住的环境等，均脱离不了历史上的祖辈及未来的儿孙所要居住的这一具体的空间。雁北的空间设定注定描述的是一种苦寒与闭塞的生活方式，过着重复的生活。时间是停滞的，老年和童年在一个空间内同时出现，"爱情、诞生、死亡、结婚、劳动、饮食、年岁"构成了日常生活的全部事实。没有什么日常生活与重要事件的分界，因为"对个人生平中和历史上重要而独特的事件来说是属于日常生活的东西，在这里却偏偏成了生活中最为重要的事件。"① 较巴赫金田园时空更甚者是雁北生活的单一性远远超出了田园时空体规定的范畴，因为它只停留在某种生活样式的重复上，那就是性与饮食。生存表现为生活方式与生活经验的积累和沉淀。个人生存方式的整体性经验在群体中重复出现以致在个人全面发展的过程中获得了一种称之为"文化"的属性。在曹乃谦看来，雁北人生活过的这片土地和正在生活着的这片土地以及过去、现在和未来在它之上进行了各种各样的生活样式集中体现了在时间的流逝中这个地域空间逐渐获得了一种此种而非彼种生活的积淀、经验与思索。

---

① 巴赫金：《巴赫金全集》（第3卷），石家庄：河北教育出版社，2009年，第418页。

曹乃谦小说中的生存也体现为生命冲动。生活样式的差异导致了地域文化的差异，进而导致文化心理结构的差异性。建立在文化心理结构基础之上的审美感受与直觉决定了生存的形态。贫穷的生活困境，匮乏的性体验，食不果腹的饥饿体验，这三种生活状态是曹乃谦反思生存意义与价值的主要形式。生存与它们之间的关系是什么？仅仅是生存的形式而已吗？还是隐藏着无法言说的形而上的秘密？在这无法言说的欲望背后隐藏着一种尼采命名为权力意志的东西，它的形式可以是酒神的毁灭精神，也可以是悲剧的诞生，也可以是古代希腊民族丰盈而充沛的力量。曹乃谦关注的正是这种原始的冲动与欲望带来的毁灭的暴力。温饱思淫欲，曹乃谦的“光棍”汉们虽然对吃有着极度的关注，但更重要的还是对性和女性的关注。当然这种关注也仅是马斯洛需要层次理论中的最基本的需求。曹乃谦并不在乎“光棍”们吃饱与否，他在乎的是他们吃完饭以后的所思所想，所思所想的最终目标是女性的身体与个人性欲的满足。雁北文化在曹乃谦的笔下呈现为“光棍”们的日常生活方式。生活是什么？本身的内涵和概念无从下手，但是提到生活就会想到这样那样的生活，这地方和那地方的生活，生活之间的差异因为文化在起作用。所以我们何不将雁北文化看做是雁北人所创造的日常生活方式呢？① 雁北文化与雁北生活方式不可避免地处于同一条历史河流中。从这个意义上来说，曹乃谦对雁北文化塑造的价值正是在于雁北人的日常生活方式的独特性。这种生活的独特性，源自于柏格森的“生命冲动”与尼采的“权力意志”。

曹乃谦理解的生存形态是一种时间空间化的方式。曹乃谦对生存有一种空间上的偏爱，时间与历史在他描述的绵延性的生存活动中占据着相当小的分量。生存的世界性与整体性特征主要通过叙述的闪回与补充来完成。时间在空间的相互转换的过程中得以体现，生存的流动性则在空间的对话与众声喧哗中顺利实施。海德格尔发现了生存空间的时间性，他指出生存就是时间，“在生存的时间形态中，历史、现实与来来成为生存共在，生存在这样的时间共在中时间性地展开，生存创造力、生存整体性正是在这样的生存时间性中得以现实化，从而成为现实生存。”② 实际上曹乃谦正是从这个意义上实现了雁北空间在时间上的拓展与转化。这种变异的形式起到了一种陌生化的新奇效果。曹乃谦借助于雁北文化中贫穷导致的性资源短缺现象创造出了一个畸形的欲望世界。这种生存形式爆发的原始活力使周围世界打上了欲望的烙印。曹乃谦在小说中以生命个体、直觉、生命冲动、时空转化等形式展示了生存内涵的复杂性与丰富性，指出了生存不仅仅可以作为一种个体的生活方式，具有文化的意义；也可以是一种欲望与原始冲动的力量，表现着生命过程中的绵延与律动；更是在时空的交换中把生存的雁北空间拓展进历史的长河中，通过空间生存的反思实现人类历史在某一生活剖面中的意义再现。这或许就是曹乃谦提到的写作初衷，展现几百年前甚至几千年前

---

① 傅守祥：《审美化生存》，北京：中国传媒大学出版社，2008 年，第 66 页。

② 高楠：《生存的美学问题》，沈阳：辽宁大学出版社，2001 年，第 7 页。

生存在雁北这块土地上的祖先是何种状态，以生存的有限性而创生历史和整体的无限性，具有“四两拨千斤”的魅力，同时也体现了他对雁北生活的深刻领悟与思考。

归根结底，曹乃谦用以表达其创作思想的形式主要是雁北的空间地域特性、雁北人的日常生活、以性和饥饿为核心的生存形态。读者从对曹乃谦小说的阅读中可以产生基本的认知，或者是第一印象，那就是曹乃谦的小说中充满了性和饥饿等身体的基本需求的极端的描述。生存的问题与伦理、心理、精神、灵魂等非物质化的形而上体系产生了巨大的缝隙，“我思”已经完全失去了效用，“我在”的内涵只通过马斯洛的需要层次理论中最低级的生存的需要而得以诠释。在曹乃谦的小说中，人们挣扎在身体满足的陷阱里，人性的峥嵘面目显露无疑。

第三节　曹乃谦小说生命形态的反思

曹乃谦对生存的认知和探索是从身体或肉体开始的，并以生存形式和生存的可能性作为对人生意义思考的依据。梅洛？庞蒂说，“世界的问题，可以从身体的问题开始。”以英国社会学家布莱恩？特纳《身体与社会》出版为标志，西方社会开始关注和研究“身体”，他提出人既有身体又是身体。奥尼尔说，“我们的身体就是社会的肉身。”在整个八十年代的文学发展中，作家们笔下的自我大都是一个主体的自我、文化的自我、思想的自我，然而在面对肉体时表现得犹豫不决。在八十年代之前，“身体一直是缺席的，以至于我们一直有一个错觉，以为写作只和社会思想和个人智慧有关，它并不需要身体的在场，令人惊讶的事实就在于此。我们每个人都拥有的、写作时赖以凭借以及最终要抵达的身体，却长期在文学创造的过程中被宣布为非法，被放逐，这不足以引起我们的深思吗？”①

从“诗言志”和“文以载道”的文学始，“身体”一直处于被监禁的状态，肉体和欲望是一个讳莫如深的道德禁区。福柯认为，身体的畸形发展及被塑造是由知识一手造成的，“反对基督教禁欲的主张，但他眼中现代伦理对个体的束缚更加隐蔽，因为它们不再寄希望于宗教，而是蕴藏在关于自我、欲望、无意识的所谓的科学知识中。”②显性的压迫形式已不再存在，替代性的压抑机制表现得更加隐蔽，更加不易觉察，它表现为一种隐形的权力。随着对人的价值的关注，人们开始关注人的身体，人的情感。人不再是那个集体的符号，而是一个感性的、肉体的、具体的、形象的人了。九十年代作家普遍陷入了一种“肉休乌托邦”的感官世界。从一种极端走向了另一种极端。其中最著名者当属《废都》和私人写作的盛行。《废都》充满肉欲的描写及故弄玄虚

① 谢有顺：《文学身体学》，汪民安主编：《身体的文化政治学》，开封：河南大学出版社，2004年，第200页。

② 黄华：《试论福柯的“生存美学”思想》，《首都师范大学学报（社会科学版）》，2004年第2期。

的省略符号直接把身体推向了公众视野，一种新奇刺激的感官效应迅速扩散进而导致小说被禁止发行；陈染和林白半真半假的自传或半自传隐私小说，把女性心理剖析得细致入微，把自我与肉体之间的抗争叙述得惊心动魄，女性的身体、欲望、心理过程从历史的深处浮出地表，向外界宣称“如果没有肉体的激情”就什么也没有体验到。但是，她们暧昧的词语背后仍然恐惧着与当代文化发生彻底的断裂。“小说家们在这条道路上似乎还显得矜持而羞涩。他们并不愿意揭开身体的文化外衣，也不愿意像诗人们那样，直接回到肉体的起点，因此，他们的身体叙事，更像是经过了装饰的欲望修辞学，上面有太多都市文化的标签”。①身体只是躲藏在文化背后的一个傀儡，身体在文化的驯服下拥有了一件文化的主体性外衣，久而久之它们合而为一，文化外衣变成了文化皮肤，剥落这层掩盖身体的外衣意味着蝉蜕式的分离，肉体和欲望长时间隐藏在阴影下一时还无法适应接触阳光的照耀。

八十年代末至九十年代初，曹乃谦陆续为文坛贡献了一个个性感的肉体。他们饱受性欲和饥饿的双重煎熬，白天需要忍受物质缺乏带来的身体困惑，夜晚更要尝尽性欲的折磨而“想你没办法”，他们在日复一日的重复生活中痛苦地、艰难地生存，苦熬着。他们的身体长期得不到营养资料的滋润而缺乏生机。“油炸糕，板鸡鸡，谁说不是好东西”，他们对温饱和性的满足充满了期待和想像，但那一张张因饥饿而呆滞的面庞，一双双因欲望折磨而枯黄的眼睛，对生活已经失去了应有的关注和热爱，无法满足的需求只有在“要饭调”和詈骂的宣泄中才能得以满足。黑夜是“光棍”们灵魂的象征，只有黑夜来临时才能知道“光棍”们的内心是多么孤寂。如果说饥饿是白昼的眼睛，那么性欲则是黑夜的精灵。福柯把社会权力机构对人们的监控称为“凝视”，如同边沁发明的环形敞视建筑一般，人们无时无刻不在受社会的监督和管制。“光棍”们白天活在权力的监控之下无法取得生存资料保障身体机能的恢复，夜间无法满足生理的需要，所以他们不得不以非正常的状态面对生活，生存在痛苦的泥淖之中无法自拔，要么苦熬着日子梦想着出头，要么不堪忍受绝望的人生结束自己的生命。

一、苦熬

在曹乃谦的笔下，饥饿成为贯穿始终的线索。《贼》中板女和奶哥哥相好，但是却嫁给了一个不识风情的痴呆人。板女每次都是等孩子和丈夫睡觉以后偷偷出来与奶哥哥约会。每次她都给奶哥哥带上一些食物，家里吃什么东西就带什么东西。但有一次却没有带，因为板女家里喝的是稀粥，摘了一把黑豆也让看田的给没收了。为了让奶哥哥有口饭吃，板女铤而走险偷了会计家的白面给奶哥哥烙饼。因此奶哥哥付出了坐牢的代价。板女连着说了几个“穷死了”，强调对贫穷的愤怒与对奶哥哥的愧疚，最后

① 谢有顺：《文学身体学》，汪民安主编：《身体的文化政治学》，开封：河南大学出版社，2004年，第203页。

终于无法忍受这种熬煎人的日子选择去偷。《打平花》中隔上一月两月的，年轻的“光棍”们有机会聚拢在一起打一顿平花，可以吃个饱饭。曹乃谦对“光棍”们食欲与吃相的描述是传神的。写面鱼在锅里翻腾得大伙儿咕噜咕噜“咽唾沫”，面下好以后每个人“不再说笑”，每个人给盛了“一海碗”，把头“埋”在碗里，“吸溜吸溜”地，像人在“哭”。是什么样的食物能让人咕噜咕噜咽唾沫呢？刚刚“光棍”们的叫嚷声呢？碗以海论，那是多么大呢？一个“埋”字解释了这一系列的动作，这些人对食物的痴迷已经超越了肢体的行为，什么东西能够抵挡住面鱼的诱惑？一个个“吸溜吸溜”的动作和像人哭一样的声音，作家在“光棍”们的进食过程中体验到了饥饿的残酷，怀揣着对“光棍”们的悲悯情怀。与阿城的《棋王》对吃的狂热有着相似之处，王一生对食物的崇拜如同“光棍”们一样达到了拜物教的境界。然而与杨显惠的《定西孤儿院纪事》不同，杨显惠显然更注重刻画饥饿的细节，着重于描述饥饿的条件和环境，以及人们在对食物的寻找及进食后的各种惨烈的反应，特别是人被饥饿一步步打倒的过程介绍得较为详细。杨显惠的小说更像是一篇纪实文学，缺少了想像的空间，以实为主。莫言对饥饿的叙述更关注的是饥饿引导下的想像与幻觉，带着一种魔幻的色彩。曹乃谦对于饥饿的书写特征介于二者之间。《晒阳窝》里愣二等几个“光棍”问温宝鱼是什么样子的时候，愣二因没有见过鱼的样子把鱼说成是村长家门上贴的年画上的样子。几个人对鱼的样子展开了无尽的想像。以写实的笔法交待了“光棍”们的见识短浅，也从另一方面体现了作家对“光棍”们的怜悯之情。当“光棍”们听说在监狱里温宝能吃到肉和鱼时，不禁向往起来那个神秘的地方，以至于温宝说自由更重要时收获的是“光棍”们一致的反对声。把食物和自由对立起来，对于“光棍”们来说，吃饱饭与吃饱饭以后是两种不同的境界，一个代表物质一个代表精神，而“光棍”们却永远也不知道吃饱饭以后自由是个什么东西。

曹乃谦小说中的饥饿现象是一种生存方式，一种生活模式，一种无法解脱的宿命，所以更大程度上是一种苦熬。《部落一年》中那个叫古兰的女孩子的出走象征着一种对新的生活方式的追求，对这种千百年来固定的生存模式的一种反抗。从此可以看出，以“光棍”们为代表的雁北人长期处于一种苦熬的生活之中，如曹乃谦所言，他们并没有觉得这是一种多么不堪的生活反而感觉良好，可怖的不是饥饿带来的震惊，而是在面对这种震惊时他们表现出的惊人的麻木和呆滞。《山药蛋》里山药蛋残忍地杀害了扣扣之后，不仅没有表现出应有的惊慌失措，而是悠哉悠哉地向着情妇改娥的住处走去。比起饥饿，苦熬更消蚀人的意志，这种生存方式决定了“光棍”们麻木的生活态度。“有机生活的特征是，不绝的需要，经常的匮乏和永无尽期的困穷。”“如此伟大又多彩多姿的不息的运动，竟只是由饥饿和性欲两种单纯的冲动所引起、所维持——应该还要加上“烦闷”的感觉——同时，这些东西竟能操纵器械极其复杂且变化多端的所谓人生"①，这是不可思议的。有机体绵延不绝的需要，欲望的永无止境，决定了人生处于欲望的熬煎之中无法脱身。基于肉体的生存，人生活在由饥饿与性欲两大机器驱动的一种叫做苦熬的迷城之中。

与饥饿的煎熬相比，性欲所带来的肉体和精神上的折磨更让"光棍"们无所适从。饥饿尚且可以忍受或通过其它方式解决，但性欲是内向的，指向自我的，本能的，自发的。经历了新时期文学与政治关系的论争与争辩，把文学从政治的恶梦中暂时剥离出来成为可能。显性的政治元素从文学作品中逐渐趋于消隐状态，身体在这种呼喊中觉醒，迎来了私人写作的黄金时期。性和欲望的表达由八十年代初的羞涩的、犹抱琵琶半遮面似的半推半就到八十年代末期已经能够从容地偷窥异性的裸体和内心经验了。曹乃谦关注了一批处于人生危机边缘的雁北农民。他们身上最具有聚焦效应的是性焦虑。曹乃谦与众不同之处就在于他精准地并不带任何修饰地直抵性焦虑的深处，放在聚光灯下，透明的玻璃房子中，任何身体行为或举动都被放大了数倍供人们品评。曹乃谦的创新之处在于他剥掉了身体携带的任何枷锁，让肉体曝光于阳光之下，欲望赤身裸体地站在公众面前接受质询。当文学的肉体开始参与叙事的时候，曹乃谦已然把肉体的欲望当成基本的生存方式展览在那所玻璃房子里。弗洛伊德说，人的潜意识中都有偷窥的欲望。人们对肉欲的渴望与变态心理被解剖在显微镜下观察，偷窥失去了窥探隐私的意义，身体和欲望堂而皇之地进入人们的视线，震撼而不扭捏作态。所以，曹乃谦思考的是人在极端的生存条件下性如何成为可能及个人欲望无法满足时心灵受到的创伤与修复的可能性。

性欲的煎熬与饥饿的煎熬同样考验人的意志。叔本华说，人是欲望的复合体，即便一个欲望得到了满足，另外一个欲望会接踵而来，所以人生就是在欲望的轮回中消耗自我的能量。"光棍"们每天被性欲折磨得几乎发疯，每天都在经历人生中最严苛的欲望轮回。玉茭是一个被欲望折磨得精神分裂终被欲望毁灭的"光棍"。玉茭和其他"光棍"们一样，上地、打平花、闲聊，但比他们的精力更加充沛、旺盛。过剩的利比多能量开水一样在玉茭的血液中沸腾、奔涌。到了结婚的年龄，家里为哥哥高粱圈了三孔窑洞。玉茭感觉受到了嫌弃，逼着母亲找下乡干部老赵要工作。玉茭如愿以偿地得到了一个工作，却因为偷窥女厕所被群专抓住。回到家中无所事事，偶遇母亲和老赵在床上做爱，一时间愤怒和欲望升腾，丧失理智之下与母亲发生关系。后来被村人关在窑洞里饿死。终于在出殡那天，玉茭娶到了一个去世的女子。他的处境如同黑旦的亲家，每年都在盼望着来黑旦的家里迎接黑旦的女人这个激动人心的时刻，剩下日子，这个亲家和其他"光棍"一样，苦苦地回忆着每个与黑旦女人团圆的甜蜜。到了《最后的村庄》这部小说集，"光棍"们消失了，代替"光棍"们的是以"我"为主人

---

① 亚瑟·叔本华：《生存空虚说》，陈晓南译，北京：作家出版社，1987年，第92页。

公的叙述人，这些叙述人有一个共同的特点，身边均有一个倾慕“我”的女孩子。野酸枣、亲圪蛋、沙蓬球这些悲剧女性的背后隐藏着一个真实的主角，那就是一个变态的老“光棍”。“我”成为这些女性悲剧的见证人，叙述她们的故事。并以女性的情人身份参与到这场悲剧之中。这些女人所嫁之人几乎都是《到黑夜想你没办法》中的“光棍”们。《最后的村庄》构成了对《到黑夜想你没办法》的一种补充和注解。从婚前的两情相悦，到结婚的悲痛欲绝，再到婚后的偷偷出轨，再到后来的悲剧结局，男人们和女人们都在苦苦支撑着身体的各种考验。身体的极限、忍受的界限能够达到何种程度？他们只能麻木自己的神经接受充满绝望的日子，女人和厌恶的男人生活在一起，男人们忍受着单身的折磨。苦熬，不是一个生理过程，身体忍受的限度也并非物质层面，它更大意义上体现的是一种心理活动过程。击中他们的“熬”，是每天都生活在一种心理和意志的消蚀之中。苦在于“熬”的过程，“熬”是绝望的等待。

曹乃谦努力寻求一个理想的精神家园、神圣的乌托邦世界来盛装他对人性的悲悯情怀，或者建立一个自我救赎的道场。与杨显惠不同的是，曹乃谦的笔下人物虽然表现出一种对食物夸张的欲望，但却少有饿死人的现象出现。从这点看，曹乃谦的醉翁之意不在贫穷和饥饿，而在于因贫穷而无法释放的性欲。曹乃谦对性资源的分配采取解构的姿态，以揭示雁北文化观念与生活方式本身存在的自相矛盾与悖论。“光棍”们贫穷的物质生活加剧了这种不平等现象，因为性资源作为一种可以转换为物质的交换价值，体现为某种生存资料的形式。“光棍”们没有可用于交换性资源的剩余生存资料作为交换，只能忍受性欲的泛滥带来的压抑与痛苦。曹乃谦出于对权力和政治意识形态的回避而使用了迂回的方式，对人性在“食”与“性”的夹缝中生存的困境进行了批判和反思。

二、自杀

曹乃谦对死亡的叙述有一种特殊的偏好。死亡是肉体与精神载体的消失，“肉体的死亡毁灭了空间上的身体和时间上的意识，却不能消灭构成生命基础的东西，即每一个生命同世界的特殊关系”①，庄子认为，死亡也是一种生命运动和自然现象，生死体现为一种有规律的演化过程，人与自然融为一体，从自然中来，到自然中去。对死亡的意识与恐惧表现了人们对它超越的向往，“死亡意识和死亡恐惧促使人们超越经验的、日常的、短暂的和琐屑的此岸世界而升向永恒、超验、终极的彼岸。”② 从审美意义上看死亡，“促使人沉思，……促使人超越生命的边界……揭开了死亡的奥秘，洞烛

① 列夫？托尔斯泰：《天国在你们心中——托尔斯泰文集》，李正荣、王佳平译，上海：上海三联书店，1988年，第143页。

② 陶东风，徐莉萍：《死亡·情爱·隐逸·思乡——中国文学四大主题》，杭州：杭州大学出版社，1993年，第9页。

了它的幽微，人类波澜壮阔的历史和理想便平添了一种崇高的美，这也就有了死亡的审美意义”。①

当代小说描述杀人场面的有很多，然而，象曹乃谦一样对“自杀”现象描述密度如此繁杂的小说并不多见。肉体成生命中不可承受之重，自杀成为终止痛苦的唯一选择。曹乃谦小说对于自杀现象的集中描述，主要体现为三种形式：孤独中死亡，疯癫中死亡，绝望中死亡。

第一，“狗子们”的孤独与死亡。人生在世的孤独感主要是指在面对世界的偶然性和荒诞性时油然而生的手足无措和心理真空。世界一旦失去了规律和必然，没有了上帝的眷顾，失去了价值的参照，因果关系就会被破坏，失去了因果性的世界是一个偶然的世界，它的荒谬随处可见，任何一件偶然事件都会引起荒诞的结局。偶然性和荒诞性造成了人们在世的孤独。除了形而上的解释之外，人的孤独感还来源于社会、经济、政治、法律、道德的束缚与人性渴望自由的矛盾。萨特“承认我们总是处在一定的处境中，这种处境不仅包括周围的环境，也包括我们自己的精神的和肉体的能力与气质”。② 人们一生被困于偶然性的处境之中无法脱身，萨特主张积极使用“介入”生活的方式解决困境。然而当“介入”的条件未能达到时，却只能在生活的泥淖中挣扎至死。

在面对孤独时，“狗子们”解决孤独的办法是自杀。狗子的父母去世，与妹妹狗女相依为命。狗子从小喜欢看狗女撒尿，被母亲大骂也觉高兴。渐渐狗子与妹妹长大成人。狗子被日本人拉去修筑炮楼，一走就是三个多月。也是在这三个月里狗子对狗女压抑的情感开始发酵、变态。狗子从工地回来的第一个晚上就强行与妹妹狗女发生了关系。狗女在求饶中失去了生活的希望，第二天，人们发现狗女在羞辱中吊死在村口的歪脖子树上。狗子后悔至极，但却无处诉说。整日沉浸在对狗女的愧疚和悔恨之中生活。狗子去公社为队里买锌，路上下起冰雹。为防止土坯被砸坏，狗子舍命为土坯盖上了莜麦秸。公社把这事报给县里，县里报给专署，专署派报社和广播电台来采访。狗子在自言自语：

“球。顶大的是鸡蛋大的。没有碗大的。碗大的还不得把我给楔死。”狗子说。

“球。我原根儿也不机明那是公家的还是母家的。”狗子说。

“球。这会儿我是老了。年经时候给皇军盖炮楼，可比这能受呢。皇军每回都夸我幺西幺西我大大的好。这是句日本话。”③

狗子永远不知道他和别人之间永远隔着一堵墙。这堵墙围着他，他感到窒息。别

① 陆扬：《死亡美学》，北京：北京大学出版社，2006 年，第 4 页。

② 阿尔弗雷德·艾耶尔：《二十世纪哲学》，李步楼、俞宣孟、苑得均、等译，上海：上海译文出版社，1987 年，第 263 页。

③ 曹乃谦：《到黑夜想你没办法》，长沙：湖南文艺出版社，2012 年，第 37 页。

人无法理解他的孤独和寂寞。会计是压垮狗子的最后一根稻草。会计对狗子说他的外父生病要借狗子的棺材冲喜。狗子的棺材本来是队里为给他冲喜用上等松木打造的。狗子明白会计看上了他的棺材，以棺材里有粮食为由，让会计第二天前晌过来抬。会计准时带着一帮“光棍”过来抬棺材的时候，狗子的窑门上吊着个大洋锁。会计气急败坏，耐心等了十五天，又等了三十五天。会计把狗子的门撬开，把棺材抬到家，万万没有想到，狗子把自己封死在棺材里了。狗子是怎么熬过这棺材里的黑暗与孤独的？狗子最怕的东西就是会计的手电棒，形容那股电光有一种带电的力量。狗子的灵魂里是黑暗的，一个封闭的个人空间，真空的，没有任何人能够进来。这种自我隔绝的方式，还出现在三寡妇和黑女身上。三寡妇因得病拒绝家人的救治，然而却在对生活的渴望与美好生活的回忆中满足于孤独的想像。“——死哇——快死哇——”三寡妇不吃不喝要整死自己。三寡妇苦了一辈子，临了得了病怕连累家人只能等死。只有她一个人在抵抗这份孤独带来的选择。孤独成了三寡妇在迈向死亡之门的一个考验。黑女是在幻觉中死去的。这是一个害怕孤独的女人，家里摆满了与她发生过关系的村里的“光棍”的灵位。甚至吃鸡蛋时也要先放到牌位下供他们。一个外地的侉子卖鸡崽儿，黑女见他满头大汗给他从窑里舀出一瓢凉水，走之前他捉了一只小鸡给黑女。黑女把它当成自己的孩子，但这个名叫毛团团后来改名二尾的鸡丢了。黑女的魂也丢了。半夜，黑女从西沟回来的时候，家里没有响动。黑女从泥瓮盖上摸洋火，把煤油瓶打翻了，火柴落在地上，燃烧了整个房子。

狗子害怕会计的手电光，三寡妇死在柴房里，黑女用火柴结束自己的生命，这些生命都和火有关。火是光，而孤独则是黑暗的。在“狗子们”自杀的潜意识里还是最后一次期待着生命，期待着希望之光的出现。活着即使能“介入”现世的生活，但也只会使狗子愈加孤独无依。“自杀”虽失去了生存的权力，却永远解决了面对孤独的困惑。

第二，“福牛们”在疯狂中毁灭自我。据福柯《疯癫与文明》考证，对疯人的禁闭是以对身体的禁闭开端的，社会对疯子的管理是以身体性的管理为主。到了十九世纪，身体的管制被精神病院的驯化制度取代，使疯人感受到内疚和羞愧感。福柯暗示身体拥有一种狂暴的能量，它是以疯癫的形式表现出来的。“这表明了生命意志的强盛，因为强盛而不在乎个体生命的毁灭，因为它还能重新创造。”① 这种以悲剧为形式的身体能量为了释放的快感不惜以生命作为代价。

“福牛们”身体中有一种无法掌控的狂暴的能量，这种能量就是毁灭自我的生命意志。福牛是一个只会下苦力的“光棍”汉。村里来了剧团演出，福牛跑前跑后忙活着帮忙搬行李。剧团走时，福牛主动要求跟随。一次福牛醉酒后，因为喜欢扮演喜儿的

① 周国平:《略论尼采哲学》,《哲学研究》, 1986 年第 6 期。

演员，失态要闻一闻她的袄袖。结果被人打成疯子。福牛的疯病见了别人就要求别人听他唱戏，虽然咬字都成问题，但福牛依然唱。温孩女人让福牛帮着干农活，晚饭调了盆山药丝、炒了盘鸡蛋，又买了一瓶酒。福牛醉了，觉得有只手在摸自己，脱口而出“嫂子”，当他明白过来这原来是自己的幻觉时，福牛恶狠狠地骂自己。大巴掌往脸上一捂，泪水从眼里落下。第一次福牛的疯病是自己用石头砸醒的，第二次又要犯病时，福牛把自个儿骂醒了。在醒与醉之间，福牛的身体与内心在斗争。这种斗争正是悲剧诞生的地方。玉茭不同于福牛。福牛对待身体里隐藏的这股狂暴的力量是有所觉悟的。一旦这种力量即将失去控制时，福牛的潜意识中会有另外一种力量冲出体内，把这力量紧紧束缚在可控的范围内。所以，福牛即便在醉酒时也时刻准备着与身体这股力量的对抗。温孩女人打酒招待他时，他已经意识到如果不及时控制自己的行为，将会发生什么可以想见。所以，当他喝得快不行的时候迅速跳墙头回家。玉茭则是在放纵在毁灭自己的身体。为了与女性发生身体接触，在食堂故意磨蹭女人，然后又偷看女厕所被抓。这没有唤醒玉茭的理性。反而，暂时被满足的欲望再一次滑向了堕落的深渊。玉茭向同伴炫耀经历的光辉事迹，丝毫没有意识到毁灭的前兆已然到来。在遇见了老赵和母亲正在偷情之时，身体内那股狂暴的能量使他呈现出疯癫的行为。小说的结尾具有深意，玉茭得到了应有的惩罚，被关到窑洞里饿死，其潜台词意味着既然无法消除身体能量的狂暴特征，只有让它慢慢地消耗殆尽，带着一种原始的特征。生命顽强的力量在伦理、文明、法律、道德的压抑下处于随时爆裂的状态。利比多能量存在于身体中，一旦身体的容器无法盛装利比多狂热的跳动，生命毁灭就会发生。如果利比多一直在累积而无处释放时，身体所经受的痛苦或许就是尼采所谓的悲剧。

第三，老银银在顿悟中的精神净化。庄子主张心灵净化，以应对纷繁复杂的战乱世界，通过“心斋”和“坐忘”达到“逍遥游”，达成内在生命和精神世界的清净。“心斋”指的是人在生存过程中秉持如同饮食一样的心灵斋戒，是一种欲望与杂念的排遣方式，或者是一种精神修养生息过程，目的是虚空清静的精神境界。虚空是其本质，以虚无物质世界的方式使精神超然于物外。①“坐忘”也是一种心灵净化方式，一种主动的、自为的手段，一种思维和生存方式，一种精神境界。老银银就是曹乃谦达致心灵净化的虚拟化身，然而与庄子不同的是，他选择净化的方式是选择死亡。

老银银是在对人生的顿悟中获得了精神自由的。老银银与“光棍”们一样，对人间烟火充满了期待，但是因为他眼睛残疾，无法看到正常的世界。老银银犹豫了很长时间思考他活着的意义。

“大寨田大寨田垒不了。高灌站高灌站修不了。锄锄不了耧耧不了。就记住个吃了

① 陈佳：《从〈庄子〉中看心灵的净化》，《安徽文学》，2007年第11期。

睡睡了吃。活啥?”① 老银银决定寻短见，并决定把官官找来庆贺一番，心情也仿佛一下子晴朗了。他的五保新裤子被会计扣下了，会计是本家的侄子，怎么好意思向人家要？现在想想，反正谁穿不是穿，穿在谁身上都是穿。买了一个羊头、四个羊蹄和一瓶烧酒，把官官请来，边吃边说。

“我看他有眼的哇，还不也就是个羊头就烧酒?”老银银说。

“人活着做这呀闹那呀。折腾半天不就是为了个这?”官官说。

“皇帝打天下也就是为了个这。”

“说的。皇帝山珍呀海味呀可吃个全。”

“可他也要死。”②

老银银此时已经堪破了生死。对于他来说，自杀是对生存方式的一种自由选择，不是对死亡的选择，而是对生存的另外一种选择。人们可以选择生存和死亡，但在生存的一侧，人们面对的不是被动的生命的消失，而是主动选择消失。老银银在生命的尽头进行着一场艰苦的信念修行。

生存对老银银来说是一种苦难和折磨。老银银对人生的感悟来自于无奈的自我心理净化。这种净化不同于庄子的逍遥，庄子的逍遥状态是一种虚空的境界，撇开了尘世的烦扰与欲望的追求，是绝对的虚无导致的心灵澄静。老银银则放弃了精神自由的追求，宁愿被狭隘的视野蒙蔽住双眼，也不愿意舍弃物质的追索。但老银银的精神气质里也有庄子的痕迹。老银银的生存观念因其未见过世面而获得了对身体的虚无化和超越性，他以为人生在世就是吃喝而已，既然已经吃过了羊蹄和烧酒，此生死而无憾了。庄子的虚无心境达成的过程是以“忘”为基础的，其中重要的一项内容是遗忘身体的存在。身体的虚无性是得道的关键，要做到心灵澄明虚静，需要忘记“我”的存在。所以，当老银银的身体被忘掉之时，精神的超越性才体现出来。

自杀现象细致入微的描写丰富了当代小说表现的领域。曹乃谦《到黑夜想你没办法》《最后的村庄》《佛的孤独》《部落一年》四部小说集除去重复篇目共计 58 篇小说，其中叙述杀人情节的有 22 篇，描述自杀现象的有 12 篇，详细交待自杀细节的 9 篇，以《三寡妇》《黑女和她的二尾》《狗子、狗子》《老银银》为代表。曹乃谦的创新之处有三：一是写出了自杀的过程及人物心理。伴随着心理时间的变化和心理空间的转移，人物的心理过程起伏不定，与自杀事件构成一种紧张刺激的张力关系。自杀过程的细节性描述需要叙述人走进人物的内心进行观照，犹如人物的独白式话语，一个人自言自语，论证自我消失的合法性与合理性。故事连环嵌套故事，以闪回的形式

① 曹乃谦：《到黑夜想你没办法》，长沙：湖南文艺出版社，2012 年，第 178 页。

② 曹乃谦：《到黑夜想你没办法》，长沙：湖南文艺出版社，2012 年，第 179 页。

回忆人物的过去，交待人物命运的来龙去脉，以及自杀对人物心理产生的绝望和无助。回忆的过程是克服恐惧的过程，通过对温馨事件的回忆把自杀现实融入过去的梦幻过去，以想像的形式升华自杀带来的恐惧。其次，对自杀进程的掌控。三寡妇“——死哇——快死哇——”、“——不——我死——”声音回荡在小说中，共有九处。第一、二次交待了三寡妇要自杀，引出她的穷苦出身及卖身经历。接着二次痛苦的呻吟声有着甜蜜的回忆，她与丈夫之间的相识与结合过程。后几次的回音里发散出绝望的叹息，因为想起了丈夫也因黄病自杀。最后一次三寡妇再也没有喊出那个声音。每一次死亡前的呐喊都引起三寡妇对往事的记忆，从美好温馨到绝望伤心、再到勇敢赴死。曹乃谦对自杀进程的时间处理上相当巧妙，不仅在叙事时间的闪回中补叙了三寡妇的身世之谜，也能游刃有余于三寡妇与叙述人之间，严格掌控着与人物之间的距离。自杀是一件无解的方程，但在曹乃谦的笔下显示出虚构的真实性力量。再次，曹乃谦通过自杀现象思考生存的价值和意义。故事时间与叙述时间之间的差异性给自杀者以小说生存空间的可能性。在闪回的过程中，小说时间停滞了，人物在时间延缓中获得了生存的空隙。自杀者的结局是死亡，但在叙述的空隙里得到了活着的延续性。这也是曹乃谦对自杀现象新功能的探索，即人在即将死亡时心理状态的变化及生存是以何种形式存在的。

在面对苦难与面对死亡相比较时，曹乃谦宁愿选择让他的人物直面死亡。死亡不是一件艰难的事情，也不是被动的强加于人的选择，而是一种人类面对各种选择的自由时，主动地承担起对死亡的责任。死亡是一种生命形式，除了“食”“色”之外，它仿佛是一种颜料，给人描绘出了另外一种迷人的人生色彩。曹乃谦在选择《到黑夜想你没办法》的篇章时把《二兔》删除了。这篇小说叙述的是二兔报复奸杀岳母的故事。二兔因为听到了岳母劝女人与他离婚的话，恨由心生。于是磨刀把岳母杀掉，又觉未解心头之恨，奸淫了岳母的尸体。过程之残忍暴烈比起莫言、余华也未尝不及。但曹乃谦却不把它放到“温家窑”的世界里，因为“温家窑”不允许这样的凶徒呆在那里。这或许代表了曹乃谦对死亡的态度。死亡并不可怕，可怕的是没有选择死亡的自由。从这里可以看出雁北人对选择死亡的自由看得多么重要。老银银决定完自己要死的时候内心是何等的激动。死亡，在外人看来是那么悲惨的事情他反而觉得要庆贺庆贺。并不是死亡本身的魅力使他有精力去庆贺一番，而是老银银为自己决定死亡的方式以及选择死亡的自由权利的行使感到欣慰。所以，当别人是为了追求或保全某些东西而选择死亡时，老银银则是为了死亡而选择死亡，或者是为了追求死亡或保全死亡而主动选择放弃别人追求或保全的东西。正如卡西尔所言，老银银已经“不再生活在事物的直接实在之中，而是生活在纯粹的感性形式的世界中。”① 死亡作为一种纯粹

---

① 恩斯特·卡西尔：《人论》，甘阳译，上海：上海译文出版社，2003 年，第 234 页。

的感性形式，使老银银面对即将失去的世界泰然自若。三寡妇自己把自己饿死，黑女选择点燃自己，狗子则把自己封闭在棺材里，狗女吊死了自己，贞贞毒死了自己……一切都是虚无的，只有身体是自己的，可以掌控。毁灭了身体以换取精神的自由，正是曹乃谦对生命形式的又一种理解，也从另一侧面探索了生存的可能性不仅在于身体的存在本身，也可以存在于身体之外的精神世界。刘小枫在《拯救与逍遥》的绪论“诗人自杀的意义”中指出：“一般人的自杀可以说是人向暧昧的世界的无意义性的边界所发起的一次最后的冲击。既然生没有意义，那么主动选择的死就是有意义的，其意义就在于它毕竟维护了某种信念的价值。”①

曹乃谦的人物生存在尘世之中，俗世中存在的各种诱惑勾起了他们生活的欲望。生存还是灭亡，在“温家窑”的世界里并不是一个问题，因为他们即使每天困顿在饥饿和性欲的轮番袭击之中，也不会轻易放弃生存的希望。修行如老银银者，也是为了寻找生存的意义而面对死亡，并非为了死亡终结生命的角度选择死亡。活着，是一种信念，苦熬也好，自杀也罢，甚至苦到深处就想杀人也算，目的只有一个，就是活。虚无缥缈的形而上意义对他们是没有意义的，老银银澄静虚空的追求不过是他向着生存价值发起的一次探索，是曹乃谦面对无意义的生活时对生存可能的深入挖掘。

第四节　生存意义的拷问

生存观是对生存的看法和态度，也是对生存价值的认识和观念。生存价值存在于“生存的为何与如何”之中。从对生存的理解出发，人们思考着如何生存，思索在不同历史阶段中人们怎么实现这生存的。所以，在现实生活中，历史与现实被纳入了生存价值判断体系之中。② 然而日常生活中也存在着这样一条悖论，即人们总是在追问“人为什么活着?”人分为两个层面：一个是精神性的自我；一个是身体和心理组成的自然生命体。由于自然生命体受社会历史环境制约，所以这个生命体相对于精神自我来说是他者的形象。“人为什么活着”的问题混淆了精神自我与他者之间的关系，应该从人“活着”的前提下返归“如何活着”的探索，而不应该聚焦在已经成为本然事实的“活着”的前提。如果失去了这个前提，人就不具备思考的能力，所以，生存是从他者的存在开始，向精神自我的递进。与庄子通过“心斋”“坐忘”而“体道”的观点异曲同工。

从人的生存本质的分析看出，“活着”的事实已经是不辨自明，故生存的价值和意义主要思考的是如何生存的问题。“光棍”下等兵虽然孤苦伶仃一个人生活，但他把日子过得自由自在；愣二苦于无法娶到金兰，也未失去对美好未来的渴望；野酸枣、贞

① 刘小枫：《诗人自杀的意义》，《青年学者论学集 深圳大学学报（增刊）》，1986 年，第 169 页。

② 高楠：《生存的美学问题》，沈阳：辽宁大学出版社，2001 年，第 2-7 页。

贞、亲圪蛋们坚定相信爱情的存在；奴奴外嫁，心里却想着给心上人丑帮攒钱娶个女人；老银银、三寡妇等人却不再留恋尘世……他们每个人生存方式的实践各不相同，却体现着共同的雁北精神，而这种雁北精神就是生存的本质。主要表现为：

第一，面对几乎一无所有的生活，曹乃谦笔下的雁北人表现出了异乎寻常的乐观。板女拿着三个谷面烙的馍儿去找相好奶哥哥。有时也拿莜面窝窝山药饽饽苦菜馍馍，或者偷偷到地摘几个玉茭、刨几个山药蛋。吃饭是人类最基本的生存条件，一旦被剥夺了这个权利，人的生存不复存在，价值更无从谈起。板女与奶哥哥即使在这样的条件下，也没有放弃生存的希望，反而乐观地认为，“再有口酒就是皇帝的光景。”“穷人就这点儿福跟富人是一样的。”“光棍”们隔上一段时间要打一顿平花。每个人从家里带来一些食物混在一起吃大锅饭。这样的日子对他们来说就是节日，每逢打平花，让愣二数人头，结果数错了，大伙都哄地大笑。“没吃饭先饱饱笑一场，也能去掉半身的累。”叙述人适时地对他们的这种行为作了自己的评价。曹乃谦曾经对记者说，他们这些“光棍”过着这样的苦日子，并不觉得难受，反而很享受。在批判他们精神麻木的同时，是否想到在七十年代的雁北那样穷困的山区，如果不选择精神的麻木，生存是否也成了问题？为了保全生命而放弃对生活品质的追求，或许正是生存的必要条件吧！八十年代的启蒙与雁北的生存观是一对矛盾，单纯从启蒙的视角看待麻木的人群，或许有一种鲁迅式的“哀其不幸，怒其不争”的愤慨之情，但是与生存相比，还是活着更加实在。麻木是一种精神状态，但乐观才是这种精神的核心力量。失去了乐观的麻木，容易走向堕落的边缘。而且，“光棍”们和外嫁的女孩子们有着常人无法想像的性爱困扰。“光棍”们难以忍受性欲的折磨，以各种方式释放性的压抑。女人们也因外嫁失去了和心上人结合的机会。但爱情却使她们充满了希望。板女和奶哥哥，奴奴和丑帮，都是如此。奴奴虽说嫁了人，过一段时间仍回来与丑帮相会，把身体交给爱人。奴奴和丑帮的爱情是可悲的，但却没有悲观的气氛，有的只是两个恋人对生活现实的乐观接受。还有贫穷的物质生活条件，限制了雁北人的想像力，在外人看来可笑而可悲，以“光棍”们为代表的雁北人并没有被贫穷吓倒，其拙劣的想像与贫穷之间产生的巨大张力反而显示出一种难得的批判性。“光棍”们最羡慕的莫过于坐过牢的温宝描述的监狱生活。在他们看来有吃有喝有戏听还有女人可以立旮旯的日子，简直是神仙过的，温宝哪里有这样的福气消受。

“我是说里头能吃上白面大米，能吃上炸油饼儿菜包子，隔上十天半月的还能吃上肉。”温宝说。

“还有鱼。过时过节还能吃上鱼。”愣二说。

“鱼？”丑丑说。

“鱼。”愣二说。

“愣二。你见过鱼是啥样子？”五圪蛋说。

“就是那种，那样……就是队长家灶台墙上画着的那种鱼。娃娃抱着的那种大鱼。比小娃娃大。”愣二说。

人们都哈哈哈哈哈哈哈笑，哈哈哈笑。哈哈笑。哈笑。笑笑笑得就没声了。①

人们知道愣二说的不对，但“光棍”们都没见过鱼是什么样子，凭什么取笑愣二呢，所以他们的笑声并非取笑愣二，而是面对生活呈现的荒诞性时以笑来消解自己的无知。“光棍”们被派去看田，小媳妇们利用自己的身体向“光棍”们行贿，取得了她们的食物。第二天，这些女人们的男人们光明正大地从自家的自留地里取出前天晚上女人用身体换来的粮食。贫穷并没有使这些人丧失生存下去的希望，反而在苦难和贫穷中更加坚定了生活的斗志。

雁北人在麻木中乐观，在乐观中奋力生存，但如果没有乐观的心态，在如此贫瘠的土地上，谁又能保证生命能够延续呢？

第二，拯救自我是他们反抗绝望的方式。拥有特殊权力的人，压迫着“温家窑”里的每个人，这就是他们的生存处境。这种无法逃避的压迫感使人们绝望中迷失自我，但他们又甘心放弃，于是一场自我救赎之战在压迫者与被压迫者之间展开。“温家窑”的权力之网有三类：第一类，象征着传统伦理秩序、脸上的皱纹像耕过但没耙过的山坡儿地、下巴的胡子像羊啃过但没啃净的坟头草的人。他们出没在乡村之间，拥有一种象征统治阶级的家族长老的权力，具有相当大的权威。长者代表了乡村族长的权威，虽然他们没有国家机构一样有形的权力，但是这种威严在乡村世界里也是生杀予夺的。从温孩的对话中可看出，当初温孩妈也和温孩女人一样，经过如长者一般权力的压迫下终于屈服。温孩从他妈口中得出的回复如同那位长者一样，温孩妈在秩序的压抑下不自觉地充当了秩序的维护者，在反抗与维护之间，是温孩妈心理绝望的屈从。但温孩女人采取了另外一种方式来反抗这种伦理秩序的压迫，她引诱了邻居福牛。福牛是一个“光棍”，在与温孩女人的交往中自觉地遵守着男女之间的界限，但性欲的折磨使他无法抵抗温孩女人身体诱惑。福牛充当了温孩女人反抗绝望的工具。无法预料的是，当偷情和出轨曝光之后，这个威严的长者会给予温孩女人怎样的处罚？从光脚的女娃到三寡妇，从女孩到女人，从出嫁到偷情，从婚姻到出轨到死亡，女人们在走着一条已经被预言了结果的道路。所以女人们的生死图谱呈现出这样的路线：光脚女娃——狗女——奴奴——温孩女人——东家女人——三寡妇、贞贞。第二类，以象征权力的队长和会计为代表。狗子最怕会计的电棒，那道电光射在人脸上如同电击一般。会计的电棒光亮有种权力凝视的效果，狗子忍受不了这种强光发射的权力之光，每每以手

---

① 曹乃谦：《到黑夜想你没办法》，长沙：湖南文艺出版社，2012年，第97-98页。

捂脸求饶。这种权力的效用最为明显也最为强烈，但遇到的抵抗也最强烈。狗子终于在将要失去心爱的棺材时做出大胆的离经叛道之举，宁可立刻选择去死，也不愿意把棺材拱手让给会计，维护了自己的尊严。第三类，以官官为代表，象征着统治雁北的一股神秘的力量。官官和老银银是盲人，与老银银不同，官官身上隐藏着一种神秘的力量。官官成功预言了村子里出现闹贼、叶叶出走等。这赋予了他一种特殊的地位，他敢于打断并纠正大队书记的讲话。他说的话经常被人重复，当作经典。他还对人生充满了哲理的思考。这对于在山村生活的雁北人来说，官官的话如同一个个神秘的预言，笼罩在人们的心头。官官无法选择自己的命运，但是有思考人生的权力，这种思考的力量，正是他在用自己的力量反抗命运的无常。如果说官官身上有一股神秘的力量，那这力量是他对命运的绝望的反抗。

第三，雁北人对信用有着近乎偏执的坚守。试举几例：

女人的脸刷地给红了，说："要不你跟亲家说说，就说我有病不能去。反正我不是真的来了？"

黑旦说："那能行？中国人说话得算话。"①

球，去哇去哇。人家少要一千块，就顶是把个女子白给了咱儿。球，去哇去哇。横竖一年才一个月。中国人说话得算话。黑旦就走就这么想。②

"要不，要不今儿我先跟你做那个啥哇。"

"甭！甭！月婆在外前，这样做是不可以的。咱温家窑的姑娘是不可以这样的。"③

黑旦和亲家朋锅并不介意别人的看法，而担心因为没有让亲家接走女人而被人指点。奴奴和丑帮在婚前约会时奴奴要把身子先给了丑帮，丑帮却拒绝了，他们认为如果丑帮和奴奴发生关系会使婚姻的性质发生变化。狗子为了不违反自己的承诺，情愿自己把自己杀死在棺材里。最可怜的是那个在坡上观察干儿子的老女人，《最后的村庄》中老女人宁愿相信两个陌生人的承诺。雁北地区作为古代丝绸之路的重要节点，连接内地与塞外的枢纽地带，晋商的影响很大。晋商素以诚信闻名，概因其价值观不仅继承了传统儒家文化的"仁义礼智信"，更从中创造性地处理义利关系，做到了义利双行、利以义制，更甚者他们做到了重义轻利、舍利取信。所以，雁北人特别重视信用。他们生活在生死的边缘上，在与人交往和社会实践时，只有信用还能体现一个人的存在和生存价值。除了信用，他们一无所有。而信用，正是其生存价值和意义的体现。所以，信用是他们生存的态度，是他们为人的最低标准。

曹乃谦对存在价值的反思建立在生命形式的探索之上，"温家窑"人如何以苦熬和死亡的生命形态存在着实现生命的意义。麻木乐观的生活态度也好，消极地抵抗生存

① 曹乃谦：《到黑夜想你没办法》，长沙：湖南文艺出版社，2012 年，第 1 页。

② 曹乃谦：《到黑夜想你没办法》，长沙：湖南文艺出版社，2012 年，第 2 页。

③ 曹乃谦：《到黑夜想你没办法》，长沙：湖南文艺出版社，2012 年，第 11 页。

的压抑也好，可怜地坚守生命的尊严也好，都是生命价值的体现。曹乃谦思考的是如何书写和展示雁北人曾经生活在这样一种形态之中，因为呈现出这种生存状态即是对人的价值的尊重。

结　语

雁北文化为曹乃谦的创作提供了充分的营养。从乡土传统角度传承上说，曹乃谦以雁北文化为底色的雁北文学延续了从废名到汪曾祺的乡土文学传统。与废名的黄梅故乡、沈从文的湘西世界、汪曾祺的高邮山水相似，曹乃谦的雁北文学以雁北方言和雁北民俗为基础建构了一个艺术的雁北世界，为当代文学提供了又一份地域文学样本——“温家窑风景”，丰富了当代乡土文学，为当代文学贡献了一个独特的雁北世界。

曹乃谦的意义在于雁北文化观照下的雁北文学书写。每一位作家在自己的乡土世界和故乡之中开展着无比兴奋的想像与建构，这个世界属于作家本人，更属于那片养育着他们的土地。在曹乃谦的笔下，雁北地区被赋予了具体形象和细节，其中生活着为饥饿和性欲折磨得几近发狂的“光棍”们，也生活着为了爱情奋不顾身、任劳任怨、忍受屈辱、甚至放弃生命的女人们，他们操着一口流利、肮脏、充满快感的方言，他们寻找每一个填饱肚子的机会，寻找每个满足欲望的缝隙，喝粥、烤山药蛋、偷玉茭、偷面、打平花、吃糕、脖工、朋锅、偷情、偷看女人、乱伦，每一个细节都在无形中为雁北打上一个鲜明的烙印和标志。这个雁北世界告诉读者，有一个地方有一群人用一种别样的生活方式存在着。这是正常的视线之外的另一种生活，另一种可能。枯燥、寡味、单调的生活一成不变、日复一日地在雁北上演。然而在乏味的山村里，他们饥饿时也偶而打一顿平花，欲望强烈时奋力地吼一嗓子“要饭调”，为这片天空的无奈和死寂增加了一份活着的色彩。

受益于汪曾祺的扶持和鼓励，曹乃谦从创作之初就进入了一个属于他自己的乡土世界，继承并突破了山西当代文学的现实主义传统，延续了从废名以来的乡土文学抒情传统，丰富了地域文学的表现范围。曹乃谦所体现的地域文化属于三晋文化的一部分，深受山西文学现实主义传统影响。与以赵树理为代表的“山药蛋”派有着密不可分的联系，既有对赵树理现实主义风格的继承，也有着自己对乡土文学的理解和发展。所以，曹乃谦除了继承山西文学的现实主义传统之外也在某些方面做出了创新和发展。将曹乃谦纳入中国现当代乡土文学抒情传统的链条中，可以清晰地看出他对于废名、沈从文、汪曾祺创作风格的继承性。从这个意义上来说，曹乃谦延续了废名、沈从文、汪曾祺的乡土文学抒情传统一脉。

地理环境的不同导致了地域文化的不同，地域文化的不同导致了作家创作风格的不同。作家与地域文化关系密切，雁北文化蕴含的独特的方言和民俗为曹乃谦的雁北文学书写创造了条件。

使用雁北方言写作为当代文学汉语写作探索了一种新的方向。曹乃谦创作中使用的雁北方言具有特殊的美学效果。这是由雁北方言发展的历史特点和它所传承的文化内涵决定的。作家总是会根据审美效果的目的选择使用方言词汇，模拟方言的语气，制造一种具有地域性的美学效果。因为任何一个地域的语言，都有各自的纯正性，它们完整而有效，自足而自如，有滋有味，有情有调。曹乃谦拒绝以加注释的形式出版小说，他认为这样会影响小说阅读的整体效果，出现思维不连贯的现象。他说他只写给那些能够看得懂的人看，加注释会分散读者的注意力反而效果失当。他也反对别人对他的小说注释。雁北方言以曹乃谦的小说而成名，曹乃谦以拥有雁北方言的解释权而获得了雁北地区的冠名权。雁北方言仿佛化为曹乃谦个人的物质财产，不再是一种文化符号，而是曹乃谦个人属性的一部分。雁北方言具有了曹乃谦的人格。这不仅得益于曹乃谦长期生活于雁北的土地上，还因为他敢于大量运用口语化的方言俚语词汇和他对于艺术的敏锐直觉和无所畏惧的勇气。雁北方言的独特性区分了雁北作家与其他各地的作家，而精准、大量使用雁北方言又区分了曹乃谦和其他雁北作家，他探索了一种方言写作的新方向。

雁北民俗书写是曹乃谦雁北文学的标记，也是雁北文化为曹乃谦的创作打下的鲜明烙印。雁北民俗是雁北文化的一面镜子，是通向曹乃谦雁北世界的重要通道。曹乃谦笔下雁北日常生活是通过雁北民俗展开的。这些具有规范化的日常生活是雁北文化特质的具体形态。曹乃谦的雁北民俗书写围绕着饮食和性两方面展开。具有雁北风味的莜麦的清香随着作家的书写扑面而来。雁北的饮食文化在以地域为特征的文学世界中显示出鲜明的特色。性在曹乃谦的小说中有着特殊的地位，因为无法满足的欲望是雁北的生存状态与日常生活形式之一。不仅只有曹乃谦关注到了“食”与“性”的关系的反思这个主题，但不同于其它作家的是，曹乃谦把“食”与“性”的关系提高到足以掌控叙事的程度。人物反而退居幕后成为欲望的傀儡。曹乃谦在这一点上做到了极致。而支撑其作品的语境，是以雁北民俗为基础的地域文化。

雁北文化影响着曹乃谦的个人经历和生活记忆。“温家窑风景”是曹乃谦对当代文学的一大贡献。它不仅是雁北世界的一处风景，也是中国乡土世界里的一处风景。它的特殊在于它承载了曹乃谦对雁北农村的乡愁，也有雁北日常的琐碎记忆，更有陪他在山上一起吼叫山曲儿的老“光棍”。曹乃谦以乡巴佬的身份，仔细咀嚼着承载着历史和时代精神履历的“温家窑风景”。曹乃谦小说中的“光棍”形象，又是雁北一道独特的风景。他发现了存在于“光棍”们中的无形、无聊的琐碎人生：食不果腹的生活，饱受欲望的折磨。“光棍”形象的成功不仅在于震撼人心的真实，也在于与其他作家塑造的人物形象之间的差异与区隔。曹乃谦塑造的“光棍”群像为当代小说人物画廊增添了生机和活力。

曹乃谦最关注的是雁北人的生存状态，以及他们曾经以什么样的状态生活在雁北的土地上。曹乃谦反思了两种极端的生命形态，一种是苦熬，一种是死亡。这是在饥饿和性饥渴的生存状态下，对人的生存本能压抑的结果。这是曹乃谦对生存和人生的思考，也是他对生存价值和意义的探索与反思。

曹乃谦笔下的饥饿是一种生存方式，一种生活模式，一种无法解脱的宿命。“光棍”们只能麻木自己的神经接受充满绝望的日子。苦熬体现的是一种心理活动过程。人们每天都生活在一种心理和意志的消蚀之中，苦在于熬的过程，熬在于苦等的绝望。曹乃谦出于对权力和政治意识形态的回避而使用了迂回的方式，对人性在“食”与“性”的夹缝中生存的困境进行了批判和反思。

曹乃谦对自杀现象细致入微的描写丰富了当代小说表现的领域。曹乃谦的别具一格之处在于他写出了人物自杀的过程及心理活动。伴随着心理时间的变化和心理空间的转移，人物的心理过程起伏不定，与自杀事件形成一种张力。同时，曹乃谦通过自杀现象思考了生存的价值和意义。

曹乃谦对文学史是有独特的贡献的，他的雁北世界中的两性关系和对生存意义的反思，“光棍”群体的传神塑造和自杀现象的描述，及那种雁北人特有的叙述方式，使雁北文化在曹乃谦的笔下具有一种特殊的莜麦味道。这种味道只属于曹乃谦，只属于“温家窑”。

但曹乃谦未曾离开过故乡，一直在原乡的原生家庭生活，他的经验局限在雁北地区。曹乃谦的创作多以自身经历为蓝本，经验之外的东西几乎不曾涉及。曹乃谦始终无法绕开创作数量和题材狭隘的局限和不足。无论是作品的数量还是创作的整体质量，他离诺贝尔文学奖还有一段距离，他与最优秀的作家是有差距的。从故乡应县的下马峪到大同市的北温窑，这一方土地即使发生着永远写不完的故事，但人性的复杂性和诡异性是一个小小的“温家窑”无法承载的，读者需要一个更加丰富、更加深沉、更加驳杂的雁北。

参考文献

著作类：

［1］阿城：《阿城精选集》，北京：燕山出版社，2006 年。

［2］阿尔弗雷德·艾耶尔：《二十世纪哲学》，李步楼、俞宣孟、苑得均、等译，上海：上海译文出版社，1987 年。

［3］安大钧主编：《大同——中华民族团结融合之都》，太原：山西人民出版社，2015 年。

［4］安大钧主编：《古都大同》，杭州：杭州出版社，2011 年。

［5］阿莱达·阿斯曼：《回忆有多真实》，哈拉尔德·韦尔策编：《社会记忆：历史、回忆、传承》，北京：北京大学出版社，2007 年。

［6］阿莱达·扬斯曼：《回忆的空间》，潘璐译，北京：北京大学出版社，2014 年。

［7］巴赫金：《巴赫金全集》（第 3 卷），石家庄：河北教育出版社，2009 年。

［8］曹乃谦：《到黑夜想你没办法》，武汉：长江文艺出版社，2009 年。

［9］曹乃谦：《到黑夜想你没办法》，长沙：湖南文艺出版社，2012 年。

［10］曹乃谦：《到黑夜想你没办法》，台湾：天下远见出版股份有限公司，2005 年。

［11］曹乃谦：《佛的孤独》，北京：中国广播电视出版社，2007 年。

［12］曹乃谦：《流水四韵》，北京：生活·读书·新知三联书店，2016 年。

［13］曹乃谦：《你变成狐子我变成狼》，长沙：湖南文艺出版社，2012 年。

［14］曹乃谦：《清风三叹》，北京：人民文学出版社，2018 年。

［15］曹乃谦：《温家窑风景三地书》，长沙：湖南文艺出版社，2012 年。

［16］曹乃谦：《最后的村庄》，北京：中国广播电视出版社，2006 年。

［17］陈继会等：《中国乡土小说史》，合肥：安徽教育出版社，1999 年。

［18］陈继会：《拯救与重建——20 世纪中国小说文化精神》，郑州：河南人民出版社，1991 年。

［19］陈侃言，吕嘉健，曾强，等：《中国地域文化论》，广州：广州出版社，1994 年。

［20］程文超主编：《新时期文学的叙事转型与文学思潮》，广州：中山大学出版

社，2005年。

[21] 陈战国，强昱：《超越生死——中国传统文化中的生死智慧》，开封：河南大学出版社，2004年。

[22] 大卫·M·列文：《倾听着的自我 个人成长、社会变迁与形而上学的终结》，程志民、晗菲、金令、等译，西安：陕西人民教育出版社，1997年。

[23] 道光《大同县志》，《山西府县志辑》，南京：凤凰出版社，2005年影印本。

[24] 刁生虎：《庄子的生存哲学》，北京：中国传媒大学出版社，2007年。

[25] 丁帆：《中国乡土小说史论》，南京：江苏文艺出版社，1992年。

[26] 段崇轩：《地域文化与文学走向》，太原：北岳文艺出版社，2012年。

[27] 段得智：《西方死亡哲学》，北京：北京大学出版社，2006年。

[28] 恩斯特·卡西尔：《人论》，甘阳译，上海：上海译文出版社，2003年。

[29] 恩斯特·卡西尔：《语言与神话》，于晓等译，北京：生活·读书·新知三联书店，2017年。

[30] 樊星：《当代文学与多维文化》，武汉：武汉大学出版社，2006年。

[31] 费迪南·费尔曼：《生命哲学》，李键鸣译，北京：华夏出版社，2000年。

[32] 费孝通：《乡土中国 生育制度 乡土重建》，北京：商务印书馆，2011年。

[33] 弗雷德里克·詹姆逊：《政治无意识》，王逢振、陈永国译，北京：中国社会科学出版社，1999年。

[34] 废名：《废名集》，北京：北京大学出版社，2009年。

[35] 傅守祥：《审美化生存》，北京：中国传媒大学出版社，2008年。

[36] 傅书华：《从“山药蛋”派到“晋军后”》，太原：北岳文艺出版社，2012年。

[37] 高楠：《生存的美学问题》，沈阳：辽宁大学出版社，2001年。

[38] 格奥尔格·西美尔：《生命直观》，刁承俊译，北京：生活·读书·新知三联书店，2003年。

[39] 顾祖禹：《读史方舆纪要》，北京：中华书局，2005年。

[40] 光绪《大同县志》，《山西府县志辑》，南京：凤凰出版社，2005年影印本。

[41] 光绪《代州志》，《山西府县志辑》，南京：凤凰出版社，2005年影印本。

[42] 光绪《灵丘县志》，《山西府县志辑》，南京：凤凰出版社，2005年影印本。

[43] 光绪《天镇县志》，《山西府县志辑》，南京：凤凰出版社，2005年影印本。

[44] 光绪《忻州志》，《山西府县志辑》，南京：凤凰出版社，2005年影印本。

[45] 光绪《左云县志》，《山西府县志辑》，南京：凤凰出版社，2005年影印本。

[46] 海登·怀特：《形式的内容：叙事话语与历史再现》，北京：文津出版社，2011年。

[47] 韩世明：《辽金生活史话》，沈阳：东北大学出版社，2017 年。

[48] 赫然，刘宇：《社会学视野下的满族法文化活态研究》，北京：知识产权出版社，2016 年。

[49] 何言宏编选：《中国当代文学批评大系（1949-2009）》卷 5，苏州：苏州大学出版社，2012 年。

[50] 何跃青主编：《中国婚俗文化》，北京：外文出版社，2013 年。

[51] 何镇邦：《来自天堂的药方》，北京：中国长安出版社，2011 年。

[52] 亨利·柏格森：《形而上学导论》，北京：商务印书馆，1963 年。

[53] 贺桂梅：《“新启蒙”知识档案：80 年代中国文化研究》，北京：北京大学出版社，2010 年。

[54] 洪皓：《松漠纪闻》，《长白丛书》初集，长春：吉林文史出版社，1986 年。

[55] 黄修已：《赵树理评传》，南京：江苏人民出版社，1981 年。

[56] 胡适：《胡适古典小说考证》，昆明：云南人民出版社，2015 年。

[57] 蒋文华：《应县方言研究后记》，太原：山西人民出版社，2007 年。

[58] 敬文东：《被委以重任的方言》，北京：中国人民大学出版社，2003 年。

[59] 卡尔·曼海姆：《意识形态与乌托邦——知识社会学导论》，北京：商务印书馆，2014 年。

[60] 勒高夫：《历史与回忆》，方仁杰、倪复生译，北京：中国人民大学出版社，2010 年。

[61] 雷·韦勒克，奥·沃伦：《文学理论》，刘象愚、邢培明、陈圣生、等译，北京：生活·读书·新知三联书店，1984 年。

[62] 梁启超：《亚洲地理大势论》，张品兴主编：《梁启超全集》，北京：北京出版社，1999 年。

[63] 理查德·卡尼：《故事离真实有多远》，王广州译，桂林：广西师范大学出版社，2007 年。

[64] 李广田：《说吃》，唐大斌编：《名家品吃》，武汉：湖北人民出版社，2004 年。

[65] 列夫·托尔斯泰：《天国在你们心中——托尔斯泰文集》，李正荣、王佳平译，上海：上海三联书店，1988 年。

[66] 凌宇：《从边城走向世界》，长沙：岳麓书社，2006 年。

[67] 刘达临：《性与中国文化》，北京：人民出版社，1999 年。

[68] 刘东：《西方的丑学——感性的多元取向》，成都：四川人民出版社，1986 年。

[69] 鲁晓鹏：《从史实性到虚构性：中国叙事诗学》，王玮译，北京：北京大学出版社，2012 年。

[70] 露丝·本尼迪克：《文化模式》，何锡章、黄欢译，北京：华夏出版社，

1987 年。

［71］陆扬：《死亡美学》，北京：北京大学出版社，2006 年。

［72］卢云：《汉晋文化地理》，西安：陕西人民教育出版社，1991 年。

［73］莫言：《莫言文集》，北京：作家出版社，2012 年。

［74］任继愈主编：《中华传世文选 清朝文征》（下册），长春：吉林人民出版社，1998 年。

［75］马丁 · 海德格尔：《存在与时间》，陈嘉映、王庆节译，北京：生活 · 读书 · 新知三联书店，1987 年。

［76］马丁 · 海德格尔：《路标 · 关于人道主义的书信》，孙周兴译，北京：商务印书馆，2004 年。

［77］马丁 · 海德格尔：《人，诗意地安居》，郜元宝译，上海：上海远东出版社，1995 年。

［78］马文忠：《大同方言实用手册》，香港：天马图书有限公司，2003 年。

［79］米兰 · 昆德拉：《小说的艺术》，上海：上海译文出版社，2014 年。

［80］彭栓红：《元杂剧中的民俗文化研究》，北京：中国社会科学出版社，2018 年。

［81］乾隆《保德县志》，《山西府县志辑》，南京：凤凰出版社，2005 年影印本。

［82］乾隆《大同府志》，《山西府县志辑》，南京：凤凰出版社，2005 年影印本。

［83］乾隆《广灵县志》，《山西府县志辑》，南京：凤凰出版社，2005 年影印本。

［84］乾隆《浑源州志》，《山西府县志辑》，南京：凤凰出版社，2005 年影印本。

［85］乾隆《忻州志》，《山西府县志辑》，南京：凤凰出版社，2005 年影印本。

［86］乾隆《应州续志》，《山西府县志辑》，南京：凤凰出版社，2005 年影印本。

［87］乔志强，李书吉，等撰：《中华文化通志 晋文化志》，上海：上海人民出版社，1998 年。

［88］Robert F. Berkhofer, Jr.：《超越伟大故事：作为文本和话语的历史》，邢立军译，北京：北京师范大学出版社，2008 年。

［89］王轩等纂修：《山西通志》，北京：中华书局，1990 年。

［90］沈从文：《沈从文全集》，太原：北岳文艺出版社，2012 年。

［91］史若民：《票商兴衰史》，北京：中国经济出版社，1998 年。

［92］斯达尔夫人：《论文学》，徐继曾译，北京：人民文学出版社，1986 年。

［93］苏北：《我们的汪曾祺》，扬州：广陵书社，2016 年。

［94］孙国亮：《小说日常话语的叙述博弈与文化建构》，上海：上海大学出版社，2014 年。

［95］孙郁：《革命时代的士大夫：汪曾祺闲录》，北京：生活 · 读书 · 新知三联书店，2014 年。

[96] 谭君强：《叙述学：叙事理论导论》，北京：高等教育出版社，2008年。

[97] 陶东风，徐莉萍：《死亡·情爱·隐逸·思乡——中国文学四大主题》，杭州：杭州大学出版社，1993年。

[98] 田中阳：《区域文化与当代小说》，长沙：湖南师范大学出版社，1996年。

[99] 童庆炳，程正民：《文艺心理学教程》，北京：高等教育出版社，2001年。

[100] 同治《河曲县志》，《山西府县志辑》，南京：凤凰出版社，2005年影印本。

[101] 脱脱等撰：《辽史》(一)，长春：吉林人民出版社，1995年。

[102] 汪宝荣：《异域的体验——鲁迅小说中绍兴地域文化英译传播研究》，杭州：浙江大学出版社，2015年。

[103] 汪玢玲：《中国婚姻史》，武汉：武汉大学出版社，2013年。

[104] 王富仁：《中国文化的守夜人——鲁迅》，北京：人民文学出版社，2002年。

[105] 汪民安主编：《身体的文化政治学》，开封：河南大学出版社，2004年。

[106] 王亚蓉编：《沈从文晚年口述》，西安：陕西师范大学出版社，2003年。

[107] 王中：《方言与20世纪中国文学》，合肥：安徽教育出版社，2015年。

[108] 王中：《现代小说语言：在权势与自由之间》，芜湖：安徽师范大学出版社，2014年。

[109] 汪曾祺：《汪曾祺全集》，北京：北京师范大学出版社，1998年。

[110] 汪曾祺：《汪曾祺自述》，郑州：大象出版社，2002年。

[111] 威廉·哈维兰：《文化人类学》，瞿铁鹏、张玉译，上海：上海社会科学院出版社，2006年。

[112] 沃特森：《多元文化主义》，叶兴艺译，长春：吉林人民出版社，2005年。

[113] 兴安：《伴酒一生》，敦煌：敦煌文艺出版社，2015年。

[114] 解志熙：《生的执着——存在主义与中国现代文学》，北京：人民文学出版社，1999年。

[115] 徐复观：《中国人的生命精神》，上海：华东师范大学出版社，2004年。

[116] 徐仲安主编：《晋文化与晋商文化》，北京：中国财政经济出版社，2011年。

[117] 许子东：《当代小说阅读笔记》，上海：华东师范大学出版社，1997年。

[118] 杨春时：《生存与超越》，桂林：广西师范大学出版社，1998年。

[119] 阎秋霞：《现实的坚守与焦虑》，太原：山西人民出版社，2014年。

[120] 亚瑟·叔本华：《生存空虚说》，陈晓南译，北京：作家出版社，1987年。

[121] 叶春生主编：《区域民俗学》，哈尔滨：黑龙江人民出版社，2004年。

[122] 雍正《朔平府志》，《山西府县志辑》，南京：凤凰出版社，2005年影印本。

[123] 雍正《朔州志》,《山西府县志辑》, 南京: 凤凰出版社, 2005年影印本。

[124] 雍正《阳高县志》,《山西府县志辑》, 南京: 凤凰出版社, 2005年影印本。

[125] 约恩·吕森:《历史思考的新途径》, 綦甲福、来炯译, 上海: 上海世纪出版集团, 2005年。

[126] 曾大兴:《文学地理学研究》, 北京: 商务印书局, 2012年。

[127] 曾大兴, 夏汉宁主编:《文学地理学2》, 广州: 世界图书出版广东有限公司, 2013年。

[128] 詹伯慧主编:《汉语方言及方言调查》, 武汉: 湖北教育出版社, 2001年。

[129] 詹姆斯·伍德:《小说的机杼》, 开封: 河南大学出版社, 2015年。

[130] 赵树勤, 李运抟主编:《中国当代文学史》, 长沙: 湖南师范大学出版社, 2012年。

[131] 中国人民政治协商会议张家口市委员会文史资料委员会编:《张家口文史资料 张家口历史名人传》第34辑, 1998年。

[132] 周振甫:《文心雕龙今译》, 北京: 中华书局, 1986年。

[133] 周作人:《桃园跋》, 周作人:《苦雨斋序跋文》, 石家庄: 河北教育出版社, 2002年。

[134] 周作人:《周作人批评文集》, 珠海: 珠海出版社, 1988年。

[135] 朱丽娅·克里斯蒂娃:《符号学: 意义分析研究》, 朱立元:《现代西方美学史》, 上海: 上海文艺出版社, 1993年。

[136] 朱晓进:《"山药蛋"派与三晋文化》, 长沙: 湖南教育出版社, 1995年。

[137] 赵树理:《赵树理全集》, 太原: 北岳文艺出版社, 2000年。

[138] 赵一凡:《欧美新学赏析》, 北京: 中央编译出版社, 1996年。

期刊类:

[1] 曹乃谦:《〈温家窑风景〉初始》,《北京文学》, 1988年第9期。

[2] 曹乃谦:《知遇汪老》,《北京文学》, 2010年第9期。

[3] 陈佳:《从〈庄子〉中看心灵的净化》,《安徽文学》, 2007年第11期。

[4] 丁幸娜:《曹乃谦与雁北文化》,《西湖》, 2007年第9期。

[5] 段文英:《另一种农民的写真: 读曹乃谦〈到黑夜想你没办法: 温家窑风景〉》,《山西大同大学学报(社会科学版)》, 2009年第3期。

[6] 高椿霞:《论曹乃谦乡土小说的叙事艺术——以〈到黑夜想你没办法——温家窑风景〉为例》,《乐山师范学院学报》, 2010年第3期。

[7] 高宣扬:《福柯的生存美学的基本意义》,《同济大学学报(社会科学版)》, 2005年第1期。

［8］韩少功：《文学的根》，《作家》，1985 年第 4 期。

［9］贺桂梅：《1980 年代“文化热”的知识谱系与意识形态》（下），《励耘学刊》（文学卷），2008 年第 2 期。

［10］洪治纲：《文学：记忆的邀约与重构》，《文艺争鸣》，2010 年 1 期。

［11］洪治纲：《“文学与记忆”学术研讨会综述》，《文学评论》，2010 年第 2 期。

［12］黄华：《试论福柯的“生存美学”思想》，《首都师范大学学报（社会科学版）》，2004 年第 2 期。

［13］胡斌，靳新来：《中国现代诗化小说与阿玛尼原型》，《西南民族大学学报（人文社会科学版）》，2007 年第 6 期。

［14］杰罗姆·特鲁克：《对场所的记忆和记忆的场所：集体记忆的哈布瓦赫式社会：民族志学研究》，《国际社会科学杂志》（中文版），2012 年第 4 期。

［15］李少群：《拓展地域文学研究的诗学格局》，《文艺争鸣》，2008 年第 1 期。

［16］刘芳：《作家与农民的心灵距离——以马悦然提到的几个作家为中心》，《山花》，2013 年第 4 期。

［17］刘旭：《世纪母题与诺贝尔文学奖的叙事契约——山西农民曹乃谦小说的叙事特色》，《华东师范大学学报（哲学社会科学版）》，2012 年第 6 期。

［18］乔全生：《现代晋方言与唐五代西北方言的亲缘关系》，《中国语文》，2004 年第 3 期。

［19］邵燕君：《得之于简，失之于单》，《西湖》，2007 年 9 期。

［20］邵燕君等：《曹乃谦：“中国最一流的作家”？——关于曹乃谦作品价值和定位的讨论》，《海南师范大学学报》，2007 年第 4 期。

［21］沈汝生：《中国都市之分布》，《地理学报》，1937 年第 1 期。

［22］宋君健：《二十世纪八十年代文化热回瞻》，《云梦学刊》，2008 年第 6 期。

［23］孙曙：《狰狞的乡土——“温家窑”细端详》，《社会科学论坛》，2007 年第 11 期。

［24］王安忆：《故事不是什么》，《文学角》，1989 年第 1 期。

［25］王彬彬：《北方人民对于生的坚强和对于死的挣扎——论曹乃谦 < 到黑夜想你没办法 >》，《小说评论》，2011 年第 6 期。

［26］吴其南：《时间如何诗化回忆》，《温州师范学院学报》，1995 年第 1 期。

［27］王树成：《“光棍村”的悲哀》，《南风窗》，1991 年第 C1 期。

［28］王祥：《试论地域、地域文化与文学》，《社会科学辑刊》，2004 年第 4 期。

［29］肖树文：《山西的干旱问题》，《山西师大学报（社会科学版）》，1978 年第 3 期。

［30］晓南：《风格与惯性》，《西湖》，2007 年第 9 期。

［31］徐妍：《古典美学精神的生存论转换》，《西湖》，2007 年第 9 期。

［32］徐则臣：《针尖上的舞蹈》，《山西文学》，2008 年第 2 期。

［33］严家炎：《区域文化：研究二十世纪中国文学的重要视角》，《中国文化研究》，1994 年第 6 期。

［34］杨显贵：《语词强化背后的时代记忆——大同作家曹乃谦小说语言艺术分析》，《艺术评论》，2008 年第 4 期。

［35］杨新雨：《乡村的语言 天然的文本》，《山西文学》，2007 年第 10 期。

［36］曾婷：《口头禅的社会语言学研究》，《大众文艺》，2011 年第 9 期。

［37］曾镇南：《韩少功论》，《芙蓉》，1986 年第 5 期。

［38］曾德汲：《特殊年代的特殊生活——我对上世纪六七十年代的回忆》，《北京党史》，2013 年第 3 期。

［39］詹伯慧：《略论汉语方言与地域文化》，《学术研究》，2015 年第 1 期。

［40］张柠：《废名的小说及其观念世界》，《文艺争鸣》，2015 年第 7 期。

［41］张清芳：《独特的结构形式》，《西湖》，2007 年 9 期。

［42］章启群：《诗人自杀究竟有什么意义——评刘小枫先生的一个观点兼谈海子自杀事件》，《学术界》，2003 年第 2 期。

［43］赵晖：《由方言成就的小说》，《西湖》，2007 年第 9 期。

［44］周国平：《略论尼采哲学》，《哲学研究》，1986 年第 6 期。

［45］朱晓科：《曹乃谦三议》，《西湖》，2007 年第 9 期。

［46］张延国，王艳：《文学方言与母语写作》，《小说评论》，2011 年第 5 期。

［47］张中锋：《并非“集中营”：读曹乃谦的〈到黑夜想你没办法〉》，《名作欣赏》，2008 年第 1 期。

附　录

附录 1·曹乃谦创作年表

为方便研究者查阅，本年谱收录之作品按发表时间先后顺序编次；结集出版的同名但出版社不同的作品集等各类图书，均逐次编目于出版年代之后；作家被作品集所收作品，均按年份收录。除特别标明作品类型，未标注者均为短篇小说；又，其作为警察身份之创作也一并收录，包括论文、案例等。

曹乃谦小传

曹乃谦，男，1949 年农历正月十五生，山西省应县下马峪村人。他有两个哥哥一个姐姐。九个月时被邻居换梅抱到大同抚养。1956 年至 1962 年就读于大同市城区第五小学，1962 年至 1965 年就读于大同市第五中学，1968 年大同一中高中毕业，分配到大同矿务局红九矿（晋华宫矿），因有文艺特长，下了半年井后被抽调到“毛泽东思想宣传队”弹三弦。后又调到矿务局文工团打扬琴、拉小提琴。1971 年秋季，因弹奏《苏武牧羊》与领导发生争辩，被开除出文工团，下放到工厂车间成了一名锻工（铁匠），名义是“接受工人阶级的再教育”。春节写对联受到厂技术员陈永献的关注。1972 年 10 月，在陈永献帮助下，成为大同市公安局矿区分局的民警。最初是在分局办公室写文字材料，后到忻州窑派出所当户籍内勤。1978 年，调到市公安局二处工作。1986 年与朋友打赌，开始了文学创作，1987 年在《云冈》杂志第一期发表处女作《我与善缘和尚》，1991 年经汪曾祺和焦祖尧介绍加入中国作协，1993-1995 年被聘为山西省作协文学院合同制作家，专业从事创作。1998 年 7 月 17 日，发现老母亲脑神经出现问题，患有幻视幻觉症，决定“先当孝子，再当作家”，继而中止创作。2002 年 12 月 12 日母亲逝世。一年后重新投入创作。出版有长篇小说《到黑夜想你没办法——温家窑风景》，中篇小说集《佛的孤独》《换梅》《部落一年》，短篇小说集《最后的村庄》，散文集《你变成狐子我变成狼》《温家窑风景三地书》《安妮的礼物》《流水四韵》《同声四调》《清风三叹》，随笔集《众神的花园》《曹乃谦自述人生》，日记辑录《伺母日记》等。曹乃谦的作品在海内外拥有广泛的影响，作品被译为瑞典、日、美、英、法、德等多种文字出版。诺贝尔文学奖评委马悦然称“他跟李锐、莫言、苏童一样，都是中国头一流的作家”。

小学四年级板报诗稿：

耳边呼呼是风声，脚踏一朵白仙云，一直飞进南天门。见了玉帝先声明：“我要几颗人参果，再加一匹好白龙。”“要这宝物有何用？”“送给亲人毛泽东。”

高中时组织五人诗社，自称“泥垣居士”。有《满江红》为证：

万户昏恬，岁寒友沙龙聚会，皆知音流水高山。神韵沁肺，不求拙词日日有，但愿巧句天天汇。借东风撵路上文坛。志不退，吞日月，充饥胃，噬云雨，伴酒醉，颇自信笔下，诸仙抱愧。拭目相待十年后，驰骋风雷摇天坠。定羞煞势利樑上君，余独睿。

七十年代铁匠房题诗《清平乐》：

春闺过路，千人留不住，俏弄香色洒四处，倾倒痴君无数。而今春闺又来，我也钟情动怀，初作攀墙探花，满眼独怜李白。

1986 年

《刑侦逻辑推理必须注意的几个问题》刊载于《警察之友》第 6 期。

1987 年

1986 年 37 岁时，与朋友打赌创作出处女作《佛的孤独》，原稿两万多字，

删节为八千字后改名为《我与善缘和尚》，发表于《云冈》1987 年第 1 期。

《小嘧嘧》刊载于《云冈》第 4 期。

《十字路口树起的形象》刊载于《警察之友》第 12 期。

1988 年

《浅论刑事侦查中运用逻辑推理时所必须注意的几个问题》刊载于《山西省政法管理干部学院学报》第 2 期。

《到黑夜我想你没办法》刊载于《北京文学》第 6 期。

《温家窑风景二题》收录于《中国微型小说选刊》第 6 期。

《到黑夜我想你没办法》选载于《小小说选刊》第 8 期。

《〈温家窑风景〉初始》刊载于《北京文学》第 9 期。

《到黑夜我想你没办法》选载于《小说选刊》第 9 期。

《阴天下雨毛迎外》刊载于《北京文学》第 11 期。

1989 年

《斋斋苗儿》刊载于《北岳》第 1 期。

《贼》刊载于《小小说选刊》第 2 期。

《天日》刊载于《山西文学》第 3 期。

《吃糕》刊载于《山西文学》第 3 期。

《男人》刊载于《上海文学》第12期。

《到黑夜我想你没办法》选载于人民文学出版社《1988短篇小说选》。

《到黑夜我想你没办法》选载于上海文艺出版社《1988短篇小说选佳作集》。

《到黑夜我想你没办法》选载于中国香港《博益月刊》第17期。

《到黑夜我想你没办法》选载于中国香港三联书店《中国小说一九八八》。

《到黑夜我想你没办法》于1989年初获得《北京文学》1988年新人新作一等奖。

1990年

《苦杏仁儿》刊载于《云冈》第1期。

《老汉》刊载于《人民公安》第2期，获得“当代人民警察”文艺作品二等奖(一等奖空缺)。

《我不是那号人》刊载于《警察之友》第2期。

《骚动与喧嚣》刊载于《火花》第6期。

《亲家》转载于《连环画报》第8期。

《有眼的也是羊头就烧酒》刊载于台湾《联合文学》第12期。

《莜麦秸窝里》收录于甘肃人民出版社《“微型文丛”爱的困惑》。

《到黑夜我想你没办法》选载于中国台湾洪范书店出版《哭泣的窗户 八十年代中国大陆小说选》。

1991年

《白羊肚肚手巾方对方》刊载于台湾《联合文学》第1期。

《三十三颗荞麦九十九道棱》刊载于台湾《联合报》2月8日第二十五版。

《温家窑风景二题（晒阳窝·福牛）》刊载于《山西文学》第3期。

《亲圪蛋》刊载于《人民公安》第3期。

《温家窑风景二题（晒阳窝·福牛）》选载于《小说月报》第6期。

《秋天真是个好秋天》刊载于台湾《联合报》7月1日第二十五版。

《至死也不说拉倒的话》刊载于台湾《联合文学》第7期。

《小说创作艺术散谈》刊载于《山西文学》第11期。

1992年

《铜瓢铁瓢瓮上挂》刊载于《小说家》第1期。

《亲圪蛋》刊载于《青年文学》第4期，后被收编进“当代中国公安文学大系”短篇小说集里。

《小寡妇》刊载于《人民公安》第4期。

《关于写小小说（创作谈）》刊载于《小小说选刊》第5期。

《白马马儿撒欢跑草滩》《生孩子（创作谈）》刊载于台湾《联合文学》第7期。

《小精灵》刊载于《雨花》第 8 期。

《莜麦秸窝里》收录于上海文艺出版社《世界华文微型小说大成》。

《莜麦秸窝里》收录于河南人民出版社《小小说百家代表作》。

《锅扣大爷》收录于河南人民出版社《小小说百家代表作》。

《愣二、愣二》收录于神州出版社《中国大陆微型小说家代表作》。

1993 年

《牛犊犊下河喝水水——温家窑风景（二题）》刊载于《小说界》第 1 期。

《斋斋苗》刊载于《人民公安》第 1 期，获得“全国公安报刊优秀作品”二等奖，后被收编进“当代中国公安文学大系”短篇小说集，以及全国公安院校教科书《中国公安文学作品选讲》里。

《下夜 · 狗子狗子》刊载于《北京文学》第 3 期。

《温家窑风景二题（莜面味儿 · 丑帮放羊）》刊载于《山西文学》第 6 期。

《温家窑风景二题（看田 · 老银银）》刊载于《芒种》第 8 期。

《牛犊犊下河喝水水》《丑帮放羊》《玉茭棒》刊载于台湾《联合文学》第 8 期。

《揙火板凳腿迎天》刊载于《雨花》第 10 期。

《灌黄鼠：附创作谈》《关于〈到黑夜我想你没办法〉（创作谈）》刊载于《山西文学》第 11-12 期。

《到黑夜想你没办法》选载于西北大学出版社《〈大争议小说情爱卷〉爱的困惑》。

《到黑夜想你没办法》选载于陕西人民出版社《中国当代小说珍本》。

1994 年

《这事情》刊载于《作品》第 5 期。

《四眼》刊载于《人民公安》第 6 期。

《悲哀的奠》连载于台湾《联合报》7 月 10-12 日。

《悲哀的奠》连载于台湾《世界日报》9 月 24-26 日。

《陨歌》刊载于《山西文学》第 11 期。

《野酸枣》刊载于《山花（上半月）》第 12 期。

《到黑夜我想你没办法》选载于青岛出版社《“当代争鸣小说丛书”徘徊的青春》。

《铜瓢铁瓢瓮上挂》收录于青岛出版社《“当代争鸣小说丛书”徘徊的青春》。

《铜瓢铁瓢瓮上挂——温家窑风景二题》收录于日本苍苍社《中国现代小说 94 秋》。

《灌黄鼠》收录于人民文学出版社《1993 短篇小说选》。

1995 年

《你变成狐子我变成狼》刊载于《湖南文学》第 1 期。

《不可难闻》刊载于《北岳》第 2 期。

《冰凉的太阳石》刊载于《山西文学》第 2 期。

《山丹丹》刊载于《警苑》第 4 期。

《英雄之死》刊载于《春风小说半月刊》第 7 期。

《孤独的记忆》刊载于《人民警察》第 9 期。

《山丹丹》刊载于《人民文学》第 10 期。

《山的后面还是山》刊载于《山西文学》第 11 期。

《老汉》刊载于《作品》第 11 期。

《女孩》刊载于《人民公安》第 13 期。

《到黑夜我想你没办法》选载于百花洲文艺出版社《中国当代历届获奖佳作》。

《到黑夜我想你没办法》选载于今日中国出版社《“中国当代情爱伦理争鸣作品书系”合欢》。

1996 年

《孤独的记忆》刊载于《都市》第 1 期。

《忏悔》刊载于《警察世界》第 5 期。

《忏悔难言》《病人》《女孩》《我与小说的缘份》刊载于《都市》第 6 期。

《最后的村庄》刊载于《山西文学》第 9 期。

《亲圪蛋》《斋斋苗》收录于群众出版社《“当代中国公安文学大系”同船过渡》。

《亲家》《女人》《莜麦秸窝里》收录于新华出版社《“中国当代小小说精品库”春之卷》。

《斋斋苗》收录于警官教育出版社《中国公安文学作品选讲》。

中短篇小说选《佛的孤独》北岳文艺出版社出版。

1997 年

《山药蛋》刊载于《佛山文艺》第 2 期。

1998 年

《羊脂粒带出的案件》刊载于《深圳警察》第 4 期。

《命案小说二题（兔兔・根根）》刊载于《警坛风云》第 6 期。

《我是警察》刊载于《警察世界》第 7 期。

《狼刨沟轶事》刊载于《警探》第 8 期。

《山丹丹》刊载于台湾《世界日报》8 月 11 日第 13 版。

《山药蛋》刊载于台湾《世界日报》8 月 12 日第 15 版。

《一封信，一份遗书，半个结案报告》刊载于《公安月刊》第 10 期。

《根根》选载于《传奇文学选刊》第 11 期。

《命案小说二题（黑豆・荞麦）》刊载于《警坛风云》第 12 期。

原创的《公安战士进行曲》获大同市歌咏比赛一等奖。

1999 年

《五只羊和一条狼的故事》刊载于《警笛》第 1 期。

《黑豆》刊载于《传奇文学选刊》第 3 期。

《残酷的报复》刊载于《警坛风云》第 6 期。

《黄花灯》刊载于《人民公安》第 23 期。

《根根》获得“金盾文学”三等奖。

《你变成狐子我变成狼》收录于中国文联出版社《百年烟雨图（卷二）》。

《男人》收录于上海大学出版社《20 世纪中国短篇小说选集》。

《温家窑风景二题（晒阳窝 · 福牛》收录于华夏出版社《90 年代中国乡村小说精编》。

《到黑夜我想你没办法》选载于十月文艺出版社《中国当代文学作品精选 1949-1999 短篇小说卷 下》。

《大同一贯道》《大同九宫道》收录于中国文史出版社《取缔反动会道门斗争纪实》。

2000 年

《山西“一号目标”的覆灭》刊载于《当代警察》第 6 期。

中篇小说选《佛的孤独》中国广播电视出版社出版。

《男人》收录于新疆人民出版社《灵魂的余香——中国当代微型小说精品选》。

2001 年

《莜麦秸窝里》收录于长江文艺出版社《〈小小说选刊〉十五年获奖作品精选》。

《莜麦秸窝里》收录于百花洲文艺出版社《世界微型小说经典 中国卷》。

《莜麦秸窝里》收录于延边大学出版社《岁月文摘》。

2002 年

《豺狼的日子》刊载于《当代警察》第 7 期。

《侍母日记》刊载于《山西文学》第 9 期。

《温家窑风景二题》收录于百花洲文艺出版社《糖醋爱情 情爱卷》。

《莜麦秸窝里》收录于敦煌文艺出版社《小小说 200 篇佳选》。

2003 年

《哈啰，雷鸣》刊载于《金盾》第 12 期。

《莜麦秸窝里》收录于漓江出版社《中国当代小小说排行榜》。

《女人》《莜麦秸窝里》收录于人民文学出版社《中国当代微型小说精华》。

2004 年

《莜麦秸窝里》刊载于《小小说选刊》第 20 期。

短篇小说选《最后的村庄》山西人民出版社出版。

《晒阳窝》《福牛、福牛、福牛》收录于人民日报出版社《“名家小说学生阅读经典”命运的玄机》。

《莜麦秸窝里》收录于百花洲文艺出版社《微型小说佳作欣赏》

《莜麦秸窝里》收录于长江文艺出版社《中国新时期微型小说经典》

2005 年

《贵举和他的白脖儿》刊载于香港《作家》第 12 期。

《贼》刊载于《香港文学》第 12 期。

长篇小说《到黑夜想你没办法》台湾天下远见出版社出版。

《莜麦秸窝里》收录于长江文艺出版社《百年百篇经典微型小说 1901-2000》。

2006 年

《好日子》刊载于香港《明报月刊》第 1 期。

《荞麦》刊载于《伯乐》第 1-2 期。

《好一个李锐》刊载于《香港文学》第 3 期。

《莜麦秸窝里》收录于上海辞书出版社《微型小说鉴赏辞典》。

《莜麦秸窝里》《女人》收录于京华出版社《微型小说名家名作》。

《贵举和他的白脖儿》收录于中国香港天地图书出版社《“2005 访问作家作品”伊斯兰平和的健笔》。

中篇小说集《部落一年》北岳文艺出版社出版。

短篇小说集《最后的村庄》中国广播电视出版社出版。

长篇小说《到黑夜想你没办法》（瑞典文版）Atlantis 出版社出版。

2007 年

《好日子》刊载于《百花园（下半月）》第 1 期。

《英雄之死》刊载于《意林 · 金故事》第 7 期。

短篇小说集《最后的村庄》中国广播电视出版社出版，被《深圳商报》评选为“年度十大好书”。

中篇小说集《佛的孤独》中国广播电视出版社出版，被《南方都市报》评选为“年度十大好书”。

长篇小说《到黑夜想你没办法 温家窑风景》长江文艺出版社出版，被《人民日报》等三十多家全国新闻媒体评选为“年度十大好书”。

以上三本著作在同一年先后被评为“年度十大好书”。同年，接受了瑞典国家电视台的专访。

《莜麦秸窝里》收录于上海外语教育出版社《世界华文微型小说精选 中国卷》

2008 年

《到黑夜想你没办法（节选）》被《名作欣赏》第 1 期转载。
《鱼翔浅底》刊载于《芙蓉》第 1 期。
《儿子的忏悔》刊载于《山西文学》第 1 期。
《莜麦秸窝里》刊载于《连环画报》第 1 期。
《鱼翔浅底》刊载于《小说月报（增刊中篇小说专号）》第 2 期。
《儿子的忏悔》刊载于《散文（海外版）》第 3 期。
《真实，才能感人》刊载于《名作欣赏·文学鉴赏》第 4 期。
《妈妈，您醒来吧》刊载于《农家女》第 6 期。
《真实，才能感人》刊载于《名作欣赏》第 7 期。
《香港的月亮》刊载于《小品文选刊》第 7 期。
《挂面·自行车》刊载于《中学生阅读（初中版）》第 9 期。
《打酒》《冻柿子》刊载于《中学生阅读（初中版）》第 10 期。
《儿子的忏悔》刊载于《小品文选刊》第 12 期。
《莜麦秸窝里》《女人》收录于京华出版社《微型小说名家名作》。
《莜麦秸窝里》收录于长江文艺出版社《百年百篇经典微型小说》。
《莜麦秸窝里》收录于长江文艺出版社《一世珍藏的微型小说 130 篇》。
《莜麦秸窝里》收录于上海文艺出版社《中国新文学大系 1976-2000 微型小说卷》。
《斋斋苗》收录于浙江大学出版社《新编大学语文》。
短篇小说集《最后的村庄》台湾天下远见出版社出版。
长篇小说《到黑夜想你没办法》获得瑞典皇家科学院“Letterstedt 年度翻译奖”。
散文集《你变成狐子我变成狼 我的人生笔记》时代文艺出版社出版。
《鱼翔浅底》收录于人民文学出版社《〈21 世纪年度小说选〉2008 中篇小说选》。
《亲家（外四篇）》收录于北京大学出版社《2007 中国小说》。

2009 年

《我与瘫痪的一次零距离接触》刊载于《北京文学》第 2 期。
《你变成狐子我变成狼》被《读者（大字版）》第 4 期转载。
《矮檐》刊载于香港《明报月刊》第 12 期。
《儿子的忏悔》收录于学林出版社《2008 年我最喜爱的中国散文 100 篇》。
《鱼翔浅底》收录于人民文学出版社《2008 中篇小说》。
《最后的村庄》收录于人民文学出版社《沉静的风景 1996-1999》。
《莜麦秸窝里》收录于百花洲文艺出版社《世界微型小说经典 中国卷 上》。
《莜麦秸窝里》收录于百花洲文艺出版社《微型小说佳作欣赏 第 3 卷》。
《莜麦秸窝里》收录于长江文艺出版社《新中国六十年文学大系 小小说精选》。

《挂面·自行车》收录于漓江出版社《〈中学生阅读〉初中版2008年度佳作》。

长篇小说《到黑夜想你没办法》长江文艺出版社出版。

《到黑夜想你没办法》选载于百花洲文艺出版社《中国记忆 小说卷》。

《到黑夜想你没办法》选载于上海文艺出版社《中国新文学大系1976-2000》。

《到黑夜想你没办法》选载于北岳文艺出版社《山西文艺创作五十年精品选 短篇小说卷》

长篇小说《到黑夜想你没办法》（英文版）美国哥伦比亚大学出版社出版。同年，入围美国最佳英译小说奖，并与两位诺贝尔文学奖得主帕慕克的《纯真博物馆》、勒克莱齐奥的《沙漠》一起进入最后的复评。

《到黑夜想你没办法——温家窑风景》（长江文艺出版社出版）入围“第二届红楼梦奖”。获世界华文长篇小说奖入围推荐奖。

2010年

《悟性与真诚：著名作家曹乃谦先生访谈录》刊载于《编辑之友》第3期。

《我的外国文学之最和我究竟模仿了谁》刊载于《山西文学》第5期。

《悟性与真诚：著名作家曹乃谦先生访谈录》刊载于《朔方》第9期。

《雀跃校场》刊载于《北京文学·原创版》第9期。

《儿子的忏悔》刊载于《书摘》第9期。

《儿子的忏悔》刊载于《淮北晨刊》2010. 09. 10第15版。

《板鸽》刊载于《新地文学》第13期。

散文选《曹乃谦自述人生》时代文艺出版社出版。

《你变成狐子我变成狼》《儿子的忏悔》收录于时代文艺出版社《“学生阅读”名家美文（感恩卷）》。

《扫院老汉武师傅》《好一个李锐》《总管》《好日子》《三哥》收录于时代文艺出版社《“学生阅读”名家美文（友情卷）》。

《香港的月亮真圆》《梦中的风铃》收录于时代文艺出版社《“学生阅读”名家美文（旅游卷）》。

《回忆我的父亲》收录于时代文艺出版社《“学生阅读”名家美文（亲情卷）》。

《台湾版〈温家窑风景〉自序》收录于时代文艺出版社《“学生阅读”名家美文（创作卷）》。

《说说〈佛的孤独〉》《小说创作谈（一）》《小说创作谈（二）》《小说创作谈（三）》收录于时代文艺出版社《“学生阅读”名家美文（创作卷）》。

《最后的村庄》收录于三晋出版社《〈山西文学农村题材小说年选〉乡村叙事60》。

《温家窑风景二题（晒阳窝·福牛）》收录于百花文艺出版社《小说月报三十年（卷三）》。

《到黑夜想你没办法》选载于北京日报同心出版社《“〈北京文学〉创刊60周年丛书”受戒》。

《莜麦秸窝里》收录于中国华侨出版社《最好的小小说大全集》。

《莜麦秸窝里》收录于长江文艺出版社《一世珍藏的微型小说130篇》。

2011年

《冻柿子》刊载于《少年文艺（中旬版）》第C1期。

《重看〈石头记〉》刊载于《南方都市报》。

《你变成狐子我变成狼》收录于长江文艺出版社《中学生感动一生的散文》。

《回忆我的父亲》收录于时代文艺出版社《名家名篇经典阅读 爱的觉醒》。

中篇小说集《佛的孤独》台湾天下远见出版社出版。

长篇小说《到黑夜想你没办法》（法文版）法国Gallimard出版社出版。

2012年

《儿子的忏悔》刊载于《都市》第1期。

《自行车》刊载于《小品文选刊》2012年第3期。

《我的外国文学之最》刊载于《检察日报》2012. 06. 29第06版：纵横。

《永不忘记的记号》刊载于《检察日报》2012. 07. 06第06版：纵横。

《一次买了216本》刊载于《检察日报》2012. 07. 20第06版：纵横。

《〈人与鼠〉让我神魂颠倒》刊载于《检察日报》2012. 07. 27第06版：纵横。

《跟海明威学写作》刊载于《检察日报》2012. 08. 03第06版：纵横。

《我究竟模仿了谁》刊载于《检察日报》2012. 09. 07第06版：纵横。

短篇小说集《最后的村庄》湖南文艺出版社出版。

中篇小说集《换梅》湖南文艺出版社出版。

中篇小说集《佛的孤独》湖南文艺出版社出版。

长篇小说《到黑夜想你没办法》湖南文艺出版社出版。

散文集《温家窑风景三地书》湖南文艺出版社出版。

散文集《你变成狐子我变成狼》湖南文艺出版社出版。

《挂面》收录于中国台湾《2011饮食文选》。

《温家窑风景二题（晒阳窝·福牛）》收录于农村读物出版社《中国当代乡土小说大系（第二卷）》。

书法作品在云南省“清风化雨检心为民”书画拍卖活动中以九万元的价格被收藏，所得款项全部用于当地救灾工作。

2013年

《老汉》刊载于《现代世界警察》第1期。

《挂面·自行车》刊载于《中学生阅读初中（读写）》第1期

《挂面·自行车》刊载于《中学生阅读（初中版）（上半月）》第1期。

《初小·进城》刊载于《检察日报》2013. 04. 12第05版：绿海副刊。

《初小·报名》刊载于《检察日报》2013. 04. 19第05版：绿海副刊。

《初小·村猴》刊载于《检察日报》2013. 05. 03第05版：绿海副刊。

《初小·赛仿》刊载于《检察日报》2013. 05. 10第05版：绿海副刊。

《初小·扫盲》刊载于《检察日报》2013. 05. 17第05版：绿海副刊。

《初小·积肥》刊载于《检察日报》2013. 05. 24第05版：绿海副刊。

《初小·菩萨》刊载于《检察日报》2013. 05. 31第05版：绿海副刊。

《初小·梦梦》刊载于《检察日报》2013. 06. 07第06版：绿海副刊。

《初小·赛仿》刊载于《大同晚报》2013. 06. 24第20版（九龙壁）。

散文集《你变成狐子我变成狼》长春时代文艺出版社出版。

《儿子的忏悔》收录于百花洲文艺出版社《中国散文排行榜2012》。

《儿子的忏悔》收录于江苏文艺出版社《最散文 我走过时间》。

《又是那个好日子》刊载于香港《明报月刊》第7期。

《莜麦秸窝里》收录于百花洲文艺出版社《中国最好看的微型小说》。

2014年

《初小九题》《说说〈初小九题〉（创作谈）》刊载于《大家》第1期。

《爹打鬼子时候的刀》刊载于《生活月刊》第1期。

《说说〈初小九题〉》刊载于《大家》第1期。

《大家万福大家吉祥》（书法）刊载于《大家》第1期。

《莜麦秸窝里》刊载于《资治文摘（综合版）》第3期。

《初小九题》被《小说月刊》第3期转载。

《曹乃谦专辑》刊载于《文学界（专辑版）》第8期。

《儿子的忏悔（三题）（小说）》《我的一些和文学有关的事》《大夫让我拄拐杖我拄的是箫（创作谈）》《我的一些和文学有关的事（自述）》刊载于《文学界（专辑版）》第8期。

《豆豆》刊载于《深圳晚报》第A11版。

散文集《安妮的礼物》江苏文艺出版社出版。

短文集《众神的花园》湖南文艺出版社出版。

《莜麦秸窝里》收录于长江文艺出版社《中外微型小说 精华本》。

《儿子的忏悔》收录于北方联合出版传媒万卷出版公司《〈最美儿童文学读物〉夏天里的苹果梦》。

《温家窑风景》选载于中原农民出版社《中国乡土小说名作大系 第3卷》。

《梦梦》收录于北岳文艺出版社《2014年小小说选粹》。

2015 年

《为娃推车八十里》被《特别关注》第 3 期转载。

《初中九题》刊载于《山西文学》第 4 期。

《高小九题》刊载于《山西文学》第 6 期。

《高小九题》被《小说选刊》第 7 期转载。

《高中九题》刊载于《山西文学》第 8 期。

《周读书系 众神的花园》湖南文艺出版社出版。

《扫盲》收录于花城出版社《2014 中国微型小说年选》。

《梦梦》收录于花城出版社《2014 中国微型小说年选》。

《初小九题》选载于漓江出版社《2014 中国年度中篇小说》。

《佛的孤独》收录于北岳文艺出版社《大同小说精选》。

2016 年

《宣传队九题》刊载于《山西文学》第 1 期。

《政工办九题》刊载于《回族文学》第 1 期。

《文工团九题》刊载于《山西文学》第 3 期。

《铁匠房九题》刊载于《山西文学》第 4 期。

《串门》刊载于《检察日报》2016. 05. 06 第 05 版：绿海副刊。

《转学》刊载于《检察日报》2016. 05. 13 第 05 版：绿海副刊。

《报到》刊载于《检察日报》2016. 05. 20 第 05 版：绿海副刊。

《放羊》刊载于《检察日报》2016. 05. 27 第 05 版：绿海副刊。

《作家频道》刊载于《青岛晚报》2016. 09. 27 第 16 版：副刊。

《最新小说集两种》刊载于《山西文学》第 12 期。

散文集“母亲三部曲”第一部《流水四韵》上海生活·读书·新知三联书店出版。

散文集《伺母日记》北岳文艺出版社出版。

散文集“母亲三部曲”第二部《同声四调》人民文学出版社出版。

《命运的安排》收录于北岳文艺出版社《山西作家自述（第二辑）》。

《野酸枣》收录于百花洲文艺出版社《中国当代文学经典必读 1994 短篇小说卷》。

《高小九题》收录于长江文艺出版社《2015 中国短篇小说精选》。

《高小九题》收录于北岳文艺出版社《2015 年短篇小说选粹》。

《到黑夜想你没办法》收录于百花洲文艺出版社《中国记忆 小说卷》。

长篇小说《到黑夜想你没办法》（日文版）日本论创社出版。

2017 年

《馅饼（外一篇）》刊载于《啄木鸟》第 1 期。

《政工办九题》刊载于《山西文学》第 2 期。

《母亲七题》刊载于《回族文学》第 2 期。

《二哥》刊载于《小品文选刊》第 3 期。

《工矿科九题》刊载于《山西文学》第 4 期。

《学书六十年，而今才知砚》刊载于《上海文学》第 5 期。

《〈棋闻弈事——大同围棋风云录〉序》刊载于《都市》第 5 期。

《宣教科九题》刊载于《山西文学》第 5 期。

《编辑部九题》刊载于《山西文学》第 8 期。

《〈清风三叹〉后记》刊载于《山西文学》第 8 期。

《散文三题》刊载于《朔方》第 10 期。

《第二者》刊载于《创作与评论》第 9 期（上半月刊）。（注：此推理小说乃是 1985 年的旧作。是其第一篇小说《佛的孤独》之前的一篇习作。）

《到黑夜想你没办法》选载于百花洲文艺出版社《〈中国当代文学经典必读〉1988 短篇小说卷》。

长篇小说《到黑夜想你没办法》长江文艺出版社出版“现当代长篇小说典藏插图本”。

2018 年

散文集“母亲三部曲”第三部《清风三叹》人民文学出版社出版。

附录 2 · 曹乃谦访谈

曹乃谦讲故事和讲话相像，简洁。他讲话有一个习惯，如果他不了解某事，他会直接告诉你“我不知道”，很直白，很干脆。即使遇到“被诺奖”这样的事情，他也只是平静的说，我不知道。这或许和他不关心外部世界有关。也正因为如此，他才能专注于自己的世界而不被打扰。即便在外界疯传他获得诺贝尔奖时，曹乃谦也未走出“温家窑”。他一直在安静地讲他自己的故事。

走近曹乃谦才发现，这个自称“农民”的作家，有着宏阔的叙事视野，也有着独特的叙事策略。学界对曹乃谦评价的焦点至今仍围绕诺贝尔奖与马悦然。评论的前提仿佛与曹乃谦的文体是无涉的，而是把逻辑论证的基础预设在马悦然对曹乃谦的高度评价上。且不论马悦然的言论是否正确，研究者需要反思的是，摒除马悦然的评论，曹乃谦的文本是否还有价值？如果把对西方的反感和文化的自卑强行塞进曹乃谦的雁北世界，未免有些武断。曹乃谦的成名与马悦然脱不开干系，但不可否认，曹乃谦就是曹乃谦，曹乃谦不是因为马悦然成为了曹乃谦，而是有了曹乃谦才引来了马悦然。曹乃谦何以成为了曹乃谦？那是因为他“苦寒、封闭”的雁北世界。抒写雁北的作家不止曹乃谦，为什么他成为了“这一个”？

因此，本访谈基于以下三点进行：一，仅讨论曹乃谦的文本，摒除曹乃谦与马悦然的关系的影响；二，侧重于文本审美艺术特征形成原因的追溯；三，针对其创作最为典型的叙事策略的分析，如叙述人、叙述形式和主题的选择等。

关于叙述人

笔者：曹老师，马悦然说您是一个“乡巴佬”。杨新雨却说“一个真正的乡巴佬是写不出真正的乡巴佬的”。那么您在叙述一个故事时，是用了农民的眼光看世界还是农民的思维理解世界？

曹：如果故事里的主人公是一个农民的话，就会设身处地地用这位农民的眼光看世界，也会用他的思维来理解世界。

笔者：您认为自己是一个农民作家？

曹：说我是个农民，是区别于警察身份。单位的人以及我的邻居，都说我不像个警察，也更看不出是个作家。我是个农民。别看我是个警察，可我喜欢坐农家的大土炕、吃农家的大烩菜，天不下雨或下得多了，我都替农民着急。在生活习惯、穿衣打扮等方面我也是个农民。我们家院我住了十多年，别人也没发现我是警察，直到有一次过年我穿了单位发的大衣，他们才知道。我整个儿就是穿着警服的农民。

笔者：王干有一篇文章，说您的作品中有两个曹乃谦，一个以少年懵懂清澈的目光打量世界，一个则隐忍悲伤，以深致的关怀、客观的判断为人物塑形，仿佛是失散58年的另一个自己。他说的是不是您作品中有两种不同的观察生活的视角？

曹：王干说的是《流水四韵》这本书，我认为王干的见解独到。王干说的对着呢，就是这样，就是有两个曹乃谦，一个是小时候的曹乃谦在看世界，一个是现在的曹乃谦在隐忍中写世界。

笔者：我觉得《到黑夜想你没办法》和《最后的村庄》的一部分小说，讲故事的人应该是一个具有农民气质的讲述者，但是他不是一个农民，因为他站在一个更高的层次上，具有较为宽阔的视野。您的“穿着警服的农民”表达的是不是这个意思？所以，您的作品是否有点知识分子的启蒙色彩？

曹：又是这句话。“知识分子的启蒙色彩”。我不知道这是说什么。

笔者：新近的作品都是第一人称叙述，好像从完成了《到黑夜想你没办法》和《最后的村庄》之后，就没有再用过第三人称？是出于一种什么样的考虑？比如最近的《流水四韵》《同声四调》。想达到一个什么样的艺术效果？

曹：比较习惯于写第一人称的作品。《流水四韵》《同声四调》以及《清风三叹》，我都是写自己的母亲，用我真实的生活经历，写我的母亲，所以不由自主地就以"我"来讲述。

笔者：刚开始创作时，您在从第一人称叙事转换到第三人称叙事时，有没有遇到一些障碍？比如作者要向读者叙述一种什么意义、以什么样的方式解释您看到的"温家窑"？

曹：关于第一问，我没有感觉出遇到过什么障碍。关于第二问，我没有有意地"向读者叙述什么意义"。《到黑夜想你没办法》也没有向谁主观地来解释过温家窑的情况。只是说出了一件一件我所知道的发生在雁北地区的事。

笔者：您在《到黑夜想你没办法》中是否刻意从故事中退隐？目的是什么？仅仅是为了增加客观叙述效果吗？

曹：我不是刻意从故事中"隐退"，没什么目的，只因为是什么也不懂，所以也就什么也不说。有些不"隐退"的作者，不厌其烦地在那里说说讲讲，最后的结果是，让读者在他的喋喋不休中，看出他的浅薄和无知，让读者感到心烦。

关于形式

笔者：您读过郁达夫和鲁迅的哪些作品？谁对您的影响更大一些？能否举例说明一下？

曹：都读过。对我都有影响。我佩服鲁迅，在中国还没有白话文小说的状况下，他写出了白话文小说。他写下层人物，对我是有影响的。

笔者：您知道郁达夫的自传体抒情小说吗？刻意的去模仿过吗？

曹：郁达夫的小说、散文作品我都读过。不是刻意地模仿，但也受到影响。比如喜欢写自传体作品。

笔者：朱晓进有一本书《"山药蛋"派与三晋文化》里面提到山西人最重"实"，这个实是真实，也是实在的意思。因此决定了山西人讲故事不爱虚构的特点，不喜欢或不善于运用想象力。您认同这个观点吗？您是怎么做的？

曹：我不喜欢虚构，觉得虚构出的东西很无聊。因为主观上没有虚构故事的这种想法，所以也不想尝试，再一个是，我也不善于虚构故事。在文学创作中，我也会运用想象力，但我是把想象力运用在细节的真实上，而不是故事的编造上。

笔者：《到黑夜想你没办法》是一部结构比较独特的小说。当初怎么想起使用这样的"组合柜"样式？

曹：最初我是看过一本书样的杂志《世界文学》里的一篇作品后，（这样的形式）引起了自己的注意。作者是博尔赫斯，篇名是《心狠手辣的解放者莫雷尔》。这篇作品里又有好几个小的篇目。而这些小篇目里的内容又都有联系。我觉得这是很新鲜的一个样式，于是就有意识模仿博尔赫斯的这种样式，写自己的《到黑夜想你没办法》。我的《到黑夜想你没办法》有点像是组合柜。单独摆放也可以，而组合起来后就是一套完整的家具。

笔者：这部小说有一个固定的叙事线索吗？是什么？

曹：叙事线索就是，讲述生活在温家窑的人们的“食”与“性”的故事。

笔者：您是怎么保证各个篇目之间的联系的？

曹：人物反复出现，事件相互联系。

笔者：《伤逝九章》具体包括哪几部？它和其它作品之间有什么联系吗？

曹：《伤逝九章》是我最早时设计的自传体写作计划。前八个是中篇，最后一个是长篇。好像是已经写出了前四个中篇《佛的独孤》《冰凉的太阳石》《山的后面还是山》《鱼翔浅底》。可自从我母亲有病，我就停止了写作。2002 年母亲去世，我就把这个九章的计划放下来了，决定动手写长篇《母亲》。于是，写出了中篇《换梅》，这是我长篇《母亲》的开头部分。

笔者：您在以前的访谈中提到的长篇小说《母亲》指的是哪部？或者是哪些？

曹：以前说的长篇《母亲》就是指以《换梅》当开头的这个长篇小说。可是，后来我又有了病，住院剖腹摘掉胆囊。于是身体一年不如一年，再后来又出现了脑血栓，而且是经常发作。（详见《流水四韵》后记）我就开始从《母亲》的素材库里往出整理素材，用散文的样式，一节一节地写《母亲》，于是就有了《流水四韵》《同声四调》和《清风三叹》。这三本书都可以说是长篇《母亲》。

笔者：您的作品包括了小说、散文、随笔、日记、私人信件等文体，但是仔细研究会发现一个问题，您的每种文体之间有一种“互文”的结构，您是故意为之？还是无意识的？如果是故意而为，那么您想告诉读者什么信息？

曹：同意这种“互文结构”的看法。运用这种呼应结构法，是有意的这么做的。陈文芬女士在为我的《同声四调》一书写的序言《清风徐来曹乃谦》中说，“乃谦书中的这种‘隔山探海，天呼地应’，无疑是借鉴了曹雪芹撰写《石头记》的‘草蛇灰线，伏脉千里’的表现手法。而这种手法，在《到黑夜想你没办法》一书里，也早已经是在成熟地运用着。”她还举例说明了她的这个看法。她提到的“隔山探海，天呼地应”与“草蛇灰线，伏脉千里”说，其实与“互文结构”是相类似的。

笔者：怎么想起把与马悦然、陈文芬的通信记录作为一部书的主体呈现给读者？出于什么样的考虑？

曹：2012 年湖南文艺出版社为我出六本版的“曹乃谦作品集”之前，我和陈文芬说到了此事。陈文芬建议说可以把悦然、你、我三人之间的关于马悦然翻译“温家窑风景”书稿的通信，整理出来编辑在书里。陈文芬还把她与马悦然的信提供给了我。这些信从马悦然于 2004 年 11 月 11 给我的第一封信开始，到 2005 年 2 月 5 日我给马悦然的信为结束。整个文字约六万字，时间跨度约三个月。当时马悦然在瑞典，陈文芬在台湾，我在大同，于是便把我们之间的通信称作为“三地书”。所有的信的内容都是围绕着我的作品“温家窑风景”而言，因此又称作“温家窑风景三地书”。

笔者：日记、信件的出版，是否受到郁达夫的启发？

曹：我看过郁达夫的《日记九种》，我先后发表过日记四种。可能是潜意识里受到了郁达夫的影响，而把日记样式的文字呈献给读者。我手头还保存着与妻子周慕娅的信件十多万字。我与周慕娅的交往并非如《同声四调·缘分》里写的一带而过地那么简单。

笔者：请具体谈谈您的作品的形式与博尔赫斯、语言与斯坦倍克、人物与契诃夫的关系？并举例说明。您的作品中还有哪些人的影子，您能举例说明一下吗？

曹：博尔赫斯，他教会我写小说可以一小段一小段地来结构。我的《到黑夜想你没办法》，我的《流水四韵》《同声四调》《清风三叹》，用的都是这个结构方法；斯坦贝克用的是他熟悉的美国南方的乡土语言，而我熟悉的是雁北地区农民的语言了，当然，我最熟悉的就是老家应县的家乡话；契诃夫小说的题目，写农民就是《农民》，写妓女就是《妓女》，从来不绕绕弯弯。《到黑夜想你没办法》的篇名就是按这种方式来的；我还喜欢杰克？伦敦的《热爱生命》，它给了我很多的力量，让我懂得了不要轻言放弃。还有很多。海明威的理论对我作品的极简风格有影响。

笔者：把《到黑夜想你没办法》这部小说称为横断面叙事，也就是说，叙事的时候往往截取事件一个剖面作为叙述故事的动力和手段，您认同这个看法吗？为什么？这种叙事方法的好处是什么？

曹：我认同“横断面叙事”这种说法，我认为有悟性的读者会通过一个个的横断面叙事，看到作者要讲述的整个故事。所以说，没必要非得把整个故事啰啰嗦嗦地细讲一遍。

笔者：看到您读过海明威的《海明威谈创作》和福斯特的《小说面面观》，他们的理论对您的影响表现在什么地方？

曹：我在写作之前，并没有看过那些理论读物。只是在创作了很多年以后才看到那样的读物，才知道那些理论说法，才知道自己的写法是有理论依据的。冰山理论一时半会儿也很难说得清楚如何跟写作挂钩，倒是海明威多次提到的一种写作方法一学就会，立竿见影。这种方法就是：写到最顺手的时候、知道下面该写什么的时候停笔。《小说面面观》是一本谈创作的好书。故事、人物、情节、幻想、预言、图式、节奏，一一加以剖解和探讨。这是个演讲稿，语言十分生动。这两本书像是我的一左一右两根拐杖，帮着我这个睁眼瞎，行走在创作的道路上。

笔者：海明威的八分之一理论是您小说中留白的依据吗？

曹：不能说是创作的依据。在创作之前没有看到这个“八分之一”的理论，以后看到了，觉得好！才知道海明威大师原来也是这么干。才知道自己的一些写法原来是有理论根据的。

笔者：您为什么喜欢在小说中采用倒叙手法？

曹：没想过这样做有什么好处，写作的时候没有专门地想过哪篇文章用倒叙手法或者不用。写的时候都是由悟性引导着，信马由缰地往前走。

笔者：《到黑夜想你没办法》中有很多地方运用了重复、复调、复沓等修辞手法，比如《亲家》中黑旦女人擦眼睛的动作，还有最后两句“一悠一悠打悠悠”，请分析一下。

曹：在写的时候没有想到过这样那样的修辞手法，只是跟着感觉走，就那样写了出来。

笔者：汪曾祺说，您语言极简。马悦然也说，您用几百字，能表达一个丰富的故事。这种语言风格是雁北农民都有的吗？雁北农民说话是什么样子的？

曹：一般来说，雁北农民说话不啰嗦表述也不复杂。

笔者：“要饭调”是什么样的民歌？“要饭调”要表达一种什么样的思想感情？您说自己可以创作“要饭调”，那么在创作“要饭调”时要注意些什么？

曹：作品里的“要饭调”，是指要饭人在要饭的时候唱的曲子。我在文学创作时，经常引用这些“要饭调”。有的时候正好没有现成的“要饭调”引用，那就根据文章情节和人物情感的发展，自己创作几句“要饭调”，加在文章里。

笔者：在您的短篇小说《山药蛋》《山丹丹》，还有中篇小说《病人》中，我读出了现代派的感觉。前两篇只有人物的行动和心理活动，人物的行为举止好像没有逻辑和因果关系可言。山药蛋杀死扣扣没有任何动机，只是缘于一次争吵。二豁子看到的一桩命案也找不到犯罪的动机。后一篇中病人曲一日完全在和自己的心灵作一次长谈。这几篇小说和以前的小说某些叙事特征上是一致的，只呈现一种生活的剖面，但问题是叙事的动力却改变了，推动故事发展的元素由时间和人物的行动变成了人物的心理活动。说《病人》是一篇意识流小说并不过分。您是受到了当时现代派创作的影响吗？您能回忆一下，当时创作它们时的语境吗？

曹：《山药蛋》《山丹丹》你说是有现代派的感觉，我写的时候真的没有想到这个问题。我写作的时候，永远是在悟性引导下，跟着感觉走。说到《山药蛋》《山丹丹》，如果说有点什么我有意识的写法的话，那就是大量地留白，真的是读者看到的只是冰山浮在海面上的部分。

笔者：我很好奇，您创作方向为什么突然出现了某种波动？同样是写实的方法，《到黑夜想你没办法》感觉就是真实的雁北，这几篇却感觉有点虚无。您当时处于一种什么样的创作状态？

曹：其实早有人说过，说我在《到黑夜想你没办法》里，就用过不同的叙述方法，如《三寡妇》。你可以细读一下这篇文章，至于这个方法该如何地称呼，我也不知道。

笔者：有几篇小说应该是您的案例改写的，那么在真实的案例改写成小说时，您加入了哪些元素？比如《老汉》。写案例时一定不会这么写的。以《老汉》或其它作品为例，请您谈一下当时是怎么考虑的？

曹：江苏文艺出版社出的《安妮的礼物》一书里的《杀人》《豺狼的日子》和时代文艺出版社出的《你变成狐子我变成狼》一书里的《灭门惨案为哪般》《魔鬼的日子》《五只儿羊和一条狼的故事》，这都是由案例改写的。我是尽量地把这几篇文章散文化，而不是干巴巴的案例。

关于主题

笔者：您小说里题目有"孤独"的有两篇，《孤独的记忆》和《佛的孤独》。但是讲孤独的就特别多。可以说整部《到黑夜想你没办法》就是一部人类孤独的象征史。有身体的孤独、有精神的孤独、有男人的孤独、有女人的孤独、有光棍的孤独、也有盲人的孤独。您认为自己性格中有孤独的气质吗？是受了父亲的影响？还是其它因素？

曹：自认为，性格里肯定是有孤独的气质。首先我的性格是那种讨厌虚伪，讨厌奉迎，讨厌做假，讨厌张狂的人。而在生活中，到处都是些我讨厌的那种性格的人，在行为上我就躲避这些人。尽管是不与他们为敌，但也决不与他们为伍。因此，就出现了另一个情况，那就是，在常人看来，我孤傲。由于这种独僻的性格，对孤独很是理解，于是在作品中也会把孤独写进来。如，《孤独的记忆》。

笔者：您喜欢乐器、喜欢音乐，按母亲的说法，一个人独自去面对这些木头，是不是也和您的孤独气质相关？

曹：大概是有一点。我小时候不喜欢跟别人玩儿，就在家里自己玩乐器。举个简单的小例子，我小时候（七八岁），正月十五街上闹红火，父亲母亲都要去看，而我往往是不想去，自己留在家里看书或者是玩乐器。1968 年参加工作在晋华宫矿宣传队工作，后来被大同矿务局文工团看中，成为专业文艺工作者。1972 年调入公安部门，成为人民警察后，直到退休，一直是喜欢玩乐器。现在家里有钢琴、古筝、马头琴、热瓦普、埙、箫、二胡、葫芦丝、巴乌等乐器十多种。有的乐器，如口琴，从小到大买过有三十多只。

笔者：您的性格中也有一种忧郁，和钟爱箫这种乐器有联系吗？

曹：大概有。不过是，因为性格忧郁而喜欢吹箫，不是因为吹箫而性格忧郁。箫最适合吹奏忧伤的曲子。我平时喜欢吹的曲子也都是些有着淡淡忧伤情调的曲子。

笔者：您说您不爱交际，也不善于与人交谈。这影响了您作品中的人物了吗？比如很多人物语言很简单，但是情感很丰富。

曹：大概有影响。我一是不喜欢与人交谈，再一个也是不善于与人交谈。再有一个是，我总觉得，无论你的论调如何你的观点如何你的口才艺术如何，而你说出来的都是乏味苍白的。我的这个看法，直接关系到我不在我的作品里写出论述性的语句。

笔者：您待人很热情，但是性格中又有一种隐士的品格如何解释这种矛盾？

曹：待人热情这是礼仪，这是做人的修养，这和隐士性格不矛盾。说到隐士品格，请参阅一篇文章《文学隐士曹乃谦》，我喜欢这篇文章。

笔者：您说看过老子的书，老庄的无为思想是不是构成了您思想的一部分？是老庄的哲学观影响了您吗？

曹：当作家前（37 岁发表的处女作），读过老庄的书。老庄的哲学观念也会是有一些影响我的思想。

笔者：请具体描述一下七十年代中期，您是曹队长时，您一天的生活是怎么安排的？还有您队里的知青，他们的生活情形是什么样子？请您联系您的小说谈一下“食欲与性欲”等基本生存条件。

曹：我在当知青带队队长时一天的作息是，早晨醒来到知青伙房，看看，问问做什么吃什么；八点多，有农民来叫吃早饭（我在村里吃派饭，一天三顿饭，交这家农民三毛钱，一斤粮票）；饭后，上午和知青一起参加村里集体劳动；中午知道是在谁家吃派饭了，主动到了这家，吃完饭，回宿舍午休（农民都有午休的习惯）；下午知青去参加大队的集体劳动，我不参加下午的劳动，但在半后晌，要担着一担水，去给知青们和社员们送水；在农民家吃完晚饭后，村里的青年人往往要到我宿舍聊天，我和知青的宿舍有电灯，农民家没有电灯。有时候，几个青年们组织在一起，到一个光棍家打平花，从各家里拿些吃的，再饱饱地吃一顿。吃完饭，唱“要饭调”，说笑，往往要红火到深夜。我也参加，如果事先知道夜里有这样的活动，我就下公社给打两瓶白酒。食欲和性欲是人类赖以生存的基本欲望，而在有的年代有些地区，人们却是得不到这样生存条件。如，文革时期的 1973 年的雁北地区的一些人们。于是我就决定写写他们，把他们集中在温家窑村子里，讲他们的一件一件的因食欲、性欲得不到满足而发生的事。

笔者：您小说中很多以人物的死结束，请联系作品谈一下您怎么看待死亡？野酸枣、沙蓬球这些女子，您为什么不像处理奴奴一样，嫁了人就行了。而选择让他们死？想达到一种什么样的艺术效果？是父亲去世的影响吗？还是职业中遇到这样的事情太多，形成一种习惯，影响了自己的审美观？从人生体验谈或从作品谈都可以。

曹：无论从人生体验谈或从作品上谈，这个问题不会回答。至于你说我写到很多死亡的人或事，那只是跟着感觉就事写事，讲不出深奥的玄学理论。

笔者：您写的温家窑其实写的还是有温情的底蕴的？有人把您和沈从文，汪曾祺比较，还有人把您和孙犁比较，哪个对您影响最大？您作品在写人性角度上和孙犁更近？

曹：沈从文对我影响最大。在文革前，我把能找到的沈从文的作品都找到，阅读，喜欢的作品再次阅读。当时我还喜欢一个叫废名的作家的书，喜欢他作品里的那种乡土气息和淡淡的情调，还有散文化的语言。那一定是在当时就下意识地受到了废名的影响。

笔者：沈从文的《丈夫》和您的《亲家》，许子东认为里面共同存在一种“男人的羞辱感”，您认同这种说法吗？

曹：认同。

笔者：您谈到了受到废名的影响，可以具体说一下吗？比如在章节设置上或者在意境的营造上，谈谈对他作品的一个感觉也可以。

曹：我喜欢废名作品里那淡淡的意境和乡土气息。还喜欢他写小人物的生活琐碎。还喜欢他作品的语言，有人说我的小说像散文，散文像小说，我心想大概是也受到了他的影响吧，当然，还有沈从文先生。?

笔者：有研究者把福克纳的小镇和您的温家窑世界进行对比，您有什么看法？

曹：我在写作之前是大量地长年地阅读过外国文学，其中包括有福克纳。我也是喜欢他作品那乡土的气息。也喜欢他没完没了地写自已熟悉的小镇里的人和事。

笔者：您写城市的小说不多。写城市也只是蜻蜓点水般一略而过。《忏悔难言》算是一篇吧？城市里的生活那么丰富多彩，而且如您所说，除了写乡村之外，您也能够用另一套写法进行创作，《忏悔难言》和《小精灵》就是例证，我的疑问是您怎么没有继续进行下去呢？

曹：《忏悔难言》和《小精灵》，我是有意地换了种写法。我写这两篇是告诉人们我也可以写别样的，但我写这样文章时，总还是觉得有点做作，有点拿捏。尝试过后，就还是按我原来熟悉的路数走了下去。

笔者：汪老也提醒您要换种题材写，您为什么没有在开辟的这条路上走下去呢？

曹：听了汪老的，我换了。我写了三十三篇温家窑风景后，就换成了写别的了。

笔者：您心目中乡村和城市好像是一体的，城市中发生的事情您也会写得如在农村一样（**曹：**我同意这种说法)。您觉得城市和农村有什么不同（**曹：**感觉得到，说不出)？您这个“乡巴佬”在城里怎么和人打交道的？

曹：父亲教育我说，大人不争，小人不让。我这个乡巴佬和城里人打交道，永远是以宽容忍让的心态，接受现实，笑以面对。你如果看过我的《清风三叹》后，会理解和认同我的这种做法的。

笔者：我感觉您气质是知识分子的，但是习惯上却保持着农民的生活方式。您能谈谈您现在还有哪些农民的习惯吗？

曹：一直以来，我觉得我所有的言行举止都是农民的习惯。如果我算是个知识分子的话，那我也是个农民里面的知识分子。

笔者：沈从文写乡下的同时也写城市，写城市的丑陋，写乡下的纯洁。以城市的恶来衬托乡村的善。您是如何处理城市与乡村的关系的？

曹：虚化城市。

笔者：好像只有您的身份是警察时，才写城市，但此时城市也只作为故事的背景存在，没有实质上写城市的人和物的？

曹：我同意这种说法。我实在是不想写城里的事，我总觉得我不熟悉城里的人和事。城里的人和事，对于我来说感觉很是遥远和陌生。

附录3·曹乃谦：阅读的回忆

我最早的记忆是看我爹爹学习的书。

一九五三年秋天，我爹爹到省委党校去学习，他是去学习文化知识，国语、算术、历史、地理、自然。农历大年放假时，他把学过的课本带了回来。我看的就是这样的书。

当时我是五岁，但也认识了不少的字。

是我在姥姥村里，跟着表哥到大庙书房念书，认了不少的字。

记忆最深刻的是，我爹的书里有海星、河马、恐龙，这一定是《自然》书了。还有《卖火柴的小女孩》《渔夫的故事》，这一定是《国语》了。

后来看我爹爹买的书，印象最深的是《诸葛亮》，里面有《三顾茅庐》《草船借箭》一个一个的故事。

在我上小学三年级时，开始读《施公案》《彭公案》等公案书，还有《小八义》《大八义》等侠义书。这些书我家没有，都是和同学们借的。学校说这些书是黄色的，同学们偷偷地传看。

小学五年级时，办了一个城区图书馆的借书证，看《苦菜花》《迎春花》《林海雪原》这一类的大厚本。我妈认为这是看闲书，怕我影响学习，不让我看，还专门给填在灶火里烧了一本，后来是我舅舅告诉我妈说，看这些书不会影响学习，我妈还专门到学校我问我学习情况，一听说我是班里的头一名。这才放心了，不管我了。

小学六年级和初一时，看《红楼梦》等四大名著，也看当时流行的《三家巷》《青春之歌》等。流行书出一本看一本，看的速度也快，几乎是两天一本。

初二时，开始阅读外国书。《简·爱》《鲁滨孙漂流记》，这两本书是最先看到的，哪本在先哪本后看，忘了。从那以后，迷上了外国名著，大量地阅读。

书的来源是催着舅舅给从学校借，有时候一借好几种。我自己也买书，买的第一本是莫伯桑的中短篇小说选《羊脂球》。

第二次买书，大大上了一当。

大我三岁的街坊哥哥偷我的书让我发现了，骂他偷人猴。从那以后我不理睬他，不想和他来往。可他说偷书不算偷人猴，还要死皮赖脸地到我家，找我看书。我不让他往走拿，他就坐在那里一看半天。那天他到我家说新华书店来了《一千零一夜》，当时我不知道这个书，在他的一再说服下，跟他到了书店。没想到一套是四本。一问价格，我身上的钱不够，差两毛。他从身上翻出两毛给了我。我说我借你的，完了就还你。他说，咱们弟兄谁跟谁，不要了。一出书店他就把四本书拿着不松手，说要先看。我手头有看的，说你先看就你先看，你看完我看。没想到，这四本书我再连一眼也没见到过。过了几天他说丢了，借给同学不还了。王八蛋王八蛋地把那个同学狠狠地骂了一气后说，行了招人，那两毛哥不让你还了，咱们弟兄谁跟谁。

后来我总觉得这事有点上当，但心里这么想，不敢让我妈知道。

在初中戴老师的推荐下，我买过《儒林外史》，觉得这本书不比四大名著差。但那以后基本上都是看外国名著，买外国文学书。